異《い》形《ぎょう》家の食卓

田中啓文

集英社文庫

目次

異形家の食卓

にこやかな男

春山稔《みのる》が〈にこやかな男〉ニュルペグト・ジュサツと会ったのは混雑する羽田空港の到着ロビーの片隅だった。ジュサツはゾエザル王国の外務大臣で、明日から四日間、東京で開かれるADAD（アジア開発援助機構）外相会議に出席するために二人の部下とともに来日したのだ。

ゾエザル王国は多民族国家であるS国のジジゴマ族が先頃独立して建てた小国家である。バ……神という神への信仰を中心とした独自の文化を持つジジゴマ族はきわめてプライドが高く、他者の支配下に置かれることをよしとせず、会話ではジジゴマ語という独特の言語しか使わない。そのため外交には通訳が不可欠だが、今回の来日直前にゾエザル人の通訳が急病になったとかで、外務省で唯一ジジゴマ語を話せる春山に急遽《きゅうきょ》白羽の矢が立ったというわけだ。といっても、大学の研究室でアジアの希少言語の一つとして個人的に学んだ程度で習熟しているというわけではない。

ジュサツは、年齢五十五歳ぐらい。がっしりしたプロレスラーのような体格で、広い肩幅と木の根をよりあわせたような太い腕に春山は圧倒された。身長も、百八十五センチはあるだろう。短く刈り込んだ髪には一本の白髪もなく、眉間でつながって一本になった太い眉と分厚い唇が旺盛な精力を感じさせるが、基本的には童顔である。

「ようこそいらっしゃいました。ゾエザルからの初訪日を歓迎いたします」

さっそく春山がうろ覚えのジジゴマ語で挨拶すると、ジュサツは大きな目をくりくり回し、

「わざわざお出迎えいただいて感謝します。あなたは日本の大臣ですか」

「いえ……大臣は所用で本日は参っておりません。私、今回の訪日中、お世話をさせていただく春山と申す外務事務官です」

春山は、ジュサツが怒りだすのではないかと、冷や冷やしながらそう言った。彼は入省して三年目のただの平外交官にすぎない。いくら小国といっても外務大臣の来日に、外務省から事務次官も出迎えない、しかもたった一人というのはたいへん失礼なことである。実は、今日、成田空港に日本の主要貿易相手国であるA国、B国、C国、D国の大臣が相次いで到着するので、大臣や上級の職員は全員そちらに回っている。残りの職員は歓迎レセプションの準備に忙しい。「貿易も行われていない小国の大臣ごときをわざわざ出迎える必要はない、勝手に来て勝手に帰りゃあいいじゃないか」と彼の上司は言い切ったものだ。二十代の若者一人が出迎えている状態を、プライドの高いジジゴマ族はたいへんな屈辱と感じるのではないか……。おどおどと反応を待つ春山にジュサツは一瞬とまどったような表情になったが、すぐに満面に菩薩のような笑みを浮かべ、

「皆さん、いろいろとお忙しいのでしょう。よくわかります。私も忙しいですからね。我が国のことわざにこんな言葉があります。『忙しいヘビクイドリは暇なヘビクイドリの十倍の値打ちがある』……わかりますか?」

そして、目を細め、童顔をしわくちゃにして笑った。邪心を微塵《みじん》も感じさせない心からの笑顔こそが〈にこやかな男〉の名前の由来なのである。

独立以来、独裁者である国王のもと、ゾエザルは自国の立場を強硬に主張する強引な外交を展開してきた。資源のない弱小国家にとって外貨獲得は死活問題なのである。各国間には「新興の田舎者が何を生意気な」という空気が色濃くあったし、S国の独立反対勢力を援助して、ゾエザルを国際社会から抹殺しようという露骨な動きもみられた。それが、現実化せずに表面的な平穏が保たれてきたのは、ひとえにこの外務大臣ニュルペグト・ジュサツの手腕だといえよう。ゾエザルの身勝手な主張に憤った各国の外交官がどんなにあからさまな侮蔑の言葉を投げかけ、時には行為で示そうとも、〈にこやかな男〉の笑顔が崩れることはない。一度など、背広にビールを掛けられても、「私の上着はお酒に目がないんです」と言って笑っていたという。しかも、その笑顔が、とりつくろったものではなく、心底からのものに見えるところがすごい。普通ならとうに大喧嘩になっているであろうほどの辱《はずかし》めを受けても落ち着いて笑っているこの男がいればこそ、ゾエザルが国際社会の中で命脈を保っていられるのである。受けた恥辱は相手を殺すこと以外ではあがなえぬと公言し、「常に顔をしかめている」と他種族から陰口を叩かれるほど誇り高いジジゴマ族にあって、彼のような人仏頂面である。

間は類がない。現に、彼の後ろに控えている二人の部下は、歯が痛いのかと思われるほどの

「お持ちしましょう」

ジュサツは重そうなトランクを二つ、両手に提げており、春山が手を貸そうとすると、

「これは私の個人的な荷物です。私が持つのが当然です」

そう言って、どうしても持たせようとしない。こういう場合、同行者が大臣の荷物を持つものだが、後ろにいる二人にその気はなさそうだ。一人は大きなアタッシュケースを持っているが、もう一人は手ぶらなのだ。

「いや、しかし、それではあまりに……」

春山がトランクの把手《とって》をつかんだ時、中でゴトゴトッという音と、「みー」というような鳴き声が聞こえた。ジュサツの顔色が瞬間の何分の一変わったように思えた。

「これは、私のペットです。旅行中もはなれるに忍びないので、通気性のあるトランクに入れて連れてきたのです」

そして、春山の気持ちを見透かしたように付け加えた。

「ゾエザルの持ち出し許可証も取得済みですし、お国の税関でも問題なしと判断いただいたようです」

「猫か何かですか」

猫好きの春山がたずねると、

「まあ、猫のようなものです」

そう言って、いたずらっぽく片目をつぶった。

その時。

「ほら、見て！　ドン・ペラポじゃない？」

「ほんとだ、ラッキー。サインもらいにいこっか」

「あいつ、馬鹿だけど、ちん○んすげーでかいんだって」

かまびすしい声とともに、髪の毛を茶色に染め、鼻の位置がわからないほど黒く灼いた顔の三人のコギャルが走ってくる。春山はしまったと思った。たしかにジュサツの顔は、くだらない駄洒落や下ネタを連発して最近人気の外人タレントに酷似している。

「ねえ、ペラポさんでしょ。あたしたちめっちゃファンなの。サインちょうだい」

ジュサツは困惑気味の顔を春山に向けた。

「彼女たちは、あなたをテレビタレントと勘違いしているのです。今、追い払いますから」

春山は、コギャルたちにこの人物はドン・ペラポではないと説明したが、彼女たちは納得しない。

「ペラポじゃん。ペラポに決まってるじゃん」

「嫌なら嫌ってはっきり言ったらいいのに。感じわるーい」

「お高くとまっちゃってさ。サインぐらいしろよ、ファンサービスだろ」

「誰のおかげで食ってけてると思ってんだよー。スケベなガイジンのくせに、えらそーにすんじゃねーよ」

「いや、あのね、君たち……この人はだね……」

一人がジュサツに向かって痰を吐きかけた。それは、彼の頬にべとりとへばりついた。さすがに二人の部下が気色ばむのをジュサツはにこにこ笑いながら手で制すると、

「わかりました。サインしましょう」

そう言って、彼女たちのノートを手に取り、丁寧にサインをした。春山が見ると、ジジゴマ語で「ゾエザルより愛と感謝を込めて。皆さんの上にバ……神の祝福がありますように。ゾエザル王国外務大臣ニュルペグト・ジュサツ」と書かれていた。コギャルの一人がそのサインを破り捨てた。

「いらねーよ、こんなもん。ばーか」

残りの二人もそれにならった。そして、床にまき散らし、その上に唾を吐くと、一人がいきなりジュサツの股間をぐいとつかんだ。

「ほんとだ。ちん○んでけー。あはははは」

三人はけたたましく笑いながら、走り去った。まさか彼女たちがそこまでするとは思ってもいなかった春山は蒼白になってジュサツに頭を下げ、

「も、もうしわけありません。すぐに警察を……」

しかし、ジュサツは頬の痰をハンカチで拭《ぬぐ》いながらにこやかな笑みを絶やさず、

「ノー、ノー。それにはおよびません。どこの国でも若者は年長者に対する礼を知らないの

が常です。彼らに覇気がなければ国は滅びてしまいます」

そう言って何度もうなずいている。

「失礼っすが、ゾエル王国のニュルペグトさんですか」

横合いから甲高《かんだか》い声が聞こえた。見ると、野球帽を逆にかぶり、サングラスをかけた若者がマイクを突き出している。その後ろには、テレビカメラを持った二人のスタッフがいる。

「君、ゾエル王国じゃない。ゾエザルだ。それにニュルペグトはファーストネームだ。ジュサツ大臣とお呼びしなさい」

春山があわてて言うと、若者はきょとんとした顔で、

「ブサツ大臣ですか」

「ジュサツだ。取材相手の名前と国名ぐらい覚えておきたまえ。失礼じゃないか」

「カメラ回ってますよ。今の、報道してもいいんすか」

春山が押し黙ると、若者はにやにや笑いながら、

「それじゃ、うーんと……大臣におききしたいんですが……」

「待て。外務大臣だぞ。質問があるのなら事前にメモを……」

「あんたにきいてるんじゃないんですよ。私はブサツさんにおうかがいしてるんです。えーと、ゾエル、ああ、ゾエザルか、ゾエザル王国人はじめての来日ということですが、ゾエザルは日本ではどのぐらい知名度があると思いますか」

不躾《ぶしつけ》な質問に春山は顔をしかめたが、女性スタッフが「訳せ」と書いたボードを彼に示し

た。やむなく春山が大意をジュサツに伝えると、彼はえびす顔で、

「あまり知られているとは思えないが、まあ、アジアのどこかにある国……ぐらいでしょうか」

若者はにやりと笑うと、

「それではここでクイズです。通行中の皆さんにゾエザルがどこにある国か、お答えいただきましょう」

春山は抗議しようとしたがスタッフに制された。若者は通りがかりの老若男女に次々と質問していったが、案の定、ゾエザルの場所を知っている者はおろか、ゾエザルという国の存在を知る者すら皆無だった。中には「ゾエザル王国という国は」という質問なのに、「テレビゲームの名前」「アニメの悪役の名前」「ブランドメーカーですよね」といった回答もあり、
春山はそれらをいちいちジュサツに通訳することを強いられた。しかし、ジュサツは「ほう……」「あははは……」といちいち大仰に反応し、怒るそぶりすら見せない。かえって彼の部下たちのほうが「侮辱だ」と憤激しはじめ、一人はしきりに自分の持っているアタッシュケースを指さすが、ジュサツは笑顔でかぶりを振る。二人の部下は、見下げ果てた腰抜けという表情でジュサツを見つめた。

「誰も知らない国から初来日というニュースでした」

若者はカメラに向かって頭を下げた。生収録が終わったことを確認して、春山はその若者に詰め寄ったが、

「ニュースにしてやったんだから、ありがたいと思ってもらわなくちゃ」

そう言って、彼らはあっという間に消え失せた。春山はジュサツに詫びたが、彼は動じず、

「彼らも仕事なんです。理解してやらなくては。それに、ゾエザルの知名度が低いのは外務大臣である私の責任でしょう」

それを聞いて、春山はとうとうさっきから感じていた疑問を口に出した。

「どうして、お怒りにならないんですか」

「え?」

「さっきからあなたが受けている屈辱は、正直なところ私でも認容しがたいようなものです。どうしてあなたは笑っていられるのですか」

ジュサツはちょっと考えたあと、

「あれしきのことでいちいち怒っていては、外務大臣は務まりません。ゾエザル建国以来、私は各国から言葉で言えないような辱めを受けてきました。私がその度に怒っていたら、我が国の外交は破綻します。怒らないこと。いつも笑顔でいること。それこそが、私の仕事なのです」

「つらくはありませんか」

「全然。笑っているようにみせかけるのはつらいことでしょうが、私は常に、心から愉快であるように心がけています。ストレスも溜まりません。バ……神への感謝の気持ちがあれば、自然に笑顔になります」

「しかし、ジジゴマ族は誇り高い種族と聞きましたが……」

「ジジゴマのことは、この仕事についた時に忘れました。思い出すことはありません」

「バ……神というのは、どのような神なのですか」

ジュサツはやや慎重な口調で言った。

「そうですね……古い神です」

そして、それ以上のことは何も言わなかった。

ホテルに着くと、フロント係が春山に言った。

「申し訳ございませんが、お部屋はご用意してございません」

「そんな馬鹿なことがあるか。一カ月以上前から予約してあるはずだ。ＡＤＡＤ外相会議に出席するゾエザルの外務大臣用のＶＩＰルームだぞ！」

「実は、今朝早く、外務省の儀典官室のほうから連絡がありまして、Ａ国の大臣のおつきのかたの人数が増えたそうでございまして、ＶＩＰルームはもう満室であると申しますと、ゾエザルの大臣の分をそちらに回すようご指示がありまして……」

「私は何も聞いていない」

「そちらさまの連絡の行き違いかと存じます。わたくしどもは外務省のご指示のとおりにしたまででございます」

フロント係は慇懃無礼に繰り返した。

「それじゃ、ＶＩＰルームの次にランクの高い部屋は用意できるんだろうな」

「ところがあいにく本日当ホテルは全館満室でございまして、ご希望にはそいかねますです」

春山は大声を出したが、どうしようもない。携帯で外務省に連絡し、状況を報告すると、

「何だとお！」

「よそのホテルに行け」

「しかし……会議はこのホテルであるんですよ」

「車を回せばいいだろ」

電話は切れた。しかたなく春山は、離れたところにあるかなり格落ちのホテルを予約した。そこしか空いていなかったのである。ジュサツに事情を説明すると、二人の部下は「他の国は全て会議開催場所のホテルに泊まっているのに、ゾエザルだけが別のホテルというのは許し難い差別である。日本の外務省に正式に抗議するべきだ」といきまいた。もっともな話だと春山も内心思ったが、ジュサツは微笑《ほほえ》みながら彼らを押しとどめた。

「防音がしっかりした部屋があるなら、どのホテルでもＯＫです。できれば、簡易キッチンのついた部屋が望ましいのですが」

「大臣はお料理をなさるのですか」

「ワイフが下手なものでね。しょっちゅうですよ」

「お子さまはおありなのですか」

「たくさんね。ジジゴマの人間は皆、子沢山です」

「子供はかわいいですよね。私のところも先週、はじめての子供が生まれたところです」

「ほう、それはそれはおめでとうございます」

ジュサツは春山の手を握った。春山は、生まれたばかりの長男の天使のような顔を思い浮かべていた。

さいわい簡易キッチン付きの部屋があった。ジュサツはフロントで、部屋の防音についてしつこいほど確認してから、二名の部下にも春山にも自室への絶対入室禁止を言い渡した。

「一人ですることがあるから」というのがその理由だった。

「それじゃ、明日七時にお迎えにあがりますから」

春山がそう言うと、ジュサツは笑い顔のままドアを閉めた。春山には、ジュサツの笑みだけがチェシャ猫のように空間に貼りついているように思えた。

自制というよりも、受けた屈辱をまるで気にしていないらしいジュサツの態度に、春山は違和感を抱いた。いくら何でも一国の外務大臣ともあろう人物が、訪問先で子供に罵られ、痰を吐きかけられ、マスコミに嘲弄され、自国だけがホテルを変えさせられても笑っているとは……絶対におかしい。春山は、この〈にこやかな男〉の仮面を剝いでやりたくなった。

春山はホテルを辞する前に、ジュサツの部下たちに、「君たちのボスはいつもああなのか」とたずねた。

「ああ、とはどういうことだ」

「いつも笑っているのかという意味だ」

二人は目配せをしあって意味ありげに笑ったが、何も言わなかった。

◇

ニュルペグト・ジュサツは、部屋のロックを何度も確かめると、ふう……とため息をついた。ジュサツ・スマイルはすでに消えている。かわりにそこにあるのは、泥のように深い疲労だった。彼は一瞬にして二十歳ぐらい老けたように見えた。歯ぎしりをしながら、背広の上着を脱ぎ、ネクタイをゆるめ、カッターシャツのボタンを外す。そして、二つのトランクをテーブルの上に置き、両方の蓋をあけた。中には、四十センチぐらいの大きさの小動物が一匹ずつ入っていた。小動物はか細い声で鳴き、ジュサツは一旦トランクの蓋を閉めた。バスルームで粉ミルクを水に溶かし、携帯用の哺乳壜に詰め、テーブルに戻ってくると再びトランクをあける。小動物はよほど腹を減らしていたのか、喉を鳴らしてミルクを飲む。ジュサツは無表情でその様子を見守っていたが、小動物がミルクを飲み終えると、片方のトランクの蓋を閉じ、もう一方のトランクの中の小動物を愛しげに見つめた。

「さて……どうするか……」

彼はそう言うと、着ていたものをその場で全部脱ぎ、下着もとって全裸になった。胸板は日に灼けてたくましく、下腹部は中年太りでせり出している。彼は裸のままトランクの前で腕組みをして何事かじっと考えていたが、その小動物の頭部の柔毛を数十本まとめてつかむと、ぐいと引っ張った。茶色い毛はぶちぶちぶちぶちっとちぎれ、小動物は痛さにぎゃああと鳴いた。彼は、何度もそれを繰り返し、毛が全部なくなる頃には小動物の頭部は血が滲んでいた。次に、彼はペンケースのような小箱の中から細い針を取り出し、小動物の左目の中心にあてがうと、ぷちゅっと突いた。血と漿液《しょうえき》が、びゅっと噴き出した。そのまま針を根もとまで差し込む。激痛にもがく小動物を見下ろす彼の顔にはやはり笑顔があった。しかし、それはさっきまでのような邪気のない笑みではなく、無言の哄笑だった。安全カミソリの刃で、右の眼球の表面に真横にすっと切れ目を入れる。血がじんわりと滲み出るのを観察しながら、彼は「ああ……」とため息をついた。昼間のストレスが嘘のように消えていく。「ああ……あああ……」呻きながら、彼は小動物の右目に人差し指をあてがった。ぐいと押し込む。指先が眼窩《がんか》にずぶりとささる。一気に眼球をえぐり出す。悲鳴。指先に貼りついた小さな血塗《ちまみ》れの眼球を、彼はしげしげと眺めていたが、ぽいと口の中に放り込んだ。かりっと嚙《か》む。水晶体は甘い。ココナッツのような自然の甘みがある。視神経をずるずるとパスタのように啜り込むと、彼はペンケースから鋏を取り出した。折り畳み式のもので、組み立てると植木鋏ぐらいの大きさになる。鋏の先端を小動物の鼻にあてがい、パチン！　と音をたてて切断する。「おお……う……」彼は再び呻いた。爽快感。身体《からだ》の中が浄化されていくようだ。ぽとりと落ちた鼻先をつまみ上げ、口に入れる。にちゃにちゃしてうまくない。飲み込む。すでに小動物の顔面は、血潮でべたべたになっている。彼は、うんうんとうなずくと、小動物の右足の指を一本ずつ高らかに音を立てて切断していった。骨があまり硬くないのか鋏の切れ味がいいのか、簡単に切れる。小動物は脚を猛烈な速度で曲げたり伸ばしたりしていたが、そのうち痙攣《けいれん》を起こしだした。彼は、今日のところはこんなものか、と呟くと、小動物の傷口に一つひとつていねいに消毒と血どめをし、包帯を巻いた。流れ出たおびただしい血や体液は、トランクの底に敷いた分厚いタオルに吸い込まれてしまった。一連の行為の間、彼のペニスはついに勃起することはなかった。

「おやすみ」

彼はそう言うと、トランクの蓋を閉じた。そして、バスルームに行くと、熱いシャワーで全身の返り血や小動物の体毛、分泌物などを洗い流した。全裸でいれば、衣服にそれらが付着することもない。彼は、清潔なパジャマに着替えると、ベッドに入って、安らかな眠りについた。その寝顔からは、疲労もストレスもすっかり消え失せていた。

◇

会議の初日における各国代表のゾエザルいじめは、春山の想像を超えたひどいものだった。新参者、田舎者、小国、後進国、独裁制、無産業、狡猾《こうかつ》……といった言葉が露骨に飛び交い、ジュサツが何か発言しようとすると議長がわざと無視したり、発言の最中に皆が大声で私語を交わしたり、少しでも長引くと「発言は短く」という制止の声をしつこくかけたり、まだ発言中なのに他国の代表が挙手するとそちらを指名したり……ただの通訳である春山も怒りを覚えるほどの陰湿さで、それがまた延々と続くのだ。しかし、ジュサツはただの一度も不快を顔に出したり、声を荒らげたり、抗議をしたりすることなく、例の笑顔を絶やさずに、辛抱強く、熱意を込めて発言を繰り返し、恥辱を受け流しながらじわじわと自国の主張を通していく。たいした手腕だが、ジュサツ・スマイルがあってこそだろう。いくら侮辱しても、にこにこ顔は崩れないのだ。

コーヒーブレイクの時、ジュサツは窓枠に寄りかかり、大きな吐息をついていた。相変わらず笑顔だったが、疲労とストレスが次第にそれを浸食しつつあるのが春山にも感じられた。

「大丈夫ですか」

思わず言った春山に、

「あと……二時間の辛抱です。二時間我慢すれば……ホテルに帰れます」

「お疲れをとる意味で、どこかで今夜、一席設けましょうか」

「ありがとう。だが、心配は無用です。ホテルに帰り着きさえすれば、私は元気になります」

妙に確信に満ちた言葉だった。

それからの二時間はジュサツにとって地獄だったろう、と春山は思った。各国代表の発言はゾエザルいじめというよりジュサツに対する個人的ないじめになり、彼の服の趣味や髪型、顔立ちに至るまで、かわるがわる執拗に攻撃してきた。さすがのジュサツの笑顔も強ばりをみせはじめ、それがジグソーパズルのようにぽろりぽろりと剝がれ落ちだした頃、その日の会議は終わった。

ジュサツは物も言わずに車に乗り込み、会議場をあとにした。彼の顔にはどす黒い疲労と脂汗が浮かんでいた。だが、まだ彼は微笑んでいた。春山は、宴席が嫌なら軽い食事でもと提案したが、やんわりと拒絶された。

「食事はルームサービスを取ります。ホテルの部屋で、一人でゆっくり休息すれば……きっと元気になりますよ」

ジュサツはそう言ったが、今日一日で彼の受けた心の傷は一晩眠れば治るというような生やさしいものではないはずだ。心が見えるならば、おそらくジュサツの心には海綿のようにぼこぼこ穴があいているだろう、と春山は思った。春山はジュサツの強靭な自制と忍耐が、明日、果たして最後まで持つだろうかと危ぶんだ。

◇

ジュサツは、ドアをロックすると、野獣じみた唸り声を上げながら、むしり取るように服を脱ぎ捨てた。

「A国の馬鹿野郎め！　B国のオカマ野郎め！　C国のおべっか野郎め！　殺してやる……みんな殺してやる！」

全裸になると、彼はトランクの一つを乱暴にあけた。小動物は「みー」と鳴いた。細長い蠟燭を取り出した彼は、ライターで火をつけると、小動物の首筋に炎を押し当てた。小動物は熱さに悲鳴を上げ、じたばたもがいたが、彼はその行為をやめない。たちまち小動物の肌は真っ赤に焼けただれ、じくじくと汁が染み出した。なおも続けると、皮膚は黒く焦げてぶすぶす穴があき、異臭が漂いはじめた。彼はその臭いを嗅ぎ、ちょっとまずいかなという風に首を傾げると、蠟燭を吹き消した。彼は、数本の爪楊枝を取り出すと、小動物の小さな指の爪と肉の間にずぶっと突き刺した。串カツ屋の職人のように手慣れた動作で彼は十指全部に爪楊枝を打ち込み、その一本一本にライターで火をつけていった。爪楊枝はあっという間に燃え尽き、火は指に燃え移っていった。十本の指が花火のように燃えている。指を炭化させた炎は手のひらに燃え広がり、小動物はトランクの中で転げ回っている。これ以上やると火事になるおそれがある。彼は、コップの水を小動物の手にぶっかけた。じゅう……う……という音がして、火は消えた。小動物の手の肉はことごとく炭状になり、白い骨が露出している。彼は、にいっと笑うと、小動物の身体を裏返し、肛門に直径一センチ、長さ三十センチほどの金属パイプをねじ込んだ。ずぶずぶずぶずぶずぶ。金属パイプは十センチを残すぐらいまで突き入れられ、小動物はカカシのように体を硬直させ、苦しそうに身をよじる。彼は、パイプの先端に唇を当てると、息を吹き込んだ。こつがわかると、おもしろいように息が入る。小動物の腹部は徐々に膨れ上がっていき、そのあたりの皮膚は風船のように薄くなり、胃や腸が透けて見えるほどになった。未消化物が逆流するのか、小動物は口から白い汚物を吐き戻している。フグのように丸々と膨れた腹に、彼は爪楊枝を突き通した。ぱあぁあああああああああん。派手な音とともに腹が裂け、内臓がべろんと飛び出した。「あははははは……わはははははは……」彼は思わず笑ったが、急に口をとざし、ドアのほうを向いて耳を澄ました。破裂音と高笑いを聞かれたかも、と思ったのだ。さいわい、人の気配はなかった。彼は、金属パイプを尻から一気に引き抜いた。腸の先端がパイプに巻きついて、ずるずる引きずり出されてきた。彼が吹き込んだ息が、放屁のように肛門や直腸の裂け目から、ぶーっ、ぶぶぶ……と漏れている。彼は再び笑いの衝動に襲われたが、我慢した。だんだんのってきた。今日の会議での心労はもうすっかり吹き飛んでいた。彼は、露《あら》わになっている内臓をつかんで引っぱり出し、ホッチキスでそのあちこちをとめていった。日本に来て驚いたのは、若者が舌や鼻にピアスをしていることだった。中にはペニスやクリトリスにしている馬鹿者もいるという。しかし、内臓ピアスはまだないだろう。彼は、くくく……と笑いながら、ホッチキスの芯がなくなるまで続けた。小動物は全身を細かく痙攣させているが、まだ生きている。彼は小動物の心臓に手を当てた。鼓動が弱くなってきている。そろそろ限界だろう。もう一匹いるから明後日の晩まではもつ。彼は、鋏で小動物の首をべちんと切った。どぶどぶと血が溢れ、小動物は死んだ。「おおお……おおおう……」彼は、感動を声に出した。いつもながら、この一瞬は崇高な何かを感じる。バ……神が今まさに自分の上に降臨なさっている……そんな気にすらなる。小動物の腕を鋏で切りはなす。腿のつけねで足を切りはなす。臍《へそ》の上あたりで胴体を分割する。小動物の身体を七つの部位にわけおえると、彼は、電熱器で鍋に湯をわかした。たぎった湯の中に塩をひとつまみ入れ、小動物の身体の断片を少しずつ入れていく。しばらくは何もすることはない。バスルームで熱いシャワーを浴び、鼻歌を歌いながら、冷蔵庫からスポーツドリンクを取り出して飲み干す。四時間ほど煮ると皮や肉はもとより内臓までとろけ、骨もかなりの柔らかさになる。まず、肉と内臓を取り出し、肉はまな板の上で薄切りにした。何もつけなくてもうまいが、マスタードでもあれば最高だ。内臓はブラウンソースで煮込めばいい味が出るが、異国の地ではそこまで望むのは無理というもの。ソイソースをかけて食す。こってりとした風味に彼は舌鼓を打った。鍋にはいいスープが残ってい、これを濾《こ》して、塩と胡椒で味を調《ととの》え、熱々のうちに飲むとこたえられない。最後に骨を取り出すと、テーブルに広げたラップの上に置き、小型のハンマーで小片になるまで砕いた。そして、皮などの残骸とともに、詰まらないように少しずつトイレに流した。満腹になった彼は、ふかふかのベッドに身を横たえた。この世に悩みなどない、というような幸福そうな寝顔であった。

◇

春山は、ジュサツがすっきりした顔つきで足取りも軽やかに現れたのを見て驚いた。きのうの別れ際にはあれほど参っていたのに。早々と部屋に籠《こ》もって、どうやってストレスを解消したのか。春山がジュサツについてホテルを出ようとすると、ボーイの一人が寄ってきて、彼に囁いた。

「きのうの晩、あの人の部屋からいい匂いがしてましたよ。料理なんかするんですね」

春山は、おや、と思った。彼はボーイに、ジュサツが昨晩、ルームサービスを利用したかどうか確かめたが、こたえはノーだった。

「それと……清掃係が言ってたんですが、部屋の中に置いてあったトランクを動かそうとしたら、中から動物の鳴き声がしたっていうんです。あの……ペットの持ち込みは禁止なので……」

春山はボーイに一万円札を握らせた。ボーイはにっこり笑うと、

「このことは誰にも言いませんから」

と小声で言った。

もしかしたらジュサツは料理好きで、それがストレス解消に役立っているのかもしれないと春山は思ったが、きのうはたしかルームサービスを利用すると言っていたし、材料を購入する間もなかったはずだ。春山は車の中でジュサツに料理のことを質問した。すると、ジュサツの顔が瞬間緊張し、

「そんなことはしていませんよ。きのうは疲れていたので、ルームサービスを頼みました。あのホテルにはなかなか腕のいいシェフがいるようですね」

春山の頭に疑念の雲が広がっていった。

会議の開始直後、E国の代表がゾエザル国王のスキャンダルを暴露した。国王は何万人という愛妾を豪奢な宮殿に囲っており、その維持費だけで国家予算のかなりの部分が費やされ

ていて、国民は苛酷な税金にあえいでいる、そのことを非難する者は次々と捕らえられ、処刑されているというのだ。ジュサツは、スキャンダルを追及されそうになると話をそらし、満面の笑顔をぶつける。そして、休憩時間に各国代表の間をひそかに飛び回り、数名に賄賂《わいろ》を渡そうとしたが、これは裏目に出た。相手は激怒し、ゾエザルの外交は賄賂外交か、と彼を罵った。ジュサツは「今のは悪い冗談でした」とすぐに引っ込めたが、もう遅かった。休憩時間が終わったあとの会議の議事録は、ゾエザルとジュサツに対する罵詈雑言でしめられた。その間、ジュサツは終始にこにこ顔であった。やっと二日目が終わった時、春山は彼が倒れるのではないか、と思った。ジュサツは、重く澱《よど》んだ顔に粘土でできたような笑みをかろうじて貼りつけていた。会議場を出るや、春山は言った。

「少し気分転換をしませんか。いい店があるんですよ」

「けっこうです……早くホテルに戻りたいです……」

「若い女性がたくさんいる店なんです。いろんな国のかたになかなか好評で……」

「いらないと言ってるだろう！」

珍しくジュサツが声を荒らげたので春山は驚いた。

「あ……失礼……大声を出すつもりじゃなかったんですが……」

怒鳴ったジュサツのほうがうろたえている。

「こちらこそつまらない提案をしてすいませんでした」

ジュサツはどんより曇った目を春山に向け、彼の手を握った。

「あなたのお気持ちはわかります。たしかに私もつらい……でもこれが私の仕事なんです。早く……ホテルに帰してください……ホテルに……お願いします……お願いします……」

ジュサツはすすり泣くように懇願した。

◇

部屋に戻ったジュサツは、トイレに駆け込もうとしたが間に合わず、通路に大量に嘔吐した。昼間食べたピザを丸ごと吐いてしまったようだ。油の回った、まずいピザだった。彼は、汚物の処理をする気力もなく、そのままベッドにどさっと倒れ込み、しばらく動かなかった。まるで死体のように。十分ほどして、彼はむくりと起きあがった。彼の外観は昼間と一変していた。こめかみの血管が浮き、額から首筋までべっとりと脂汗がにじんでいる。頭髪には雲脂《ふけ》がこびりつき、まるで老人のようだ。彼は、もう一方のトランクをあけた。ぷーんと糞の臭いがする。下に敷いていたタオルを取り替えると、小動物にミルクを与える。

「E国の○○め……絶対殺してやる……ただでは殺さんぞ、地獄のような目にあわせてやる。もがき苦しみながら死んでいけ。ぐらぐら煮えたぎった熱湯を頭からかけてやる。頭皮から顔の皮膚から胸から腹から……身体中の皮という皮がべろべろにめくれあがるぞ。そのあと、塩を擦り込んで……いや、チーズの下ろし金で全身を擦《こす》ってやる。これで貴様は血だらけだあ。ガソリンを頭からぶっかけて火をつけて……いや、それはちょっと早いか。性器を凍らせて、ナイフで少しずつ削《そ》ぐというのもいいんじゃないか。亀頭に押しピンを突き刺すというのも手だ。勃起させて、押しピンだらけにしてしまえ。腹を裂いて、内臓を掻き出し、かわりに猫の死骸やネズミの死骸を詰め込むのも一興だ。待てよ……さっき吐いたピザを口の中に押し込んで窒息死させるというのはどうだ。これなら猛烈な悪臭の中で死んでいくことになる。これはいい……」

彼は、通路にこんもりと盛り上がり、まだ湯気をあげている汚物を両手ですくうと、異臭を放つそれを小動物の口にむりやり押し込んだ。しばらく続けたが、あまり面白くない。それに窒息でもされたらことだ。会議は明後日まで続くのだから。彼は、小動物の股間に目をやった。小さなペニスがちんまりとついている。彼はにやりとした。そうだ……押しピンだ……。彼は、色とりどりの押しピンが入ったピルケースを取り出し、まず、赤いピンを亀頭の先端に突き刺した。小動物は、ぴいいっと鳴いた。次は青。黄色。緑。小さなペニスは、奇妙な花のようになった。彼は、くくく……と笑った。きれいな花だ。切り取って花瓶に差したら、皆、びっくりするだろう。明日、議長席に置いといてやるか。うふふふ……ふふふふ。だんだん調子が戻ってきた。彼は、小動物の両眼にボールペンを突き刺した。あまり深く差し込むと脳を傷つけて死んでしまう。今日のところは眼を潰すだけでいい。小動物が苦しげに身をよじるたびに二本のボールペンが揺れ、まるでかたつむりの触角のようだ。ボールペンを引き抜くと、どろりと膿《うみ》のようなものが溢れた。彼は、手術用のメスとピンセットを取り出し、それを使って巧みに小動物の顔の皮を剝がしていった。小動物は、ぎゃあぎゃあ鳴きわめくが、彼は意に介さない。皮がべろんと剝がれ、下から筋肉組織があらわれた時、彼は昔見た医学書を思い出した。次に、ペンチで小動物の足の指を一つずつ潰していった。これは、あまり楽しくなかったが、一応、十指全部を潰した。両腕を鋏で切り落とし、右と左を付け替えて、針と糸で縫いつけてみる。これもあまり面白くない。ちょっといらいらしてきたが、それは、舌をペンチで引き出し、それに針で穴をあけて、糸を通すというすばらしい思いつきで解消された。「うふふふ……うふふふふ……」

彼は涎《よだれ》がこぼれているのにも気づかずに、深夜の裁縫作業を続けた。糸の先を持って小動物をぶら下げると、振り子のように揺らした。その頃には、彼の中のもやもやは見事に消滅し、いつものような解放感が彼を包んでいた。これで、明日も笑顔でいられる。小動物の血止めと消毒をし、シャワーを浴びていると、言いしれぬ満足が身体の底からわき起こってきた。

◇

翌朝、春山はジュサツがすがすがしい顔をしているのを見て、呆然とした。やはりホテルの部屋には何かある。春山は好奇心を抑えられなくなった。この日、午前中は、各国の状況をまとめたフィルムの上映があったため、ジュサツがしゃべる必要はなく、したがって春山の出番もなかった。上映がはじまってすぐに春山は会議場を抜けだし、車でホテルに戻った。

きのう、金を握らせたボーイを見つけ、彼に三万円を渡して、ジュサツの部屋をあけてくれるよう頼む。ボーイは気軽にOKした。ドアをあける。何か、臭う。どうやら消臭スプレーの臭いらしい。やたらと振りまかれているようだ。春山は鼻をくんくんいわせながら、あちこち探し回り、クローゼットの中から、例の大きなトランクを見つけた。一つをあけてみる。鍵はかかっておらず、簡単にあいた。中はからだ。もう一つをあけようとしたが、こちらは施錠してあった。持ち上げてみると、ずしりと重い。春山は悩んだすえ、ボーイにドライバーを持ってきてもらった。ネジを八個外すと、鍵は外れた。他国の外務大臣の私物を、本人の許可なくあけようとしていることに、今更ながら気後れを感じたが、ここまできてためってもしかたがない。春山は思い切って、トランクをあけた。途端、むせ返るような異臭がして、春山はボーイに、廊下に出て、呼ぶまで入ってくるなと命じた。ボーイが外に出たのを確認してから、彼は蓋を全開にした。夏の炎天下に放置された生ゴミのような激しい臭気が彼の顔をつつみ、春山は吐き気をこらえるのに必死だった。春山は目を見開いた。異様な生物がそこにいた。深海に棲《す》むいびつな魚の類《たぐい》を思わせるその生物は、芋虫のように蠢《うごめ》いていた。彼には、自分が見ているものが信じられなかった。両目を潰され、顔の皮膚を全て剝がされ、舌に糸を通され、足の指を押し潰され、ペニスに押しピンを突き刺され、長い間のトランク暮らしで四肢も変形し、血糊と体液でぐじゅぐじゅになってはいるが、それはたしかに……人間の乳児だった。乳児は、細い右脚をゆっくりと曲げ、また、伸ばした。春山はトイレに飛び込み、吐いた。胃の中身が全部なくなっても、彼は嘔吐を続けた。

◇

午後からの会議は、再び紛糾した。最初に口火を切ったのはジュサツだった。彼は、ゾエザルは、経済的にたいへんな苦境にあり、年間数千人の餓死者が出ている。国を維持するには、どうしても無償の経済援助が必要だ、と珍しく真剣な表情で訴えた。明日、最終日は共同宣言を採択して終わりなので、会議は事実上、今日が最後だ。今日中にジュサツは自国の要求を貫徹せねばならないのだ。熱弁が最高潮に達しようという直前、E国代表が挙手し、議長は彼を指名した。まだ、途中で……と言いかけたジュサツを議長は完全に無視した。E国代表は、ジュサツを見据えて言った。

「ゾエザルは、経済的にたいへんだたいへんだ、と口を開けば、馬鹿の一つ覚えのようにそればかり繰り返して、経済援助をもぎとろうとするが、私に言わせれば、ゾエザルの国民は子供を多く作りすぎる。ある資料によると、一家族に平均十二人の子供がいる。こんなに子沢山では貧乏になるのも当然だ。よその国から物乞いのように金をもらう算段をする前に、避妊の知識を国民に教えるほうが先決じゃないのかね」

ジュサツは笑顔で切り返した。

「我が国の国民は全員、バ……神を信奉しておりますが、バ……神は人工的な避妊を禁じておられます」

「バ……神だと？　くだらない土俗神じゃないか」

ジュサツの顔色が少し変わったが、E国代表はかまわず続けた。

「未確認だが、そのバ……神やらへの生け贄として、毎月、何百人という幼児が殺されている、という情報すらある。バ……神というのは、神とは名ばかりで、実はただの食人鬼《グール》か何かじゃないのか」

ジュサツの顔が血の気を失った。

「もう一つ、聞いた話がある。ジュサツ外務大臣は、政治家のふりをしておられるが、以前はサーカス団の道化だったそうじゃないか。どんな曲芸をしていたのか非常に興味があるね。ここで、一つ、当時の名セリフでもご披露いただこうじゃないか」

他の国々も賛同の拍手をした。ジュサツを笑い者にしようという意図はみえみえだった。

ジュサツは、隣席の春山にしかわからない程度のため息をつくと、

「訳さなくていいからね」

そう言って、にこにこ顔で立ち上がり、朗々とした、よく通る声で、長い文章を口にした。一部はジジゴマ語だったが、その他の部分はどこの言葉か春山にもわからなかった。ただ、「古き神」とか「地を這《は》うもの」「バ……神の呪いが皆の上に」といった言葉の断片だけが聞き取れた。

会議は迷走を続け、終了直前に、やっとゾエザルへの援助は承認されそうな雰囲気になった。しかし、最終的な結論は翌日に持ち越しとなった。ジュサツは、傍目《はため》にもわかるほど疲

れ切っており、椅子から立ち上がる気力もないようだった。

「お疲れさまです」

「明日です。全ては明日……何とか乗り切らなくては……」

春山が手を差し伸べると、ありがとうとぼそぼそ呟き、

「早くホテルに帰りたい。早く車を……」

「よほどあのホテルがお気に入りのようですね」

ジュサツは春山の声に秘められた冷ややかな調子にも気づかないようだった。

◇

糞、糞、糞、糞、糞ったれ！ 糞ったれが！ E国の蛆虫《うじむし》野郎め、絶対に絶対に殺してやる……ぶち殺してやる！ 裸にして、腹にマジックペンで絵を描いて、その線にそって鋏でじょきじょき切ってやろうか。縫い針を一万本ぐらい買ってきて、身体中に突き刺して、針山みたいにしてやろうか。口から肛門まで竿竹を通して、焚き火で焼いてやろうか。時限爆弾を口の中に押し込み、頭蓋骨を吹っ飛ばしてやろうか。耳の穴からどろどろに溶けた銅をそそぎ込んでやろうか。肛門を縫合して、糞を出せなくしてやろうか。ジュサツは妄想を育てながら、部屋に飛び込んだ。もう我慢の限界だ。もどかしげに服を脱ぎ、トランクを持ち出して、テーブルの上に置く。あと一日……あと一日の辛抱だ……。口の中で呪文のように

そう繰り返すと、トランクの蓋をあけ……彼は、唖然とした。

「いない……」

彼は阿呆のように口をあけ、からのトランクを見つめた。がちゃりと音がして、彼はドアのほうを向いた。春山が立っていた。

「あなたがどうしていつも笑顔でいられるのかずっと疑問だったんですが、やっとわかりましたよ。赤ん坊を虐待して、ストレスを解消していたんですね。ひどい話だ……」

春山はゆっくりと言った。

「頼む……あれを返してくれ……お願いだ……」

ジュサツは土下座して、すすり泣きながら言った。

「騙《だま》されませんよ。あなたは腕のいいピエロだったそうじゃないですか。道化芝居もおてのものでしょうからね」

「頼む……返してくれ……あれは私のものだ……あれがないと……私は……私は……」

「返してくれって……返せるわけないじゃないですか。あなたはあの子を殺して……食べるつもりなんでしょう。あなたは人間じゃない」

ジュサツは醜い裸体をさらけ出してその場に座り込み、ぼろぼろ大粒の涙をこぼしながら、言った。

「ゾエザルが独立する時、何を思ったか、王はピエロだった私を外務大臣にした。私の演技力が外交に必要なのだ、と言ってね。王の考えは正しかった。私は、笑顔の仮面をかぶり、それを脱ぐことはなかった。諸外国の間で、新進の小国が生き残っていくには、屈辱に耐えて笑っていることのできる外務大臣が不可欠だったのだ。私は、何を言われても、常ににこやかにしていることを強要された。しかし……誇り高きジジゴマ族の血が流れる私には、それはとてつもない苦行だった。頭の血管がブチ切れそうになるのを、私はじっとこらえた。何度も自殺を考えた。あれが、やっと……やっと見つけたストレス解消法なのだ……」

「だからといって、子供をいじめ殺してもいいということにはなりません」

「あれは私のものだ。だから、いじめても殺してもいいのだ」

「私の……もの……？」

「私が私の子供を殺すのだから、誰に文句を言われる筋合いでもあるまい。誰にも迷惑をかけていない」

「あなたは……自分の子供を……あんな目にあわせていたのか……あなたは狂ってる」

「ジジゴマ族でないあなたにはおわかりにならないだろうが……生まれた時にバ……神に聖別されていない赤ん坊には魂は宿らない。我が国では、生け贄用として使うために、何人かの子供をわざと聖別せずにおく習慣がある。魂のない赤ん坊に何をしようと親の自由だ。それは、牛や馬と同じだからね。現に、私の妻は二十人の子供を産んだが、聖別したのはそのうちの三人だけだ。私も妻も、その三人には深い愛情を注いでいる」

「狂ってる……あんたの国はおかしい」

「世界中に、文化習慣のちがいがある。それを理解できないからといって狂っているというのはまちがいだ。あなたも牛や豚を食べるだろう」

「人間と牛や豚を一緒にするな」

「日本人は、知能の高い鯨を好んで食べるじゃないか。それも、成長した個体を。生まれたばかりで知性がまだ宿らない乳児を殺すより、鯨を食べるほうが罪深いことじゃないのか？それに、昨日殺した子供は、私が食べることによってバ……神のもとに行くことができた。彼にとってはそれが一番幸せなのだ」

「………」

「頼む。頼む頼む頼む……お願いだ。頼む。返してくれ。あれを返してくれ……でないと、明日の会議を乗り切ることが……」

　春山はかぶりを振った。

「警察に届けるつもりでしたが、それはやめましょう。あなたの国の習慣ならば、私がとやかく言うことじゃないのかもしれない。ですが……子供は返せません」

　ジュサツは大声で叫んだ。

「私は、この会議で、経済援助を取り付けることができなければ、帰国後、外務大臣を罷免されて処刑されるのだ！　助けてくれ！　私の命を助けてくれ！　私が死んだら、妻と三人の子供は……」

「二十人でしょうが」

「今夜、あれをどうやっていじめて、どうやって殺すか……それだけを考えて、今日の会議の屈辱に耐えてきたんだ。あれがないと……私はもうだめだ。あれを私から取り上げないでくれ！」

春山は、もう一度首を横に振ると、そのままジュサツの部屋を出ていった。背後からすすり泣きの声が聞こえてきた。

◇

ジュサツは、裸のまま、床に突っ伏してしばらく肩を震わせて泣いていたが、顔をあげ、血走った目で部屋のあちこちを見回した。ホテルの内線電話を取り上げ、プッシュボタンを押す。

「私だ。今からおまえたちがやるべきことを言う」

彼は何事か長い指示を行ったあと、

「ただちに実行しろ。失敗は許さぬ。無茶？　無茶は承知だ。それしか方法がない。明日の朝までに何とかしろ。でないと私は……」

電話は切れた。ベッドに腹這いになり、そのままの姿勢で待った。結局、二人の部下は戻ってこず、ジュサツは一睡もできぬまま朝を迎えた。

◇

会議の最終日。ジュサツは真っ赤に腫れあがった目と乾いてぱりぱりになった唇、手入れのしていない頭髪という状態で議場に赴《おもむ》いた。顔にはひとかけらの笑みもない。ヘドロのようなストレスが身体に沈殿していた。入口に、二人の部下が立っていた。

「どういうことなんだ」

ジュサツが不機嫌そうにきいた。

「春山の家に参りましたが、やつは我々の考えを見抜いており、子供をよそに移しておりました。そのあと、かわりになる子供を探しましたが、異邦の地では困難で……」

「もういい！……もう遅い」

ジュサツが議場に入ろうとすると、部下の一人がアタッシュケースを差し出した。

「大臣、これを」

ジュサツは黒いケースをじっと凝視していたが、

「こんなものには……用はない」

「受けた屈辱は必ず返すのがジジゴマ族の掟です」

「くだらん。私には関係ない」

「大臣……」

ジュサツは、何度も首を横に振り、

「バ……神に、自制心の修行をご覧いただくつもりで持ってきたが……」

顔を歪《ゆが》めてケースを受け取った。

議場に入る瞬間、彼の顔はいつものにこやかなスマイルで覆われた。しかし、それは昨日までとちがって、触れればすぐに崩壊しそうな脆《もろ》さを孕《はら》んでいた。誰もそのことに気づいていない。席に着く。隣席の春山はぺこりと頭を下げたが、ジュサツは何も言わなかった。会議が始まり、議長は、共同宣言の採択の前に、くだらない問題を片づけておこう、と言った。ゾエザルへの経済援助の是非を決定しなければならないのだ。各国の代表たちは口々に、ゾエザルとジュサツ本人の悪口を言い立てた。一国の外務大臣に対するものとは思えない言いたい放題の暴言が続いた。ジュサツはじっと耐えた。笑顔で。発言はますますエスカレートし、バ……神とかいう邪神の信仰は近代国家にふさわしくないから、国際社会の一員となるために他のまともな宗教に改宗するべきだという意見や、道化を外務大臣に据えるような非常識な国は我々を馬鹿にしている、という意見が出た。ジュサツの顔はまだ笑っていたが、膝から下ががくがく震えているのに春山は気づいていた。ゾエザルには経済援助よりも人口抑制のためのコンドームを大量に配ったほうがいいのではないか、という発言には満場が大爆笑した。ジュサツの顔はまだ笑っている。しかし、両手は関節が白くなるほどの強さで膝を握りしめている。春山は、ジュサツの下唇からたらたらっと赤いものがこぼれ落ちたのを見た。血だ。唇を嚙み破ったのだ。足をかたかたと鳴らし、手のひらを握ったり広げたりしながら、何度も目を擦り、額の汗を拭う。しかし……ジュサツの顔はまだ笑っている。もうすぐだ……もう少しのしんぼうだ……もう少し……。

「採決します。賛成の国は挙手をお願いします」

反対が賛成を一票だけ上回った。

「ゾエザルへの経済援助は見送りということに決定いたしました。それでは、共同宣言を採択したいと思いますので……」

ジュサツが立ち上がった。

「議長……」

その顔はにこやかだ。

「議長……議長……！」

「何ですか、発言するなら挙手してからにしてください。それに今は議長発言の最中ですよ。会議の規則も知らないのですか、あなたは」

「規則は知っています。あえて無視しました」

ジュサツは落ち着いた声で言った。

「私は元ピエロです。笑顔のメーキャップをして、自分の心を偽ることのできるプロフェッショナルとして、この仕事につきました。しかし……もう限界です」

ジュサツは笑顔のまま、アタッシュケースを床から持ち上げ、テーブルの上に置くと、蓋をあけた。

「私は本日ただいまをもって、外務大臣を辞任します。〈にこやかな男〉はもうやめです。これは私から皆さんへのおわかれの挨拶です」

彼が取り出したのは、黒光りする小型のマシンガンだった。彼の顔には笑顔の残滓《ざんし》すらなかった。かわりに彼本来の顔……陰鬱で苦虫を嚙みつぶしたような表情がそこにあった。

「皆さんの……魂を……偉大なるバ……神への……生け贄として…………捧げま……」

あとは聞き取れなかった。ぶちゅちゅちゅちゅちゅちゅちゅちゅちゅちゅちゅちゅちゅちゅちゅちゅちゅんちゅんちゅんちゅんちゅん……。マシンガンの発射音が果てしなく続いた。会議場の窓ガラスは全て砕け散り、天井に壁に床に黒い豆粒のような穴が無数にあいた。居合わせた者たちは皆、マシンガンのビートとともに全身を痙攣させ、死のダンスを踊った。曲が終わった時、彼らの手足は吹き飛び、首はちぎれ、頭蓋骨は割れ、内臓は飛び散り、ぼろきれのようになって、机や椅子に引っかかっていた。充満した血液と体液の猛烈な臭いを数台の換気扇がやっきになって除去しようとしているが、追いつかない。出席者は全員死亡した。二人を除いては。一人はジュサツ本人であり、もう一人は春山だ。ジュサツは驚きと恐怖で口もきけない春山に向かって、にこやかに囁いた。

「安心してください。あなたは……最後にとっておいたのですよ」

春山が目を剝《む》いた。

ぶちゅ……ちゅん！

新鮮なニグ・ジュギペ・グァのソテー。
キウイソース掛け

やけにものものしい警戒だ。

入口の左右に立っていたのは、ボーイの制服は着ているものの、どう見ても警備員だ。隠しているつもりだろうが、客に対する鋭い目つきを見れば一目瞭然だ。誰かVIPの客でも来るのだろうか。

私は年老いたボーイの案内で予約しておいた席についた。

このホテルに来たのはちょうど五年ぶりだ。前に来たのも、ヴァレンタイン・デー当日だった。

あの時、私は、毎年二月十四日だけに出されるという特別料理について取材するため、はじめてこのホテルを訪れたのだ。

今でも思い出す。あの時の忌まわしくもすばらしいできごとを。

◇

　普通、ホテルのレストランなどはそういった情報誌の取材を歓迎するものだが、電話で事前の許諾を得ようとすると、意外にもフレンチ・レストラン「オールド・ガストロノミ」の総料理長（シェフ・ド・キュイジーヌ）藤川慎太郎はかたくなに拒絶の態度を取った。私がいくら媒体の絶大な宣伝効果について説明しても、

「他の料理のことならいくらでもお答えするが、特別料理だけは……」

の一点ばりで、頑《がん》として取材を拒む。納得のいく料理を出したいから、あまり大勢に知られたくないのだそうだ。

　結局、取材はできなかったのだが、私は今の時代にここまでこだわりを見せるシェフの姿勢に興味を持ち、個人的にその特別料理とやらがどうしても食べたくなった。その旨、藤川氏にお願いすると、今度は快諾してくれた。

　私は胸躍る思いで、指定の時間にレストランに赴いた。

　ヴァレンタイン・デーということで、さすがに客は若い男女ばかりだった。皆、健康そうにもりもりと料理を食べ、ワインを飲んでいる。時々、「うまい！　ほんとにうまいよなあ」とか「私、この味、大好き」というような言葉が漏れ聞こえてくる。私の期待はいやがうえにも高まった。

しかし、一人の客というのはほとんどなく、私は軽い孤独感に襲われた。

食前酒を飲みながら、なかなか気のきいた前菜を食べていると、向かいのテーブルにも私と同様の一人客がいることに気づいた。

四十五歳ぐらいだろうか。黒いスカーフを首に巻いたその横顔を見て、私ははっとした。

グルメ評論家の霧《きり》志《し》摩《ま》雅之《まさゆき》ではないか。最近はあまり見かけないが、かつては多くの雑誌に連載を持ち、彼が一言でも褒めた店は売り上げが倍増し、逆にけなした店は客が瞬《また》く間に減り、ひどい時は閉店に追い込まれたという。彼の評論の特徴は、けなす時の徹底的な書きっぷりにある。気に入らない店に対しては、料理の味はもとより、ウェイターの態度から店の調度・飾りつけ、お冷やの温度、盛りつけ、値段に至るまでひたすらけちをつけ、「このような店が地球上に存在していることは資源と空間の無駄というだけでなく、戦争やテロと同じく重大な犯罪行為であると考えるものである。一刻も早く、この店が地球上から姿を消すことを切に望む」というおなじみのフレーズで締めくくる。しかし、彼の辛口評論を楽しみにしている読者は多く、今週はどこの何という店がけなされているかというのが彼らにとっては嗜虐《しぎゃく》的な悦びになるらしい。その店が閑古鳥が鳴く状態になることは確実だからだ。それだけではない。自店を取りあげてほしくないばかりに、ひそかに彼に金品を渡すオーナーも多く、それが結構な副収入となっているとの噂も聞く。

霧志摩の顔を見た途端、シェフに対する同情の念がわきあがってきた。運良く口にあえばよいが、なかなかそうはいくまい。悪評をたてられるよりは金をということになり、いずれにしてもろくな結果にはならない。

しかし、私は、料理を前にした霧志摩の態度が少し異常であることに気づいた。

彼は、食い入るように皿を凝視し、出された料理を一口か二口で食べてしまう。というより飲み込んでしまう。とても、味わっているという感じではない。そして、フォークとナイフで皿の縁をかちかちと叩きながら、厨房《ちゅうぼう》に向けて燃えるような視線を送り、次の料理を無言で催促する。身体がぶるぶる震えており、今にも立ち上がって、

「早く次を出せ」

と叫びそうだ。

あまり人の食事を観察しているのも失礼だとは思ったが、メインの一皿が来たときの彼の興奮ぶりはただならぬものであった。

料理が厨房から出てくるや、中腰になって両手で手招きをし、ボーイが皿をテーブルに置くか置かぬうちにフォークで料理を突き刺し、大口をあいてかなりの大きさであるそれを一口に放り込み、ソースを口の端からだらだらと垂らしながらはぐはぐと数回咀嚼《そしゃく》したかと思うと、

「おお……おおおお……」

悶えるような感嘆の呻きを発して、目を閉じ、ぐったりと椅子の背にもたれて、動かなくなった。首に巻いていたスカーフがほどけてはらりと落ちたのにも気づいていない様子だった。

スカーフで隠されていたが、霧志摩の顎の下から不気味な肉塊が垂れ下がっていた。長さは三十センチほどでちょうどみぞおちのあたりにまで達している。下にいくほど広がっており、左右が膨らんでいる。中には何か丸いものが二つ入っているようだ。先端にはもじゃもじゃと毛が生えており、全体の印象は、巨大な陰嚢《いんのう》のようだ。

そして。

その陰嚢の膨らみが、もぞ、と動いた。

私は、思わず顔をそむけた。奇病にでもかかっているのだろうか。

彼は、続いて運ばれてきたデザートには目もくれず、目をつむったまま天井を向いている。

陰嚢状の袋の中身は、まだ、蠢《うごめ》いている。

私は吐き気がしてきた。

その時、私の前にメインディッシュが運ばれてきた。

メニューによると、「新鮮なニグ・ジュギペ・グァのソテー。キウイソース掛け」となっている。このニグ・ジュギペとかいうのが何であるか私にはわからなかったが、目の前の料理を見ても、魚なのか獣肉なのか判別しがたい。

純白に近い、真っ白な平たい肉。直径は七センチほど。切れ目も筋もなく、均質であるように見え、肉というよりパテのようでもある。それに、キウイの緑色のソースがかかっており、何とも美しい。

甘酸っぱいソースの匂いに混じって、これまで嗅いだことのないえもいわれぬ芳香が立ちのぼり、食欲を刺激する。その香りは、新鮮な魚の刺身のようでもあり、蟹や海老をさっと湯掻《ゆが》いた時のようでもあり、いわゆる焼き肉屋の焼き肉のような力強さもあり、もぎたての果物のように鮮烈でもあり、上質の香水のような気高さも兼ね備えていた。

その匂いの奥深さに引き込まれ、私の手は勝手にフォークとナイフをつかんでいた。

一口目を食べる。柔らかい。しかし、最後にしっかりした歯ごたえがあり、嚙む快感も味わわせてくれる。上質のキャビアのようにぶちゅぶちゅと舌の力で潰れていく時の心地よさは性的な何かを思い起こさせるほどだ。

子供の頃、教会で天使の絵というのを見せられ、

(天使の肉を食べたら、どんなにうまいだろう)

と子供心に思ったことがあるが、その記憶が蘇《よみがえ》った。

(うまい……)

口の中の肉片を嚥下《えんか》する瞬間、それが、ぐにょ、と動いたような気がしたが、そんなことを気にしている余裕もなく、私のフォークは次の肉片を突き刺し、口に運んでいた。

(凄い……凄い……)

「うまい」は、すでに「凄い」に変わっていた。私は、ライターとしてあちこちで食べ歩きの取材もしたが、このような料理が存在するなどとは思ってもみなかった。味、香り、汁気、温度、歯触り、喉越し……全てが完璧なのだ。その肉片が食道を通過していく時、それが吸盤のように粘膜のあちこちにひたと貼りつき、はがれ、また貼りつくことを繰り返している

のがわかる。身体の内側からキスされているような、かつて経験したことのない快楽の時間であった。そして、その肉片は百万回のキスのあと、私の胃に、花びらのようにはらりと納まった。

「うあ……」

あまりの心地よさに思わず知らず吐息が漏れ、私はそのはしたなさに気づいて口を押さえた。しかし、同じような吐息がそこかしこのテーブルから聞こえてくるではないか。中には、男女の営みの絶頂時に発されるものと酷似した、長く尾を引く、思わず顔を赤らめてしまうようなものもあった。私が奇妙に感じたのはそれらの声がいずれも何となく陰鬱に響いたことであった。美食の悦びを表すというよりも、どこかしら恐怖の要素が感じられたのだ。信じがたい美味ゆえに、自然と畏怖に近い気持ちを抱いているのかもしれないと私は思った。

私は、次の肉片をできるだけゆっくり味わおうとしたが、手がとまらなかった。雪のように白いその肉は、私の手のわななきが伝わってか、命あるもののごとくフォークの先で震え、私の唇を割って口中に飛び込み、口腔を再び至高の美味で塗りつぶしてくれた。

「あああ……」

私は今度ははばかることなく呻きを漏らした。何にたとえればよいのか。突然、床が消え失せて奈落の底に引き込まれたような崩落感と、踏み越えてはならない禁断の領域に足を踏み入れてしまったような後ろめたい征服感が同時に湧きあがってきた。

そのあとのことは覚えていない。

気がついた時、私はその料理を食べおえ、皿に付着した肉の断片をひとつひとつフォークの先でひっかけては口に入れ、しまいには指先でソースに埋没した小片をさぐっているところだった。自分の行為に気づいて赤面した時にはもう皿は舐《な》めたようにきれいになっていた。

（パンでぬぐえばよかったんだ……）

フランス料理のマナーの一つを思い出したが後の祭だった。

私は、食後のコーヒーとデザートを断って、藤川シェフに面会したいとボーイに申し入れた。ボーイはそのような申し出には慣れているらしく、「申し訳ございませんが、本日はお客様も立て込んでおり、シェフは調理中でございますので」と丁寧に拒絶したが、私はマスコミの人間であること、藤川氏には電話で事前に連絡してあること、記事には絶対にしない、ただ料理の感想を一言述べたいだけであることなどを捲《まく》したて、

「だめならだめで構わないから、一度、きいてみてきてくれ」

と強引にボーイを調理場に送り返した。困惑した表情のボーイがそれでも言うとおりにしてくれたのは、私が彼の手に握らせた一万円札のせいであろう。

まもなく彼は引き返してきて、

「藤川がお会いするそうです。ご足労ですが調理場までお出でいただけますか」

私は小躍りし、彼の先導で調理場へと向かった。

入ってすぐ洗い場があり、その隣が主厨房だった。大勢の料理人が忙しそうに働いていた。

ボーイが手を挙げて合図すると、ずらりと並べられた皿に盛りつけられた白い肉（さっき私

が賞味した肉であることはまちがいなく、私はごくりと唾を飲み、その肉片を皿から失敬したい欲求に苛《さいな》まれた）をチェックしていた人物が顔を上げた。

年齢は五十歳ぐらいだろうか。染み一つない白衣を着た藤川シェフは先に立って歩きだし、主厨房の裏にある料理長室に私を招き入れた。

扉が後ろ手に閉められた。途端、私は靄《もや》の中に放り出されたような錯覚に陥った。まばゆい光に満ちていた厨房とはうってかわって、薄暗く、黴臭《かびくさ》い部屋だった。大きな机と応接セット、他には簡単な調理ができそうなシステムキッチンがあるだけだ。

「お座りください」

シェフは、ラジオのチューニングがあっていないような、甲高い、耳障りな声で言った。

「ありがとうございます。どうしても一言、感想が申しあげたくて。お忙しいのにお時間を割いていただいて恐縮です」

藤川氏は、大仰に手を振ると、

「忙しいなんてとんでもない。本日の私の仕事はほとんど終わりました」

彼のイントネーションは独特で、長い外国生活を感じさせた。

「でも、まだまだお客様があるでしょう」

「ヴァレンタイン・ディナーにおける私の最も重要な仕事は素材の下ごしらえです。これは誰にも手伝わせず、私一人で行うのです」

「ご立派です。肝心なところは人任せにできない。自分でやらねば納得できんというわけですね。お弟子さんたちはまわりを取り囲んで、あなたの腕の冴えを見つめておられるんでしょうな」

「ノンノン。とんでもない。下ごしらえは私一人でやるんですよ。誰にも見せずに、あの部屋の中でね」

シェフは、料理長室のまだ奥にある小さな扉を指さした。

「あそこは私だけしか入れません。中に入ったら入口に鍵をかけます。下ごしらえはそこで行うのです」

「それは……技術を盗まれないためですか」

「このヴァレンタインの特別料理を作るのは私にとって一つの儀式のようなもの。私はあの部屋の中でたった一人で秘密の祭儀を行っているのです。司祭のようにね」

藤川氏は、薄い唇をにやりと歪めると、ほほほ……という女性のような笑い声を立てた。それを聞くと、なぜか私の全身に悪寒が走った。

「記事にはしないお約束でしたが、個人的に関心があるのです。少し質問させていただいてもよろしいですか」

「記事にはしない……そうですね……そうですね……」

そう言うと、シェフは押し黙った。何か機嫌を損じたかと思っていると、彼は急に大声を出した。

「本当のことを言うと、私も誰かにこの料理のことを言いたくてたまらないのです。胸のつかえをおろしたい。でも、弟子たちには言うわけにはいかない。あなた……あなたならいいでしょう。絶対に人にしゃべらないでくださいね。しゃべったら……」

藤川氏は、私の耳もとでささやいた。

「二度とあの料理は作って差しあげませんぞ」

ただちに私は、死んでも口外しないことを誓った。

「よろしい。では、ご質問をお受けしましょう。何なりときいてください」

「まず……あの料理の素材ですが、ニグ・ジュギペ・グァとは耳慣れない名前なんですが、どのようなものですか」

シェフは再びほほほと笑うと、

「私が名付けたのです。あれに。ニグ・ジュギペ・グァとね」

「名付けた……？　どういうことです」

「鳴くのですよ、それがそう聞こえるのです、ニグ・ジュギペ・グァ……とね！」

私は彼が何を言っているのか理解できなかった。

「それは……鳥ですか？」

「ほほほ……ちがいますね」

「獣の類ですか」

「いえいえ」

「まさか……野菜ですか」

「ノンノン。ニグ・ジュギペ・グァはニグ・ジュギペ・グァです。鳥でも魚でも獣でも、ましてや野菜でも果物でも茸でもありません。ほほほほ……これは私だけの食材なのです」

「どうやってその食材に目をつけたのですか」

「いい質問です！　それには、あの男……今日も来ておりますが、あの料理評論家の霧志摩雅之が係わっておるのです。この話、聞きたいですか。聞きたいですか」

以下は、この時、シェフ藤川慎太郎が話した内容である。

◇

私（藤川）は、中学卒業と同時にTホテルのKシェフの門を叩き、十八から七年間、フランスの三つ星レストランで修業を積みました。帰国後、三十六歳で名古屋のHホテルの総料理長に抜擢《ばってき》され、四十五歳で東京のFホテルの総料理長になりました。そして、七年前にこのホテルに引き抜かれ、ここ「オールド・ガストロノミ」の総料理長に就任したわけです。

当時、このホテルにあるレストランのうち、和食の「白峰」と中華の「異苑」は好調だったのですが、フレンチのこの店だけが客が激減しており、私はそれをたて直す役目をおおせつかったわけです。私には自信がありました。

ところが、案に相違して店は流行《はや》りませんでした。このホテルの客筋には、私の料理は受け入れられなかったのです。客をつなぎとめるどころか、私が着任してからも、客は減りつづけました。ホテルのオーナーは、この店を閉め、流行のイタリアン・レストランに改造する意向を漏らし、私は断崖に立たされた思いでした。

　そこに現れたのが、あの男です。霧志摩雅之。やつは今から六年前の今日、まさしく聖ヴァレンタインの日に予約もなく現れました。席につくや、やつはボーイを呼んで内装にけちをつけ、BGMが良くないから変えろと言い、ワインリストを見ては手頃なものがないと難癖をつけました。そして、ディナーのメニューを見てこう言ったそうです。

「くだらない料理ばかり並んでいるな。メニューを見れば、そこのシェフの腕や料理に対する見識がわかるものだが、これはひどい。ひどすぎる。こんなものを高級料理でございますと並べ立てて、無知な金持ちから高い金を巻き上げているわけだ。ふふん……ふふふん……」

　ボーイから話を聞いて、とうとう来たな、と私は思いました。彼の噂は同業者からよく耳にしていたからです。

　一瞬、お金を包んで、帰ってもらおうか、と思いました。店の評判を下げたくなかったからです。しかし、それでは料理人としての自分がなくなってしまいます。

　私は、やつのテーブルまで行き、できるだけ冷静に、ていねいに話しかけました。

「お客様、当店のメニューがお気に召さないとのことですが、どうか一度ご賞味いただいてから、あらためて感想をお聞かせくださいまし。食べないうちから非難を受けるのは、我々作り手としては納得のいきかねる話でございます」

　言葉を選んだつもりだったのですが、やつは私の言ったことがカチンときたとみえ、声を荒らげました。

「これは詐欺だな。この店みたいに格式ばかり高くて、ろくな料理を出さず、大金をふんだくるような店を潰してあるくのが私の仕事だ。食べてから感想を言え、だと？　食べないうちならおとなしく帰ることもできるが、食べてしまったら、私は感想を雑誌に書くよ。それでもいいんだね」

「けっこうです。まずければまずいとはっきりお書きくださいまし」

　売り言葉に買い言葉というやつでしょうか。私はついつり込まれて、言わずともよいセリフを口にしてしまったのです。

　やつはにやりと笑いました。

「そうか。まずければまずいと書いてもいいんだね。気に入った。さあ、どんな料理でもいい。この店で今日できる最高の料理を持ってきたまえ」

　私はしまったと思いましたが、どうしようもありません。

　いくらおいしくても、「まずかった」と書くことはできます。そうなったら、この店はおしまいです。やつの文章が原因で潰れた店はいくらもあります。

「よろしゅうございます。当店の特別料理をご賞味いただきます」

「特別料理？」

　やつは鼻を鳴らしました。

「ヴァレンタイン・デーに若い連中を騙して高い料金を取るための方便だね。特別なんて言ったって、食材も料理法も普段と何も変わっちゃいないはずなんだ。それとも何かね。私のような食通を満足させる珍奇でうまい食材でも用意してあるというのかね」

「――ございます。ですが、特別料理ですのでしばらくお時間をいただきます」

私の口はひとりでに動いていました。

「何時間でも待つよ。珍しいものを食わせてくれるならな」

私は、弟子たちを集めて、メニューを検討しました。しかし、どれも帯に短したすきに長しで、これはという料理はありません。もちろん、珍しい材料など仕入れてはいないのです。その日に仕入れた食材はどれもごく普通のものでした。ありきたりの材料で一流の料理を作り上げることもできますが、やつは、「珍しい料理」と言ったのです。

私は、絶望しました。そして、自分の料理が雑誌でけなされるぐらいだったら、このまま死んでしまおうと思いました。

私は人一倍プライドの高い人間です。公共の場で貶《おとし》められるのは耐え難い屈辱でした。私は、副料理長に厨房を任せると、一人になるために自室に籠もりました。そう、この部屋ですよ。

今にして思えば、その時、すでにあの臭いは漂っていたのですが、やつのことで頭が一杯で気づかなかったようです。

どうしてこんなことになったのか……私は椅子にずどんと腰をおろし、両手で顔を覆《おお》うと、しばらくじっとしていました。

私の料理人人生最大の難関です。失敗したら、私に未来はありません。同時に輝かしい過去も消されてしまう……。

と。

私の耳に奇妙な音が聞こえてきたのです。

……グ……ニグ……ニグニ……グ……

空耳かと思いました。それは、酔っぱらった老人が公園のベンチに座って、何か繰り言を言っている……そんな声でした。

私は顔をしかめて立ち上がりました。

ネズミだろうと思ったのです。

当時の私は、ネズミとゴキブリの存在を許すことはできませんでした。この世から一匹残らず消してしまいたいとかねがね思っていました。私は、この店でゴキブリの姿を一度も見かけたことがないのがささやかな自慢でした。私の厨房にネズミが出るなどということは言語道断です。弟子たちの怠慢です。ところが、数日前から、食材がかじりとられたり、なくなったりしていることがわかったのです。私は、清掃担当の責任者を皆の前で殴りつけました。そして、金属製のネズミ捕りをあちこちに設置するよう命じたのです。ネズミには、最近の駆除道具よりもあれが一番です。

この部屋の隅にも、一つ仕掛けておきましたが、声はその中から聞こえてきたのです。私は、てっきりネズミがかかったのだと思い、ネズミ捕りに近づきました。

……ニグ……ジュ……ジュジュジュ……ギペ……

グァ……ニグ……ジュギ……ジュギジュギ……ペグァ……

ねばねばしたものがくっついたり離れたりする時のようなぷちゃっぷちゃっという音や甲殻類が箱の中を這いまわる時のようながさごそいう音が混じっていました。ネズミとは思えません。

私は気味悪く感じながら、しゃがんでネズミ捕りを覗《のぞ》き込みました。

黒いものがそこに入っておりました。

最初、感じたのは、視覚よりも嗅覚ででした。

猛烈な悪臭でした。一言で言えば、大便の腐ったような臭いとでもいいましょうか。

もう少し詳しく言うと、よく新宿の歌舞伎町のあたりを昼間歩いていると、立ち小便と野糞と嘔吐物と生ゴミと男女の体液の臭いが入りまじり、夏の炎天下など脳味噌を突き刺されるようなひどい臭気が漂っていることがありますが、あれを凝縮して、ぶちまけたようなものでした。

事実、私はその場で吐いてしまいました。あまりの猛臭の直撃に耐えられなくなったのです。昼間食べたターキー・サンドとコーヒーの混じった嘔吐物で、こともあろうにこの私自身が自室の床を汚してしまったのです。

続いて、脳の細胞がぷちんぷちんとはじけるような痛みを覚え、頭がくらくらとなりました。

弟子に命じてすぐに処分させよう、と思った時、ネズミ捕りの中のそれが動いたのです。

グァ……ニグ……ジュギ……ペグァ……

……ペグァ……ニグ……ジュギ……

大きさは二十センチぐらいでしょうか。球形をしています。色は真っ黒。ほら、イカ墨のパスタを食べたことありますか。あんな感じの、ねっとりとした黒さです。それに、数百本の触手がくっついています。イソギンチャクの触手に似ていますが、よく見ると、イカの吸盤のようなぶちぶちがびっしり付いています。そして、驚いたことにその何百本もある触手の先端に、手がついているんですよ。いや、そうです。人間の手です。そこだけは急に肌色になって、ちゃんと五本、指がついていて、爪もあります。ただし、大きさは三センチぐらいの小さなもんですよ。それが、むすんでひらいて……みたいに握ったり開いたりしてるんです。先に赤ん坊みたいな手のついたそれらの触手がぬるぬるぬる……ぬるぬるぬる……蠢いているのです。

私は、あまりの気持ち悪さに再び吐きそうになりましたが、袖で口と鼻を覆うと、もう少し近づいてそれをもっとよく見ようとしました。怖いものみたさというやつでしょう。鉄の籠《かご》に入っているという安心感もありました。

黒い球体は、半透明のどろりとした液体にまみれていました。それが、この悪臭の根源かもしれない、と私は思いました。そして、悪臭とともに、何とも名状しがたい瘴気《しょうき》のようなものが立ちのぼっているようで、私の両膝はがくがくと震えました。

ニグ……ジュギ……

グ……ニグ……ニグ……ニグ……

球体の一部に穴があり、開いたり閉じたりしています。ナメクジが糞を排泄するのを見たことありますか。粘液にまみれた身体の一部がひくひくと開閉し、そこからぶちゅっと深緑色の糞が押し出されてくるのですが、ちょうどあんな感じの穴が、その生物にもあいているのです。開いた時、穴の中に米粒のような白いものがびっしりと入っているのが見えました。形は本当にごはん粒に似ていて、柔らかそうです。あ、もう一つ、似ているものがありました。蛆虫《うじむし》です。蠅《はえ》の幼虫にもその粒々はよく似ていました。しかも、その粒々は一つずつぴくぴくと動いていたのです。

そんな穴があちこちに開いていました。時々、そこから、血のような赤い液体が押し出されてきます。黄緑色の、鼻汁か痰のようなどろりとした液体も排泄されることがあります。その生物が分泌するそれらの液体のせいで、私の部屋の床に小さな粘液の池ができてしまいました。

私は、急に不快さがこみ上げてきて、ネズミ捕りを足先で蹴飛ばしました。

中の生物は、「ペグァッ!」と鋭い声で鳴きました。私は戦慄を覚えて跳びのきました。

真っ黒な生物は、籠の中で裏返しになっていました。予想に反して、腹側は黄色の混じった灰色でした。縁日で生きた鰻をご覧になったことありますよね。あれの腹側……黄色っぽいような灰色のようなところどころに青みのある……何とも気持ちの悪い色ですよね。あんな感じです。繊毛というんですか、細かい毛がいっぱい生えているんですが、じっと見ていると、イトミミズみたいににょろにょろ動いているんです。何だか口の中がむずむずしてきまして、また、吐き気がこみ上げてきましたが、ぐっと我慢しました。

　繊毛の一部が、海老をね……そう、大きな大正エビです。今日、仕入れた飛びきり上等のやつ。それを抱え込んでいるんです。やっぱり食材がなくなっていたのはこいつの仕業だったわけです。それと……別の部分の繊毛が何かを巻き込んでいるんで、目を凝《こ》らしてみると……ゴキブリなんですね。まだ、触角をひくひくいわせてる大きなチャバネゴキブリ。それも二匹です。そいつは、ゴキブリでも何でも食っちゃうんですな。

　裏側の周囲には、小さな切れ込みがたくさんついていまして、環状になってるんです。何だろな、と思いましたが、その時は気にもとめませんでした。

　中央に、大きな穴がぱくぱく開閉しています。そこから、何とも汚らしい、人間の下痢便状の汚物が吐き出されているんです。その時、「ゲッ……ゲッ……」と声を立てるんです。

　そして、その大きな穴の中一面にぎっしりと歯が生えてるんですね。凄かったですよ。鮫の歯を小さくしたみたいな鋭い歯です。何万本と生えてました。奥のほうは赤くて、どこまでも続いていているみたいで何だか引き込まれそうになりました。たとえがよくないかもしれませんが、女性のあの部分を連想しました。その穴の中にゴキブリの頭とか、ギザギザのついた脚だとかが散らばってるんです。

穴の一番奥……そこには何だかわけのわからないミミズみたいなものがいっぱい見えました。回虫だかゴカイだかサナダムシだかしりませんが、そういった長細い虫がやたらと棲んでいるみたいなんです。

ニグ・ジュギペ・グァは……あ、これ私が名付けたんです。さっきも言ったでしょ。そう鳴くから。ほほほ……いいセンスしてるでしょ。ニグは、自分の力で元の向きに戻りました。垂れ流す粘液はどんどん床に溜まってきて、机の下がべとべとになってしまったので、私は困り果てました。

その時、私の頭に名案が浮かんだのです。

この生き物を料理して、やつに食わせよう。

珍奇な食材……やつはそう言いました。これ以上の珍奇な食材はないでしょう。

ちょっとした悪戯心でした。

優秀な料理人は、砂漠ではラクダを、アフリカではダチョウを使って、すばらしいフレンチを作ります。その時、身の回りにある食材をどう使うかでその料理人のセンスが試されるのです。人間は悪食《あくじき》です。タコやイカ、カタツムリ、ナメクジ、ナマコ、ゴカイ、ミミズ、蜂の子、イナゴ、ホヤ、サソリ……およそ口に入るものなら何でも食べてしまいます。目の前の生物は一見不気味に見えますが、なに、ホヤやカタツムリが食べられて、これが食べられないということはありません。

毒があったらどうするかって？　その時はその時です。レストランが潰れるか、自殺しようかという時ですよ。私は、気にしませんでした。それよりも、私の頭は、この臭くて気味悪い、汚らわしい生き物を、あの鼻持ちならない霧志摩雅之に食べさせるという素敵な思いつきで一杯になっていたのです。私を追い込んだあの男に対するこれは料理人としての精一杯の復讐でした。もし、やつがそれを食べて、まずいと抜かしたら、調理場に招いて、やつがどんなものを食べたのかを見せて、腰を抜かさせてやろう……そう思ったのです。

さっそく私は計画を実行に移しました。

まず、この生き物を殺さなければはじまりません。しかし、どうやったら死ぬのでしょう。できればいきなり熱湯でボイルするようなことは避けたかった。食材がどう変質してしまうかわからないからです。

私は、まず、水に浸けて、ニグ・ジュギペ・グァを殺すことにしました。

ゴム手袋をして、ネズミ捕りの上部にある金属の把手《とって》をつかんで、そっと持ち上げました。すると、ニグは黒い触手のうちの何本かをすばやく檻の金属棒の間から伸ばして、私の手をつかんだのです。そう。つかんだのです、小さな小さな手で。

私は悲鳴をあげ、ネズミ捕りを取り落としました。

弟子が数人、私の声を聞きつけて、料理長室のドアを叩きました。

「何かありましたか」

「いや……何でもない。しばらく、この部屋には誰も入るんじゃないぞ」

私は、声に威厳を取り戻そうと努力しました。

それから、今度は細心の注意を払って、ネズミ捕りを先端に鉤《かぎ》のついた長い紐で持ち上げると、部屋の隅にあるシンクに張った水に沈めてみました。そうすることによって悪臭は少しましになったようです。

しかし、水中でニグは元気に触手をひらめかしています。粘液で作るのか、時々、灰色の硬いあぶくを放出し、それがあっと言う間にシンクを一杯にしてしまいました。灰色の汚らしいあぶくは、シンクの縁からこぼれて、それ自体が独立した生物であるかのように、流しの側面をつたってゆっくり落ちていきます。

時間はあまりありません。私は、意を決しました。

私は、包丁を研ぐために使うフュジ・ド・キュイジーヌ——三十センチほどの細い鋼《はがね》の芯に持ち手をつけたものですよ——を取り上げ、逆手に持つと、シンクの上から、底に沈んでいるニグを見下ろしました。私の中に残酷な優越感がむくむく湧きあがってきました。この生き物の生死を自分が握っているのだ、という気持ち……私がいつもオマールなどの生きた海産物を調理する前に抱く気持ちと同じものを、その生物に対しても持ったのです。

私のそんな気持ちを読み取ったかのように、黒い触手のゆらめきが一瞬停止しました。私はそれに誘われるように、フュジ・ド・キュイジーヌを振りおろしました。棒やすりの先端は、ネズミ捕りの格子の間を通って、黒い生物の頭の中心に真っ直ぐに吸い込まれていきました。

ずぶずぶずぶずぶ。

病的な肥満体の脂肪にメスを差し込んでいるような、不健康な、柔らかい手応《てごた》えだけがありました。

そして。

ニグは、叫んだのです。

「ひぎゃあおおおおおおっ」

それは……死刑囚の断末魔の叫びというか、霊草マンドラゴラが引き抜かれる時に発する悲鳴というか、とにかく凄《すさ》まじいものでした。同時に、私が穿《うが》った傷から、シンクの水面を突き抜けて、真っ黒な血（？）が天井近くまで噴水のように噴き上がりました。その液体は、ショックのあまり床に座り込んでしまった私の頭上から降り注ぎ、私は、頭から衣服から下着まで、どろどろになりました。鼻が曲がりそうなほどの悪臭があたりを満たしました。私は息をすることができず、酸欠の金魚のように口をぱくぱく動かして、新鮮な空気を探しました。

「シェフ！　シェフ！　どうしたんですか」

また、扉を叩く音です。

「何でもない。来るなと言っただろう」

「しかし……霧志摩先生のお料理は……」

「もう少し待たせておけ。私が……やる」

私は、シンクの縁に手をかけて、必死の思いで立ち上がり、中を覗き込みました。

水は、真っ黒に澱《よど》み、何も見ええず、中で何かが動いているような様子もありません。

（死んだのだろうか……それとも……）

私はしばらく逡巡《しゅんじゅん》しましたが、勇気を奮い起こして、左手でフュジ・ド・キュイジーヌを持ち、右手を黒い水に突っ込みました。ねっとりした水は、いつのまにか寒天のようなゼラチン状に変質しており、私の手にひた、と吸いついてくるようです。硬い金属の感触が指先に伝わりました。ネズミ捕りでしょう。把手に指を引っかけて引き上げようとした時。

何かが私の手首に鞭のように巻きつきました。痛い。痛い。痛い。痛い。痛い。骨が砕けそうなほどです。

私は、蒼白になりながら、左手のやすりを何度も何度も水中に突っ込みました。ほとんど手応えはないのですが、かすかに「何かを突き刺している」という感触がありました。

何百回その動作を繰り返したでしょうか。途中で、手首にまきついていた何かから力が抜け、ほどけてしまったあとも私はやすりを振りおろし続けました。全身に腐臭のする黒い血を浴びて、鬼のような形相《ぎょうそう》で、やすりで水を刺しつづけている男。はたから見たら、狂人に見えたのではないでしょうか。

私はやっとその行為を中止し、手の甲で額の汗をぬぐいました。その時気づいたのですが、私の手首には太さ二センチ幅の赤黒い痣《あざ》がついていました。

私は思い切って、ネズミ捕りを一気に水中からざぶりと引き上げました。

ニグは、ぐったりとして、大きさも一まわりほど縮んだようにも見えます。触手もどれ一つとして動いてはいません。

（やっと……死にやがった……）

おそらくその時、私の顔には凶暴な笑みが浮かんでいたにちがいありません。

私は、ネズミ捕りの扉をひらき、シンクの横にある大きなまな板の上に、ニグの死骸を置きました。ニグは、死んだ生蛸《なまだこ》のようにぐにゃりとその身体を横たえました。私があけたあちこちの穴から、じくじくと汚らしい汁が流れだしています。それは例の黒い液体ではなく、黄色っぽく泡立ち、鼻につんとくる臭いまでも、まさに酒を飲みすぎた時の小便そっくりでした。

（これを……調理する……やつに食わせる……）

不意に笑いがこみ上げてきました。私も、長年にわたっていろいろな料理を作ってきましたが、このようなものを食材として扱うことがあるとは思ってもみませんでした。しかし、私は、自分で自分の思いつきに満足していました。どのような料理になるかわかりませんが、清浄な水で気長に洗い、香辛料を多量に使ってよく煮込めば、臭いの点は何とかごまかせるだろう、と私は踏んでいました。何も知らずにこれを食べる霧志摩の顔を、私は陰からひそかに覗き見し、あざ笑ってやるつもりでした。

何しろ食材への知識が皆無なのですから、おそらくできあがる料理はかなりまずいものになるだろう、とは想像されましたが、ただのげてもの料理にはしたくありませんでした。料理人としての性《さが》とでも申しましょうか。それに、そのほうが霧志摩に対する悪戯として、より洒落のきつい悪質なものになる、と私は思ったのです。

そろそろ体液が流出しきったのではないかと思った私は、ニグの身体をつかみ、おそるおそる裏返しました。さっきも見たとおり、外縁部には二、三センチの小さな切れ込みが環状に並んでいます。

この黒い肉が、内部までそうなのか、それとも皮の部分だけなのか知るには、まずは触手を切り取って、中をあけてみなければなりません。それには、裏側からのほうがやりやすいような気がしたのです。私は、クトー・ドフィス（ペティ・ナイフ）を、ニグの身体の中央にずぶりと突き立てました。

その瞬間、私は凍りつきました。

外周に並んだ切れ込みが、一斉にひらいたのです。目、だったんですね。ああ、思い出してもぞっとします。いや、嘘じゃありません。黒い目玉があり、ちゃんと睫毛《まつげ》やまぶたもついていて、ぱちぱちと開け閉めされています。

私は、悲鳴を必死に喉もとで押し殺しました。また、弟子たちに押しかけられてはかなわんと思ったからです。

私は今でもその時のニグの目つきを忘れません。どう考えても、悪意を含んでいるとしか思えない、私を嘲《あざけ》るような目つき。

しかし、目にはすぐにミルクを沸かした時のような黄色く濁った膜が張り、みるみる生気が失われていきました。今度こそ、やっと死んだのでしょう。私は、ふうーっと大きなため息をつきました。

しかし、休んでいる暇はありません。このグロテスクな異塊を、人間が食べられる食材に変えなければならないのです。

よくあることなのだ、と私は自分自身に言い聞かせようとしました。ナマコやホヤやウニやタコを最初に食べた人はよほど勇気のある人間だとよくいわれますが、同感です。しかし、我々は今ではそれらの食材がいかに美味であるかを知っています。

しかし。

目の前の黒い生物を見ていると、

(これは……人間が食べてはいけないものではないか……)

という思いがこみ上げてきました。人間は悪食です。しかし……この生物だけは人間が食べることが許されていないのではないか……そんな気がしてなりませんでした。

私はそんな思いを振り払うと、気を取り直してナイフをつかみ、ずぶ、と切り裂きました。黒い皮のすぐ下は、水を入れたビニール袋のように、ぐにゃぐにゃで不定形の、半透明の黄緑色の層でした。日本料理で使うタコの卵（海藤花《かいとうげ》といいます）を私は連想しました。私は、その層も切り開きました。ぷちゅっという感触とともに、ミルク色の回虫のような長い虫を数百匹集めたかたまりのようなものが飛びだしてきて、私は思わずびくっと手を引っ込めましたが、どうやらそれは消化器官の一部のようでした。私はその塊を切除して、ゴミ箱に捨てました。続いて、胃だと思われる薄い黄色の袋が出てきました。切り開いてみると、中には糸のように細い茶褐色の髪の毛のようなものがぎっしりつまっていました。私はしばらくそれが何だかわからずに指先でひねくりまわしていたのですが、不意にその正体がわかった瞬間、私の全身に悪寒が走りました。

ゴキブリの触角だったのです。何千匹、何万匹というゴキブリの触角だけがその袋におさめられていたのです。これだけは消化しにくいのでしょうか。私は、私の店にゴキブリがいない理由がわかったような気がしました。

黄緑色の層とその下の内臓を取り去ってしまうと、その奥から、白い肉が現れました。私は目を疑いました。それまでの、汚らしい部分が嘘のように、その肉は純白に近い色だったのです。

私は、その部分を取り出してみました。直径十センチにも満たない、小さな球状のかたまりを私は得ることができました。付着している汚物などをていねいに取り除き、何度も念入りに水洗いしました。ちっぽけな白い肉塊は、私の手のなかでまるで輝いているようにみえました。

私は、清めたまな板の上で、それを薄く削ぎ切りにしてみました。ナイフを入れると、ぷん、とほのかな芳香が立ちのぼります。清潔な布で水分をとったあと、八片の削ぎ身を私はバットの上に並べました。

完璧な食材ではありませんか。

船型をした純白の肉片からは、ニグを見た瞬間からつきまとっていた汚らわしく忌まわしい雰囲気は微塵も感じられません。思わずこのまま生で食べてしまいたくなるような、食欲をそそる清冽な気品に満ちていました。しかし、その清々《すがすが》しさの底の底から、一種の邪視というか、皮肉な視線のようなものを感じたのは、今から考えるとあながち気のせいでもなかったようです。

あとは、フレンチ・シェフとしての長いキャリアがものをいいました。ここからはアドリブです。手際と直感が全てです。私は、いかにも壊れやすそうな八つの肉片に白ワインと少量のレモン汁をふりかけ、手早く着替えると、料理長室を出て、主厨房に向かいました。

弟子たちは皆、待ちきれないという顔で私に駆け寄りました。一人が私の捧げ持っているバットの中の肉について質問しようと口を開きましたが、私はこういって彼を黙らせました。

「ノン！　今は、ものをたずねる時ではない。創る時なのだ」

私は、シェフ・ソーシエ（ソース担当のシェフ）に命じてキウイソースを作らせ、自身はニグの肉に塩、胡椒、小麦粉をまぶし、大量のバターと少しの油で、一瞬、ほんの一瞬だけムニエルにしました。この技法は私にしかできないものです。素材はほとんど生のまま、しかも完全に火が通っていないといけません。温めることによって素材の細胞の一つひとつが活性化し、うまみが引き出されるのです。その際、凡庸なシェフだと小麦粉臭さが残っているものですが、もちろん私はそんな失敗をしません。

香辛料を加える、自慢のフォンで煮込む、チーズを使う……いろいろ考えてみたのですが、結局は、雪のように白いその肉片の美しさを残すために、私はあえて手を加えることをやめました。

大皿に焼きあがった肉を並べ、四分の一が隠れるぐらいにキウイソースをかけまわします。白と緑。色の調和は見事で、私は付け合わせを置くこともやめてしまいました。どんなに気を配っても、この美に水をさすことになることは必定だったからです。

すぐに運ぶように指示しましたが、私は、この料理がどのような味であるか味見をしてみたい欲求に駆られました。もちろん、ソースの味見はしたけれど、肉そのものを口にはしていなかったからです。

少し考えて断念しました。私の頭には、ニグの全景や、はじめて見た時のあの悪臭、不気味な動きなどがこびりついて離れなかったからです。

私は、料理が厨房から運ばれていくのを見ながら、心のなかで哄笑しました。あのぐちゃぐちゃで気持ちの悪い、ゴキブリを食べて育つ生物を、高慢な美味評論家に食べさせようというのです。これ以上の皮肉な悪戯があるでしょうか。ほほ……その気持ちが顔に出ていたものか、何人かの弟子が私の顔を怪訝《けげん》そうに見つめていました。

私はひそかに食堂の様子をうかがいにいきました。

さんざん待たされて不快の頂点にあったらしい霧志摩は、料理を運んできたボーイに当たり散らしたあと、料理を一目見て顔をしかめ、横を向きました。やつはしばらく横目で皿をにらみつけていましたが、どうせまずいだろうが一口食ってやるか、というような表情で、フォークの先で皿の縁をひっかけて引き寄せると、不愉快そうに肉にナイフを入れ、一片をフォークで口に運ぼうとしました。

その瞬間、私はふと我にかえりました。

私はとんでもないことをしでかしてしまったのではないだろうか。節には反するが、霧志摩には袖の下を包んで帰ってもらうこともできたはずだ。私は、一時の興奮とプライドのために、料理人として、人間として絶対にしてはならないことをしてしまったのではないか……。

私は、いても立ってもいられなくなり、

「やめろ。食べないでくれ」

そう叫ぼうとしました。

しかし、やつはもう肉を口の中に入れ、咀嚼しています。

やつの口の動きがとまりました。

吐き出すか。皿を引っ繰り返すか。

私は固唾《かたず》を飲んでやつの行動を見守りました。

霧志摩は、皿に正面から向き直り、居住まいを正すと、憑《つ》かれたような、ぎらぎらとした目つきで料理をにらみ据えました。そして、残りの肉片を、ナイフで切りもせずに、口の中に続けざまに放り込みました。そして、あっと言う間に飲み込んでしまうと、ナイフとフォークをテーブルの上にがちゃんと投げ出し、口にソースがべったりと付着しているのもかまわず、大声を出しました。

「シェフを……総料理長を呼べ！」

雷鳴のような声でした。私は、その声につられて、彼の前にふらふらと出ていってしまいました。

霧志摩は、私の手を握ると、予想外の言葉を吐きました。

「凄い……凄まじい……信じられない料理だ……」

私は、彼の真剣すぎる表情に押されて、

「お、お気にめしましたか……」

「気に入ったなんてものじゃない。これは世界一の美味だ。長い間、世界中の三つ星レストランを食べ歩いているが、こんな料理にははじめて出会った。あんたは天才だ！」

「そ、それは……どうも……」

「この肉は何だ。魚でもない、鳥でも、獣でもない……。貝か……いや……」

「これは、ニグ・ジュギペ・グァでございます」

「ニグ……？　何だ、それは」

「一種の……海産物ですが、非常に珍しく、貴重な、高価なものでございます」

「そうだろうな。この私が知らんのだからな……」

彼は、そうやってしゃべっている間もずっと私の手を握りしめて放しませんでした。

私は、勝ち誇った気分でした。この馬鹿な評論家は、ゴキブリを食らう、汚らしい生き物の肉を世界一の美味だといって喜んで食べたのです。私の料理人としての腕が、彼を屈伏させたのです。

「デザートには何をお持ちいたしましょうか。当店自慢の……」

「いらん！」

霧志摩は叫びました。

「この……ニグとかいうやつをもっと食いたいんだ。もう一皿、作ってくれ」

「残念ながらお客様、もう材料がございません。何分、たいへんに貴重で……」

「そんな……」

霧志摩は打ちひしがれた表情になりました。

「悪かった。私の態度が気に入らんのだろう。そうだろうな。謝る。非礼は全て詫びるから、この料理を食べさせてくれ。頼む」

「そう申されましても……」

霧志摩は、いきなりその場に土下座しました。両目からは涙がこぼれています。

「私を許してくれ！　私は、ちょっと名前が通っているのをよいことに、あちこちの料理人たちをののしり、馬鹿にしてきた。私は、悪人だった！　今日かぎりそんなことはやめる。私は悔い改める。だから……この料理を……」

彼の叫ぶような声は、レストラン中に響きわたっております。

「お客様……嘘ではございません。もし、ここに食材があれば喜んでもう一皿お作りしたいのですが……」

「そうか……ないのか……そうか……」

霧志摩は、床を向いてじっとしておりましたが、突然、顔を上げ、

「他のレストランで、この料理が食べられるところを知らんか。そこへ行って……」

「それはまず無理かと存じます。何しろ貴重な食材のうえ、料理法はきわめてむずかしく、世界中をみてもニグの調理をこなせるのは私一人かと」

言いながら、私の腹は波うっており、それを隠すのに必死でした。

「では、次、いつ入荷する。それぐらい教えてほしい。このとおりだ」

懇願する霧志摩に私は冷たく言い放ちました。

「これはヴァレンタイン・ディナーでございます。幸福を求めてこのホテルに来られる皆様に、口福をお授けしようということで、採算度外視で行っているのです。ニグの料理は下ごしらえだけでも何週間もかかり、とても通常営業の中ではお出しいたしかねます。お作りできるのは、今から一年後……来年のヴァレンタインの日でございますね」

「じゃあ、来年にはまた食べられるんだな、あの料理が!」

「そ、そうですね……」

「その日のディナーを今から予約しておく。よろしくお願いする」

この料理のことは絶対に記事にするなと念を押すと、やつは、

「私の食べる分が減るようなことはしないよ」

と言って、何度も深々と頭を下げ、帰っていきました。

私は、弟子たちとともに厨房で大爆笑しましたが、私の笑いの真の意味は彼らにはわからなかったでしょう。

私は、料理界の糞虫をまんまと撃退したうれしさでその晩はひとりで祝杯をあげ、そのあとはニグのことはすっかり忘れておりました。

しかし、それではことはおさまりませんでした。

霧志摩とは記事にしない約束をしてあったので安心していたのですが、彼が親しい友人数人にしゃべったらしく、そこから口コミで広がったのでしょうか、たちまち問い合わせの電話が殺到しました。私は、あの料理は一年に一度、ヴァレンタインの日にしか出さないのだ、といって全てを断らせましたが、中にはどうしてもすぐに食べさせろとがんばり、拒絶するとののしり声をあげて店の対応を非難して電話を切った者もいるとか。美食というものが人間を狂わせるとよく言いますが、その好例を見た思いでした。

しばらく放置しておけば騒動も沈静化するだろうし、霧志摩の予約分は適当に言い繕って断ろうと思っていたのですが、翌年のヴァレンタイン・デーが近づくにつれて、どこで聞いてきたのか予約が入りだしました。どれも、特別料理目当ての客ばかりです。しかも、霧志摩からは十数回にわたって予約確認の電話があったそうです。結局、ヴァレンタインの予約は半年以上前にいっぱいになりました。霧志摩を除くと、ほとんどがカップルです。

私は、自分がやった悪戯がとんでもない結果を生んでしまったことを痛感しました。特別料理を出そうにも、材料がないのです。あれ以来、ずっとネズミ捕りを仕掛けっぱなしにしてあるのですが、ニグは捕まりません。私は、あの日のことは夢だったのではないか、とすら思いはじめました。

霧志摩から真剣そのものの口調で予約確認の電話が入るたびに、私は追い詰められた気分になりました。いっそのこと、あの食材の正体が何なのか告白してしまおうかとも思いました。しかし、それはできませんでした。苛立ちから弟子にもやつあたりする日々が続きましたが、彼らには私が何に悩んでいるのか想像もつかなかったようです。

ヴァレンタインまであと一カ月と迫ったある日のこと。その日、ワイン通の客の予約が入っていることを知った私は、自ら料理に添えるワインを選ぼうと、エコノマから階段をおりて半地下になっているワイン庫に足を踏み入れました。

久しぶりに入るワイン庫は黴臭い臭いで一杯でした。呼吸するたびに、黴が肺の中に入るような気がして、私は胸がむかついてきました。

お目当てのワインを探している時、私は、ふっとどこかで嗅いだような臭いがすることに気づきました。

糞便の臭いを凝縮したようなその悪臭……私の顔は思わず知らずほころんでいたにちがいありません。

ニ……グ……ニグ……ニグ……

ペグァ……ニグペ……グァ……

懐かしい鳴き声も聞こえてきたではありませんか。

私は狭いワイン庫の中を走りだしました。どこだ……どこにいる……。私は目をきょろつかせました。

いた！　ついに見つけました。あの、真っ黒な、全身を粘液にまみれさせた、触手だらけの姿が。

何と、ニグは、ワイン庫の一番奥の壁から、身体を半分乗り出したような状態でした。つまり……信じがたいことですが、ニグは壁を通過しているところだったのです。薄暗い中、よく見ると、壁の合わせ目のあたりが少し朦朧《もうろう》としていて、霞がかかったようになっています。

そうです。こんなことを申しあげてもお信じにはならないと思いますが、私はその時、確信しました。ニグは異次元の生物だったのです。ワイン庫の壁の一部がどういうわけか異次元とつながってしまっており、そこからこちら側の世界に入り込んできていたのです。

私は、そっと近づくと、ニグに飛び掛かりました。捕まえた！　と思ったのもつかのま。ニグは私の気配を察知して、すぐに壁の中に引っ込んでしまいました。私の手には、黒い触手の切れ端だけが残りました。それは、ぴくぴくといつまでも蠢いていました。

ニグが消えた壁を触ってみましたが、それはただの壁で、穴もあいていません。ニグはたしかにこの中に消え失せたのです。

私は心底から落胆しました。もう少しで食材を入手できるところだったのに……。しゃがみこんだ私の目に入ったのは、ばらばらになったゴキブリでした。今の今までニグはこの虫を食べていたにちがいありません。

その日から私のゴキブリ集めがはじまりました。弟子たちに命じて、自宅でゴキブリを捕らえさせ、それを生きたまま持ってこさせるのです。夜間、野外で採集したり、ゴキブリの好きそうなビールの飲み残しをわざと厨房内に放置して、集まったところを捕獲したりもしました。

弟子たちは、あれほどゴキブリを嫌っていた私の変貌ぶりに最初は戸惑っていたようですが、私の指示は絶対です。彼らも熱心になってくれて、たちまち数百匹の生きたゴキブリが集まりました。メスからは卵鞘《らんしょう》を集め、広口瓶に入れて人工孵化《ふか》も試みました。小さな小さなゴキブリが生まれ、ビンの中を走り回りました。

私は、数十個のネズミ捕りをワイン庫に仕掛けたあと、私以外のそこへの出入りを禁止しました。餌はもちろん、ビニール袋に入れた生きたゴキブリです。

効果は覿面《てきめん》でした。数日のうちに、四匹のニグがネズミ捕りにかかりました。私は小躍りして喜びましたが、問題は、それらのニグを生きたまま保管しておく方法です。弟子にも誰にも見られてはなりません。

私は、突貫工事で、料理長室の奥に部屋を設けさせ、中に、頑丈な蓋のついた大きな水槽と下ごしらえができる程度の調理場を造らせました。そして、その部屋へは料理長室からしか行けないようにしたのです。もちろん強力な換気扇を取り付けることを忘れませんでした。

　私は、水槽に水をはり、その中に四匹のニグを入れました。そして、日に数度、生きたゴキブリを与えることによって、彼らを飼育することに成功したのです。仕事を終えて、自室に入り、水槽の中で、黒い触手を海草のようにひらひらさせている生物をながめていると、私は一日の疲れも忘れる気持ちになりました。あれほど忌み嫌っていたのに、ほほほ……人間変われば変わるものです。

　その後、三匹のニグを追加することができ、何とかその年はヴァレンタイン特別料理を人数分そろえることができました。下ごしらえは鍵を掛けた部屋の中で私一人で行い、それを調理場に運んで弟子たちに調理させるのです。

　霧志摩も一年待った甲斐《かい》があったといって再び私の料理を絶賛してくれました。他のカップルたちも口々においしいおいしいを連発して満足して帰っていきました。

　私は、霧志摩の喉に、何か小さな嚢《ふくろ》状のできものができているのに気づきました。皮膚病か何かだとその時は思ったのです。

　やっとヴァレンタインは終わりましたが、問題は次の年です。ネズミ捕りを仕掛けるというような原始的な方法では、それほど大量の捕獲はのぞめません。ニグの繁殖方法はわかりませんでしたが、交尾して増えるにしろ、単性生殖にしろ、水槽の中で飼っているうちに子供を産まないだろうかと期待していたのですが、そんな様子はありませんでした。

　次の年のヴァレンタインには、二匹減って、五匹のニグしか入手できませんでした。しかたなく、一皿の分量を減らしたのですが、客は皆、不満を言うこともなく、美食の幸福に満ち足りた表情で帰途についてくれました。

私が気になったのは、その年に来た客のうち、前年も来た数組のカップルの喉に、霧志摩の喉にできていたのと同じ嚢状の異物があったことでした。そして、一年ぶりに見る霧志摩の喉のそれは、前の年よりも遥《はる》かに大きくなり、まるで七面鳥の首の袋のように垂れ下がるまでになっていました。霧志摩は食事が終わると、私の手を握って涙を流し、一年に一度、ここで食べるこの料理だけを生き甲斐にして生きている、と言いました。

私は、何とかニグを繁殖させることはできないものかといろいろやってみましたが、かんばしい結果は得られませんでした。

その次の年、つまり、三年前ですが、ネズミ捕りにかかったニグはたったの三匹でした。向こうの世界にいるニグたちが、私の意図に気づいて警戒するようになったのか、それとも単に乱獲（？）で絶対数が減ってしまったのか……。おかげでその年は、一皿の分量はいっそう少なくなりましたが、客は文句も言わず、うまそうに料理を食べていました。私は、幸福に酔ったようになっている彼らに、下ごしらえ前のニグの本体を突きつけて、

「おまえたちが今食べているのはこれだ。このどす黒い、臭い、おぞましい怪物なんだ」

そう叫びたい衝動にかられましたが、もちろん実行はしません。どうやら、一部の金持ちの坊ちゃん嬢ちゃんの間でこのヴァレンタイン料理が評判になっているらしく、どれだけ金がかかってもかまわないから予約させてくれ、という電話がかかってくるようになりました。

何でも「食べると幸福になれる」とかいう噂になっているらしく、彼女に、どうしても食べてみたいとせがまれるんでしょうな。馬鹿なやつら。ほほほ。でも、私の料理を食べている時の彼らの顔は本当に幸福そうではありますが。

この年も、前に来た客の喉には、例の異形《いぎょう》の肉袋が垂れ下がっており、中にはそれをスカーフで隠しているカップルもおりました。一番大きく成長した肉塊をぶらさげているのが霧志摩であることは言うに及びません。

年々減っていくニグの捕獲数に、私はこの先どうなるのかと気が気ではありませんでした。このまま、一匹もとれなくなったらどうしよう。その頃の私は、一年に一度、グルメ垂涎《すいぜん》の料理を作る料理人という評判になっており、それならば日頃作る料理もうまかろうということで、店の評判も上々になり、オーナーもイタリアン・レストランへの変更の話をぷっつり口にしなくなりました。ですから、ニグの料理ができなくなることはたいへんな痛手でした。

しかし、次の年……去年ですね、気づいたことがあるのです。

ヴァレンタインの当日、霧志摩が、例年のように私の手を握って、涙ながらに料理のうまさを私に語ってくれた時のことです。

臭いのです。息が。

それも、ただの臭さではありません。

ニグの下ごしらえを毎年続けている私にしかわからない臭い……。そうです、彼の口から漏れてくるのは、明らかにあの、糞尿や生ゴミや嘔吐物の臭いを混ぜ合わせたようなおなじみの臭気だったのです。そして、その臭気は、最初見た時から比べると、見違えるように肥大した彼の喉の肉嚢がしゅるしゅると収縮する時に発せられているのでした。注意深く観察すると、陰嚢に酷似したその袋の、下部の丸い二つの膨らみは、もぞ……もぞ……と蠢いています。

もう、まちがいありません。この嚢の中でニグの子供が育っているのです。ニグの料理を食べた者の喉にできる嚢は、ニグの卵嚢であり子宮であったわけです。

私は、安堵《あんど》しました。涙が出るほどうれしかったです。これで、新しい新鮮なニグをいつでも入手する道が開けたことになります。同時に、私は霧志摩の喉の袋が何ともいとおしくなりました。頬ずりしたくなるほどでした。そこで、ニグの子供たちが育っていると思うと、何とも言えないわくわくした気分になりました。

私は、たくさんのかたにニグの料理を味わっていただき、幸福になっていただきたい。そのために、もっともっとたくさんのニグを育てたい。これが私の使命だと考えております。

◇

藤川シェフの話は終わった。

本当の話か……それとも悪い冗談か。

私には判別つかなかった。

聞いていて私は、胃のあたりがぞくぞくするような感覚に襲われた。そこには、彼の言うニグ・ジュギペ・グァの肉がおさまっているのだ。しかし、私はそれを吐きだしたいとか病院へ行こうとかそんな気にはならなかった。口のあたりには、さっき食べたばかりのニグ料理の至福の味がまだ残っている。そんなもったいないことはできない。何より、私は……幸せだった。

その時、ノックの音がした。

「シェフ、霧志摩先生がご挨拶に来られましたが」

「ああ、お通しして」

「他にも、シェフに会いたいとおっしゃるお客様が数組ございますが」

「はじめての方かね、おなじみさまかね」

「毎年、お越しになる方々です」

「一緒にお連れしなさい」

しばらくすると、霧志摩を先頭に七人の男女が入ってきた。年齢はまちまちだったが、共通する点が一つだけあった。喉にぶらさがっている肉塊である。

霧志摩は、藤川シェフの手を握ると、

「今年も口福を味わわせていただいた。礼を申します」

「ノン、私の手柄ではありません。素材が全てなのです」

「いつまでもこの料理を食べていたいのですが、そろそろ困難になってきたようです……それというのも……」

何か茶褐色のものが床を横切るのが私の視界の端に入った。

ゴキブリだ。

と。

霧志摩の表情が、強い風圧を顔に受けたようにいびつに歪んだ。

彼は倒れ伏すような感じでその場にしゃがみこんだ。

その口の端から、何か黒い、ぴくぴく動くものが顔をのぞかせた。それは……触手だった。先端に小さな手がついている。手は、カメレオンの舌のようにゴキブリに向かってすばやく伸び、茶色い昆虫の胴体をしっかりとつかむと、再び霧志摩の口の中に引っ込んだ。彼はもぐもぐと口を動かし、ごくんと飲み込んだ。

「カエッテ……キタヨ……」

霧志摩は言った。その声は、霧志摩のものとは思えないほど甲高かった。

「え？」

シェフは怪訝そうに霧志摩の顔を見た。

「パパ……」

と霧志摩は言った。

「カエッテ……キタヨ……」

その言葉に誘われたかのように、彼の後ろに並ぶ男女も、一斉に口をひらいた。

「パパ……カエッテキタヨ……」

霧志摩の喉袋から何かが口のほうへ上昇していくのがわかった。彼の口から数十本の真っ黒い触手がぶわ、と飛びだし、さながらイソギンチャクのようになった。彼の頭部のあちこちから皮膚を突き破ってちっちゃな手のついた触手が出現した。私はできの悪いアニメーションを見ているような思いだった。

次の瞬間、霧志摩の頭部は細かい肉片となって飛び散った。そして、今まで彼の頭があった部分には……数百本の触手を蠢かせた、黒く、ぬめぬめした球形の生物が鎮座していた。それも二匹。

「おお……」

藤川シェフは呻いた。感嘆の呻きだった。

「二匹も……おお……」

時を同じくして、残りの六人の男女の頭部も、次々と破裂した。頭を失った彼らの肩の上には、例外なくニグ・ジュギペ・グァが乗っていた。

「よく帰ってきてくれた……私の……子供たち……」

「パパ……」

「パパ！」

藤川シェフはにっこり笑うと、彼らに向かって両手をひろげた。

「パ……パ……ゴキ……ブリ……チョウダイ……」

人間の肩に乗った異形の生物たちは、口々にそう言った。

私は悲鳴を上げた。上げつづけた。

しばらくすると、私の絶叫を聞きつけたのか数人のコックたちが走り込んできたが、彼らも料理長室の惨状を目の当たりにして呆然として立ち尽くしていた。

◇

そんなことがあって、「オールド・ガストロノミ」は店を閉めた。藤川シェフの行方は杳《よう》として知れなかった。事件はホテル側によって揉み消されたらしく、新聞にはフランス料理店で事故があり、客七名が死亡したという小さな記事が載っただけにとどまった。事故の内容には一切触れられていなかった。

私は、もう二度と味わうことができなくなってしまった幻のヴァレンタイン特別料理に思いをはせて、意味のないことと知りつつも、今年の二月十四日――つまり、今日、五年ぶりにこのホテルへと足を運んでみたのだ。店は「オルランド」という、流行のイタリア料理店に変わってしまっており、カンツォーネが流れ、若いカップルがパスタやピザを健康的に頬張っている明るい店内には、あの妖しい雰囲気は微塵もない。

私は、一人のボーイを呼び寄せ、メニューを要求した。やけに年をとった、無表情なボーイだった。

「このヴァレンタイン特別料理というのは何かな」

私がたずねると、老ボーイは淡々と応えた。

「豚肉のペペロナータ・ソースでございます」

予想しえたことではあったが、私は失望し、イカ墨のパスタと適当なイタリアン・ワインを持ってくるように言った。

すると、老ボーイはにやりと笑った。

「失礼ですが、お客様がご注文なさるのは、別の特別料理ではございませんか」

その表情……私は驚いた。顔だちはまるで似ていないのに、そのにやりとした笑顔は、藤川シェフそっくりだったからだ。

私は唾を飲み込んだ。

「その……特別料理をくれ……」

「かしこまりました」

一礼して去ろうとするボーイを私は呼び止めた。

「あ、待って……何だかものものしいけれど、誰かＶＩＰでも来るのかい」

ボーイはうなずくと、私の耳に口を近づけて、この国の政治の最高責任者の名前を言った。

今、この国は国内外に憂慮すべき問題を抱えており、その人物は非難の矢面に立たされている最中であった。

「もちろん……」

とボーイは再びにやりと笑い、

「あなたと同じ、特別料理をご賞味いただくつもりでございます。何しろ、あの方は今、一番『幸福』を願っておられるでしょうし、私どもの使命はお客様に幸福になっていただくことでございますから。ほほほ……」

ボーイはまた、もとの無表情に戻ると、ゆっくりと調理場に引き返していった。その顔は、藤川シェフと似たところはかけらもなかった。

だが、そんなことはどうでもいい。私はあの料理さえ食べられればそれで幸福なのだ。

ふと気づいてあたりを見回すと、強い照明の下で陽気に笑いさんざめく男女の中にも、私の同類がかなり混じっているようだ。

私は自分の喉に垂れ下がった、よく育った肉嚢をそっと撫でた。

何かが口の端から飛び出したので、ぶつっと前歯で嚙み切ると、黒い紐状のものがテーブルに落ちた。ぴくぴくとミミズのように動くその先端には、かわいらしい小さな手があった。

異形家の食卓1　大根

雲形定規のようにいびつな形をした食卓には四人がついていた。

「今日のごちそうは何かや」

針でつつけば脂肪分がぴゅうっと噴き出しそうなほどにぷくぷくと、バルンガのように肥え太った中年男が言った。

「ジンバエよ。ジンバエをキグスしたもの」

髪の毛を床につくほどに垂らし、爪を十センチもの長さに伸ばした、険のある顔をした中年女が応えた。

「ママのキグスは絶品だからのう」

赤ら顔の中年男が腫れぼったい目をしばたたきながら、背の低い、唇の分厚い若者に言うと、彼はうなずき、

「おらの大根もうめえでよ。食ってみてけれ」

「ああ。おめえの畑で採れた大根は茹《ゆ》でても、おろしにしてもうんめえず。俺はいっち好き

だじ」

ぎょろりとした蛙のような目をした少女が、長い舌で口のまわりをぺろぺろなめながら言った。

「あたし、キグスよりお魚が好き。ママ、お魚は?」

「ハイギョの煮付けがあるわ」

「プロトプテルス?　レピドシレン?」

「それは肺魚でしょ。ほら、あれよ」

中年女が尖った顎でしゃくった先を見て、少女はうなずいた。ぬめぬめした粘液で覆われた、ウナギをぷっくりと太くしたような黒い魚が四肢を使ってテーブルの上を這っていた。

「ああ、這い魚。あたしこれ大好きなんだ。煮付けにしても這うことができるなんて、すごいわね」

「早く食べてしまわないと、逃げちゃうわよ」

四人は朗らかに笑いあうと、大鉢に山盛りにされたジンバエのキグスと風呂吹き大根、這い魚の煮付けなどを食べはじめた。

「そういえば、タケルよ」

中年男が、若者に言った。

「おめえ、前につきあってたあの女、どした?　ほれ、身体のえらくでけえ、プロレスラーみてえな女よ。婚約したとかせんとか言うとったでねえか」

「ああ、あの大女」

若者は、大根をほおばりながら、

「あれなら、とうに食っちまっただ」

一同は再び朗らかに笑った。

「ねえ、そのいきさつ、ママは聞いてないわよ」

「パパも聞いとらんじ。早《はよ》う話してみんじゃ」

若者は照れたようにぽりぽりと首筋を掻いた。

◇

おらが、あの大女、三善《みよし》マリアと知り合ったぬは、二年ばかり前じゃ。ほれ、おらが、石原裕次郎にあこがれて、東京さ出ていって、俳優になるべえと言うとった頃があったじや。湿気くさい三畳のボロアパートに住み、演劇学校に通うて、芝居の勉強ばはじめたがよ。おら、田舎もんじゃいうて、学校のみなに馬鹿にされとりやんした。セリフ一つ言うにしても、訛りが出るがよ。動作ものろうて、やつらみてえにてきぱきできん。着るもんも、垢抜けせん。講師も、おらが課題をすると笑うがよ。「田舎くさい役ならぴったりだが、シェークスピアは標準語で頼むよ」なんて言ってな。おら、くやしゅうてよ。何のために、高《たけ》え金ば払《はろ》て、故郷売って出てきたか。毎晩、布団の中で悔し涙流しておったじゃが。誰もおらのことばわかってくれん。東京で暮らしとる連中の目はオカシイ。いっつも、他人をにらみつけとる。コンビニやら駅の階段に座りこんどる若い学生も、ランドセル背負ったガキンチョも、猪首にネクタイ巻きつけた中年のサラリーマンも、満員電車の中で誰にも席を譲ってもらえん婆さんも、ブランド物以外を身につけたら死ぬ思うとるＯＬも……みーんなまわりの人間を敵だと思うて暮らしとるにちがいない。要するに、狂うとるんじ。おらも、毎日毎日、そんな狂うたやつらの視線にさらされとるうちにおかしゅうなってきたがや。ひでえとこさね、東京は。それとは別に、東京で驚いたぬは、食い物まずいことじゃった。東京のやつらは食い物粗末にする。すぐに残す。ほかす。コンビニだのレストランだのの裏を夜中に通ってみや？　売れ残りの弁当やら客の食い残しやらが、ほんじ山みてえに積み上げられとるがいよ。おら、最初見たとき、思うた。東京の連中は、みな、ヒダリさまの祟りで死んでしまうにちげえねえと。ところが、少しすると考えが変わったじ。東京の食い物は、あきれるほどまずい。どんな一流レストランで食おうと、吐き気するほどにまずいまずいまずい。何しろ、食材がまずいんじゃから、いかにそれを上手に料理しても、どうにもならんて。たとえば、大根じゃ。見かけは、おらが作っとる大根と何もちがわぬ。それどころか、白くてまっつぐですべすべで、より美味そうじゃ。ところが食うてみてびっくりずよ。とってもとても食えたもんじゃねえ。味も素っ気もねえし、何やら臭い。最初は、腐っとるんかと思うたがよ。東京のやつらは馬鹿じ。あんなもんを、新鮮だとか美味いとか言うて食うとるとはのう。一事が万事。他のもんも、どれをとってもまずいのさ。野菜も魚も肉も……。水までがあきれけえるほどまずい。きっと、どれにも毒が入っとるんじよ。水に毒が入っとれば、それで育った野菜やら魚やら牛やら豚にも毒がまわっとる。それ食うて生きてる人間が狂っていくのは、こらあたりめえじゃ。おら、すぐんでも東京さ離れて、ここに帰りたかったが、男が一旦みえ切って故郷を捨てたうえからは、一人前の俳優ばなるまでは絶対帰られん思うて辛抱しとったんじ。そんな時、あの女が……マリアが演劇学校の臨時講師としてやってきたんじよ。マリアというのは芸名で、ほんまはタネ子ゆうがや。所属しとる劇団の芝居では主役をはっとるし、ちょい役やがテレビドラマのレギュラーも数本持っとってな、売れっ子ゆうわけやねえが、これから伸びていくゆう輝きがあったでらす。背が高うて、一メートル八十五はあった。おらなんぞは、いっつも見上げていたんで、首が痛くなったじや。肩幅も広くて、胸も巨乳ちゅうやつかのう、吉田さんとこのベコみてえにでけえ乳じゃった。尻もまた抱えきれんほどでけえが、腰はきゅっとくびれて、脚も長《なげ》えし、とにかく迫力のあるガタイじゃった。和田アキ子やらマッハ文朱やらおるがい？　あんな感じの女じゃ。そのマリアがのう、おらが学校でみなにいじめられとると、

「あんたたち何してるの！」

ちゅうて怒鳴りつけて追い払ってくれた。おらが課題ができいで泣いとると、

「タケルくんは才能あるんだから、がんばりなさい」

ちゅうて励ましてくれよった。おら、感激してな。絶対にマリアに褒められるようになるがよ！　思て猛勉強したじ。おら、他の誰とも気が合わんで、いっつもマリアにくっついて

金魚の糞みてえにしとった。皆は、マリアの子分になったちゅうて陰口叩いとったげに、おら気にせんかった。あるとき、マリアのおともをして、夜、新宿を歩いとると、若い衆に因縁ばつけられたことがあったんじょん。おめえ、テレビに出とる女優じゃろう、一発やらせえ、ちゅうてな。相手はサングラスかけて、しかも三人連れ。じゃが、おら、マリアば守らねばと思て、後ろ手にかばって、三人の前に立ちはだかったがや。その時、おらは石原裕次郎の気分だったげんど、あっという間にぼこぼこにされて、路上に伸びてしもうた。気づいたとき、おらはマリアのマンションのベッドに寝かされとった。通行人が警察を呼んだんで、三人は逃げてしもうたと。マリアは、おらの腫れあがった顔を濡れタオルで冷やしてくれよんじゃわ。そいで、

「タケルくんのおかげで助かったわ。ありがとう」

　言うて涙ば流してくれよんじゃわ。しめえには、おらの胸を撫でてくれてのう、

「タケルくんのその優しさ、大事にしてね。私たち都会の人間が失ってしまったものだから」

　って言うてくれよんした。

「おら、俳優になれるかのう」

「だいじょうぶよ。私が保証するわ。タケルくんの演技は、無骨で荒削りだけど、観る人の心をうつ、真実がこもっているのよ」

　うれしかったあ。おら、天にものぼる気持ちだった。その晩、おらとマリアはいろんなこ

とを語り合った。もっぱらおらが話し手で、マリアは聞き役じゃった。東京に出てから、あんなに話したことなかったちゅうぐらい、おら、いろんなこと話したのう。

「いっぺん、マリアにおらの大根ば食うてもらいたいな」

「美味しいの？」

「うめえちゅうようなもんじゃねえ。ほっぺが落ちるのを気ぃつけんといかんほどじ。東京の大根、ありゃあ大根でねえ。ただの白い、スポンジみてえなもんだ。本物の大根は、嚙んだら甘みがあって、みずみずしくて、そりゃあえも言われねえもんさね。おら、自分の作る大根は日本一、いや、世界一じゃと思うとるきに。田舎のもんはみな、そう言うてくれるきに」

大根は、畑を深くていねいに耕して、種を秋に蒔き、本葉が一枚出た頃に、間引いておくのがコツじゃ。ネマトーダ、アブラムシ、モザイク病に気をつけて、わが子のように大事に育てにゃならぬ。種類もいろいろじゃ。四十日、みの早生、方領、練馬、聖護院、桜島、守口、宮重、辛味大根、白上がり……どれも個性があって美味いが、おらの大根が一番じゃ。味噌汁、おでん、風呂吹き、炒め物……なんでも美味い。大根おろしもいいが、スライスして刺身のように食うのが、またいけるんじゃ……。

「私も一度、タケルくんの田舎に行ってみたいな」

「ほんまけっ？　大歓迎するじ。マリアが来たら、村中大騒ぎになるばよ」

「私ね、田舎暮らしするの夢だったんだ。もう都会の生活は飽きたの。誰もが傷つけあって、ぎすぎすして……テレビなんて虚構の世界よ。あんなところで有名になったってしかたがない。それより、田舎で美味しい大根を作ったりするほうが、どれだけ人間的か、と思うわ」

そうじゃそのとおりじゃ。マリアのように純粋な人間が都会の毒に染まるのはよくねえことじゃ。おら、思い切って告白した。

「マリア、おらと一緒におらの田舎さ、行こう。でもって、おらと大根さ作ろう」

「え……それって……」

おら、強くうなずいた。

「おらと結婚してけれ。おら、あんたを絶対に幸せにしてみせるじよ」

マリアはとまどったような表情になった。おら、ここぞとばかりに言った。

「善は急げちゅうで。おら、さっそくあんたの写真をうちの親に送るがや」

そうじゃ。それがあの時送った写真じ。二人とも、でっけえ女だのう、言うとった、あれじゃば。そのあとどうなったかて？　若っかいもん二人、おんなじ部屋だばい。でっけえオッパイやらでっけえケツやら……おお、しもた。ケロヒメがおったげな。すまぬすまぬ。ともかく、おら、これで嫁は決まったと思うたでよ。そりから一週間ほどしてからじゃ。深夜のテレビ番組の仕事があるから帰るのは明け方になるちゅうマリアと演劇学校を出たところで別れて、おらは自分の三畳のアパートに戻ってから、飯たらふく喰ろうたあと、いつも持ち歩いとる紙袋をあけてみて驚いた。明日の朝一番のビデオ撮りでマリアが使う脚本がまちごうて入っとったげ。あわてたおらは、テレビ局に向かったわいね。タクシーに乗る金も電車賃もなかったもんで、走ったんじゃわ。局の警備員とすったもんだのあげく、ようようディレクターが出てきて、おらの風体をじろじろ見たあとで、マリアはとうの昔に帰った、大事なもんなら、今、六本木のスナックにおるゆえ、届けてやったらどうだと言いよる。別れしなに、聞き捨てならんことを口にしよった。

「あんたがマリアがよく言ってるタケルだな。たしかに純情そうだ。しかし、マリアも……かわいそうなことをするねえ、あんたみたいな……いや、やめとこう」

一度言いかけたことをやめるのは男らしくないがいや。おら、ディレクターにそう言って詰め寄ったら、

「まあ、スナックに行ってみな。全部わかるから。マリアも、田舎者からかうのはいい加減にしないとな。あんたもそれで目が覚めるだろ」

何言うとるんか、おらはマリアの婚約者だでい。おら、そう叫んで、ディレクターを殴り飛ばし、その足で六本木さ向かった。スナックは山のようにあって、なかなか見つからんかったが、夜の町をぐるぐるぐるぐるぐるぐるぐるぐる回ってやっとこさ見つけた。中に入ると、ちょうど正面の席で、五、六人の男女が酒ば飲んどった。まん中におるのがマリアで、隣にいた金髪の髭面の男にしなだれかかっとった。髭男の手はマリアの太股《ふともも》を触っとる。おら、頭に血がのぼり、ずかずかと連中の前に歩み出た。

「こんなところに何しにきたの」

マリアは不愉快そうにおらを見た。何とも言えぬ、嫌そうな口調だった。

「あんたこそ何しとる。明け方までテレビ局で仕事じゃちゅうたげいや。ここな男は誰ずい？」

　金髪の男はにやにや笑うと、

「これがいつも言ってるストーカーのタケルくんかい。なるほど、こいつにストーカーされちゃたまらねえよな。汗臭くて貧乏臭くて肥え桶臭い三拍子揃ったってやつだ」

「な、なんじゃと。おらはマリアの婚約者ばし！」

　マリアは苦笑いのような表情になり、

「あのねえ、ここはあんたみたいなひとの来るとこじゃないの。業界人御用達の場所なのよ。だから、早く出てって」

「じゃ、じゃが……」

「二度と私につきまとわないでね。ずっと迷惑してるの、わからなかった？」

「な、なんじゃやちゅう……し、したが、おらとあんたは……」

「そりゃたしかに、一度セックスしたけど……そんなことで恋人面されちゃたまらないわ。言っとくけど、私、ここにいる全員と寝たことあんのよ。あんたは知らないでしょうけど、演劇学校のクラスの子の半分とはセックスしたわ」

　一同が大笑いしとる。おらにはその感覚がわからんがった。

「でも、今はこの人……」

　そう言って金髪男の胸に腕を回し、

「この人一筋。脚本家の藤崎さん。今度、彼のホンで私、主役するの。すごいでしょ。主役よ主役」

マリアの声はうっとりと潤んどる。

「マリア……おめえ、おらと一緒に大根ばこさえてえちゅうたは、あ、あれは……」

またしても一同爆笑。店員までが笑っとるぎ。

「ギャグに決まってんでしょ！　まさか本気にするとは思わなかったわ」

「おまえの演技が優れてるってことじゃねえのか」

金髪男は、白い歯を見せた。

「私は三善マリアよ。何がうれしくて田舎で大根作んなきゃいけないの。ばーか。ほんとに馬鹿よね。だいいち私は昔っから大根は大っ嫌いなの。あはははははは」

「くそっ……おらをたばかっただな」

おらがマリアとその男に摑《つか》みかかろうとすると、両横にいた若い男たちがおらを取り押さえ、殴る蹴る……もうめちゃくちゃくちゃよ。外に放り出されたときには雨が降ってった。どろどろになりながら、おら思ったがね。おらを馬鹿にするのは許す。じゃが、大根ば馬鹿にすんのは絶対に許せねえじ。這うようにしてアパートに戻ったおらは、明け方、マリアが仕事のためにマンションを出る時刻にあわせて、マンションを訪れた。金髪男とどこかのホテルにしけこんで、そのまま現場に……という可能性もあったが、その場合でも、脚本がないのに気づいて取りに戻るはずだと踏んだんだば。おらの読みは的中して、マリアは一旦、部屋を出ようとしてドアの鍵をあけたあと、玄関でバッグの中を確認して、脚本がないことに気づき、部屋の中に戻ったがいね。おら、ドアをあけた。マリアの驚く顔。ひきつっとる。

「あ……あ、タケルくん……あの、さ、さっきはごめんね。あの……あの……」

おら、脚本をずいとマリアの目の前に突きつけてやった。

「これよ。どうしてこれが……」

「おらの紙袋にまちごうて入っとった。さっきもこれば届けに行ったじよ」

「ありがとう。やっぱりタケルくんって優しいわ。あの……さっきの本心じゃないの。みんながいるからつい、思ってもないことを……あの……今急ぐから、また晩にでも、そうね、一緒にお食事しない？　お詫びにおごるわ。だから……」

おらがどかねえと、マリアは腕時計をちらちら見て、

「もう時間がないの。お願い、通して」

おらは小さくうなずくと少し身体をどけた。その間を通り抜けようとしたマリアの後ろから羽交い締めにした。マリアはもがいた。なんせどでけえ女だ。おらは振りほどかれそうになったが、前にパパに習《なろ》うとった壊人術が役にたった。喉の急所を引き絞り、ぐいとねじると、あっけなくマリアは死んだ。巨体をどさりと狭い廊下に投げ出し、おら、しばしマリアの死に顔を見ておった。いろいろな思い出が蘇ってきて、おら、泣いたべし。泣いて泣いて泣いて……ふと見ると、マリアのスカートの中から、何ということばね、長え長え大根が二本、にゅうと突き出しとるではねえか！　なして、こんなとこさ大根が……。おら、目をこ

すった。それがマリアの脚であることに気づくのに何分かかかったでよ。そのとき、おら、決めただ。マリアの残したこの大根で、うまかうまか料理ばこさえてやろうとな。おら、台所から包丁を持ってくると、大根を付け根から切断した。血がどっくどっく出るが、気にしねえじ。たちまち玄関は血だらけになりよった。骨があるじゃに、結構手間がかかり、ようやく二本を切り取り終えたのは、一時間半ほどたった頃だった。靴とストッキングを脱がすと、おらの思うたとおりじよ。ええ頃合いに育った二本の大根ばい。おら、紙袋にその大根二本を突っ込むと、マンションを出た。途中、近所の主婦連中何人かとすれ違ったが、皆、本物かしら……というような目でおらを見とる。本物じ、本物。アパートに帰ったおらは、田舎から大事に持ってきた大きなおろし金、ほれ、今も台所にあるやつじゃ、あれを取り出して、大根をゆっくりゆっくりすりおろしはじめた。大根をおろすにゃ焦りは禁物じゃ。汁ばかし垂れてしまいよるぎ。どういうわけか、なんぼゆっくりやっても、赤い汁ばかり出て、なかなか実のほうができよらん。やっぱり都会の大根はだめじねや。実も、しゃきっとせんで、ずるずる、ずるずるいうて、もろもろのミンチみてえになるぎ。これはしかたねえがね。食材そのもののせいじゃ。東京の大根はだみだ。じゃが、おらの大根料理の腕ば世界一だげ、何とか美味いもんばこさえてやろう。やっとの思いで、一本分の大根を洗面器一杯におろし終えた。これを土鍋に移し、火にかける。冷蔵庫から豆腐を取り出し、大根おろしに沈める。ぐつぐついわしちゃならねえ。甘みが出過ぎるげよ。ぐらり、ちゅうたが食いどきだ。雪鍋ちゅう風流な名前のついた、最高の大根料理ぜ。おら、よく煮えた豆腐を箸ですくい、たっぷりと大根おろしをかけて、ふうふういいながら啜りこんだ。うんめえうめえ。ほっぺが落ちそうじ。おら、その雪鍋をたらふく腹に詰め込んだが、胃にもたれる心配はねえんず。なにせ、大根にはジアスターゼちゅう消化酵素が入っとるぎよ、美味いばかりでねえ、身体にもええんじよ、大根は。残ったもう一本のほうは、ナマス、味噌汁、おでん、風呂吹き……いろいろ工夫してみたが、どうしても少し余る。もちろん、おらは捨てるような罰当たりな真似はしねえ。ヒダリさまの祟りがあるんぐや。風通しのよいところに干したあと、ぬか漬けにする。沢庵漬けのできあがりじゃ。ぱりぱりとなかなか美味いもんじろ。やっぱし、大根はどう料理してもうめえのう……。

◇

「なるほどのう。食うてしもうたか、あの女」

太った男はしみじみとした声で言った。

「ま、そのほうが良かったかもしんねえ。どうせ生きとっても、ろくな役者にはなれねえじ」

「なしてそんなことわかるだね」

「あんだけ身体のでけえ婚約者じゃぎ。大婚約者ちゅうてな、出世はできまいが」

ひっひっひひひひひ。

「したが、おめえ、それだけコケにされて、食うただけで腹の虫が癒えたがい？ その金髪男やら取り巻きやら、女の家族やら親類やら皆殺しにしてやらねばなるめがや。パパも手伝うてやるじね」

「いや……もう腹はたってねえ」

若者は手をひらひらと振った。

「大根のこと馬鹿にされて、一時ゃ眠れんぐれえ腹だたしかったが、二十日ほどしたら憑き物が落ちたみてえに忘れちまったじよ」

「それはどうして？」

中年女の問いに、若者はにやりと笑って答えた。

「大根の意趣遺恨は二十日で消える。昔から言うでねえか。二十日だ、遺恨ちゅうて」

ひーっひっひっひっひっひっひっひっひっ。

いっひっひっひっひっひっひっ。

今日も朗らかな笑いが食卓を駆け抜けていく。

オヤジノウミ

一、Z県境海上保安部所属古賀某の視点

黒雲はつつけばすぐにも豪雨を吐き出しそうなほどに満々と膨れ上がり、空は怒号のような音をたててそのちっぽけな島に覆い被さっていた。陽は完全に没し、月もなく、南国の海を照らすものは、古賀の乗った巡視船の探照灯だけだ。上下に激しく揺れる船の舳先《へさき》に立って腕組みをしながら、四十五歳になる古賀は暗い波を見つめていた。

船が〈毒島〉に近づくにつれ、胃と十二指腸が二日酔いのあとのように重苦しく歪んでくるのがわかる。まるで忌まわしい予言者のように……。古賀は不吉な予感がした。

古賀は、忌名《いみな》島の漁師の間で囁かれている〈毒島〉に関する伝説の一つを思い出した。この島の付近でサメに喰われて死んだものは成仏できず、ウミボウズに生まれ変わって波間を永久に漂い、水難者を護るというのだ。聞いた時は一笑に付したが、こうして珈琲のような

黒い波頭を凝視していると、そんな言い伝えが生まれるのも無理はないという気になる。

島周辺は暗岩礁が散在している上、波が高く、これ以上は近寄れないので、ボートを二隻おろす。古賀自身は上陸せず、指揮に徹することにした。

あとは待つしかない。古賀は腕時計に目をやった。

「いました！」

無線が耳元で叫んだ。

「何人だ」

興奮を押し隠してたずねる。

「一人だけです。……少年です。見た目は十三歳ぐらい。衣服なし、全裸の状態です」

「あさくら丸の関係者か」

「そこまではまだ……」

「健康状態はどうだ」

「その……一種の皮膚疾患に罹《かか》っている様子です。それ以外は、えーと……おおむね良好そうですが、衰弱が著しく、入院が必要と考えられます。手配お願いします」

「了解。少年の他に生存者はいないか」

「現在までの捜索では、他に生存者はいない模様。ただ……少年はしきりに、父親がいるはずだ、父親に会わせろ、と繰り返しており、救助を拒んでおります」

「むりやりボートに乗せろ。……本当に、父親は確認できないのか」

「父親はおろか、少年以外の人間の姿は全くありません」

あきらめるしかなかった。〈毒島〉は、島とは名ばかりの、直径約百メートル、一方の岸からもう一方が見渡せるほどの小島なのだ。しかも、一木一草ない、禿げ坊主のような島。身を隠す場所はない。この暗さの中でもまず見落とすことはあるまい。

「最近まで生存していたような痕跡はないか」

「ありません。ですが、実は……」

「何だ、はっきり言え」

「いえ、この件につきましては、船に戻り次第報告します」

「わかった。ただちに帰船せよ」

二、少年マエハマ・タモツの独白

ちっちゃな頃、俺はオヤジが大好きだった。プロ野球の選手だったオヤジと、よく裏庭でキャッチボールの真似事をして遊んだものさ。将来はオヤジみたいなスポーツ選手になりたいと真剣に思ってた。イチローよりもノモヒデオよりもオヤジのことを尊敬してた。だが、ある時を境にオヤジは変わっちまった。オフクロとあの教団のせいだ。オフクロは、俺が生まれる前からある宗教の狂信的な信者だった。家にいるよりも教団の本部にいるほうが多いぐらいだった。何でも、オフクロは教団の極秘の儀式において〈重要な役〉を務めていたらしいんだが、その〈重要な役〉の内容をオヤジが知ってしまったらしい。それは、知ってはいけないことだった。「おまえらみんな狂ってる!」とか「じゃあ、タモツは……」「このバイタ!」といった言葉が喧嘩のたびに飛び交っていた。それから、オヤジは酒浸りになった。泥酔して酒場で喧嘩して利き腕を痛め、球団をクビになってからは、朝から晩まで飲み続けだ。身体中の毛穴から安酒の臭いがぷんぷんしていた。以前の、優しかったオヤジはどこかにいっちまった。オヤジは俺とオフクロを憎むようになった。忌まわしい、怪物でも見るような目で俺たちをねめ回し、ことあるごとにオフクロや俺を殴った。オヤジのパンチはそりゃあ強烈だった。俺なんかは、顎にまともに入ると、壁まで吹っ飛んじまったもんだ。おかげで俺は、顎や頬の骨を何度も折り、顔がいびつになっちまった。今も骨を針金でぐるぐる巻きに巻いてあるんだ。オフクロは教団活動にますますのめりこむようになった。オヤジはそれが気に入らないらしくて、集会に出かけようとするオフクロを何度もぶちのめしたが、オフクロはその信仰だけは頑として捨てようとしなかった。そのうちに俺も、正式な信者じゃないけれど入信したような形になった。その宗教は、俺がそれまでに知っていたキリスト様がどうのホトケ様がどうのといったやつじゃなくて、名前も聞いたことがないような神様を崇めてるんだ。何でも、その神様は普段は深海にいて、時々、信者の召喚に応じて浮上するらしい。信者の中でも選ばれた者しか入れない教団本部の暗い地下室に行って、真っ黒な祭壇を拝むのはアニメの一場面みたいでなかなかかっこよかった。神様の名前? それはうかつに口にしちゃならないことになってるんだ。長くて、発音もしにくいしね。強いて言えば、バ……神というところかな。オフクロは俺にいろいろな呪文やお祈りの方法を教えてくれた。なくした物を探し出す呪文、身体が疲れた時に唱える呪文、友達と仲直りするための呪文、いじめっ子を病気にする呪文……。自分で道具を作らなきゃならないし、捧げ物にする猫や鳩を殺さなきゃならないんで、けっこうたいへんなんだ。オフクロは、バ……神や下級神の呼び出しかたなんかは決して教えようとはしなかったけど、教団の中での位があがったら、バ……神を呼び出す方法も教わることができるんだ。すごいだろ。最後にオフクロが俺に教えた呪文は、「本当の父親を呼び覚ます呪文」というやつだった。オフクロが言うには、今のオヤジは別人だ、この呪文を唱えれば、真のオヤジが目覚める……。「お父さんがどうしても目を覚まさない時にはバ……神様におすがりしてこの呪文を唱えるといいよ。でも、決して軽々しく使ってはいけない。もう、どうしようもないという時に使いなさい」そう言ったオフクロの声は今も耳に焼きついてる。たしかに昔のオヤジとその頃のオヤジとはまるで別人だった。俺は、何度も、昔の優しかった頃のオヤジに戻ってほしい、と心の中で願ったものだが、呪文を唱えはしなかった。どうしようもないという時に使えというオフクロの教えを守ったのだ。

三、Z県境海上保安部所属古賀某の視点

普段、〈毒島〉はいかなる種類の船舶の航行ルートでもないが、今朝、天候不順のために

正規ルートを外れた漁船が付近を通過する時に、身を隠そうとする人影を「見た」という報告がZ県境海上保安部に入り、それが古賀が船長を務めるこの巡視船に伝わった。古賀はすぐにあさくら丸と結びつけて考えた。海域的にあの事故の生存者である可能性は十分にある。しかし、保安部内では、報告の信憑性を疑問視する意見が多数をしめた。船乗りのほら話ほど当てにならないものはないということもあるが、一番の理由は〈毒島〉が文字通り毒の島だということだ。

「あの事故で両親を亡くした君がこだわりを持つ気持ちもわかる。しかしな……」

現場に急行したいと主張する古賀に上司はかぶりを振った。

〈毒島〉にもっとも近いのはZ県の忌名島だが、忌名島の漁師たちは〈毒島〉のことを、まるで別の天体のような表現で語る。〈毒島〉は、忌名島のさらに南に位置し、気候は温暖多湿な典型的亜熱帯気候。特殊な海流が深海から上昇している影響なのか、あたりの生物層は多彩かつ独特である。今回、古賀が調べた、十五年ほど前に書かれたある資料によると、島の周辺に生息する魚は、ハワイでマヒマヒと呼ぶシイラの類やハタなど南洋系の大型のものが多く、本来、深海にいるはずのフクロウナギやソコダラの類が浅瀬で目撃されることもあるという。魚類図鑑でも特定できないような奇怪な亜種も見られ、非公式な報告によると、絶滅したはずの古代の甲冑魚《かっちゅうぎょ》を見たという者もいる。忌名島の漁師に言わせると、「この世のものとは思えない醜悪な魚や蛸」が「群れを成している」のだそうだ。シュモクザメの群生地でもあり、海に投げ出されたあさくら丸の遭難者も古賀の父親を含めほとんどがサメの餌食になった。

だが、問題は「毒」だ。

昔から、忌名島の漁師の間で歌われている俗謡に、『〈毒島〉にゅ魚とばるな、貝とばるな。喰ろたら肝が腐るげなゆ』というのがある。理由は不明だが、毒島のまわりで採れる魚や貝、蟹、海老、蛸、烏賊《いか》などには、強い毒性が認められるのだ。これは、忌名島の漁師にはよく知られたことらしく、誰も〈毒島〉の界隈では漁をしようとしない。

つまり、毒があるから〈毒島〉なのだ。

どんな小魚も、また、カメノテ、フジツボ、イソギンチャク、アメフラシ、土の中にいる虫やトカゲ、ミミズの類に至るまで、体内にしっかり毒を蓄積している。餌がないから、鳥も訪れない。まさに不毛の島だ。

万一、島の近くで採れた魚をうっかり口にしたらどうなるか。まず、猛烈な腹痛が起こり、そのあと激しい下痢をする。米のとぎ汁のような水便が十日あまりも続き、体力のない病人や子供、老人は命を落とす場合もあるという。

〈毒島〉の毒がいったい何なのか、いくつかの研究があるが、つきとめた者はまだいない。島の南方には、昔からA国が頻繁に核実験を行っているK島がある。奇形の魚といい、放射能の影響という説も有力だ。しかし、〈毒島〉の魚に毒があると言われ出したのは、江戸時代よりも古いともいう。

上司が言うのももっともだった。あの事故からすでに二年が経過している。砂の一粒一粒に至るまで毒に汚染された島で、誰が生きのびることができようか。だが、古賀は自分の直感を信じて捜索を強行した。もし……万一誰か生存者がいたら……それを救助するのは他の誰でもない彼の義務のように思えたのだ。そして、結果は出た。すでに、保安部には無線で発見を伝えた。今頃はマスコミ発表で大騒ぎになっているだろう。

しかし、古賀は素直に喜べなかった。二年間、たった一人で孤島で生き抜いてきた少年の発見。感動的な状況のはずなのに、古賀を包む忌まわしい気配は消え去るどころかますます強くなってきた。胃が内側から爪で引っ掻かれているかのようにギリギリと痛む。胃壁が削り取られていくのが具体的にわかるほどだ。

ボートが帰船した。

海上保安官の一人が毛布を抱えるようにしてタラップをあがってきた。あれに少年が包まれているのだろう。もう一人が、大型のクーラーボックスと紙袋を手に、あとに続く。

何か、臭いがする。パイナップルの缶詰に入っている甘い汁。あれを腐らせたような臭いだ。甘い。胸が悪くなってくるような甘さだ。

無理もない。二年間、風呂にも入らず暮らしていたのだ。だが……この糖蜜のように身体にまとわりついてくる異臭は……。

毛布が取り去られた。臭いが一段と激しくなった。古賀は息を飲んだ。船上のか細い照明の中に浮かび上がったのは、痩《や》せこけた、蜘蛛《くも》のように手足の細長い、ミイラのような生き物だった。一瞬、古賀はそれが少年だとわからず、部下のほうを見た。部下が一種の哀しげな表情でうなずいたので、古賀は目の前の生物が、保護された少年だとわかった。

肋骨は今にも皮膚を破って飛び出しそうだし、背骨は恐竜の背鰭《せびれ》のようにギザギザで、鎖骨も角《つの》のように尖っており、全身がこれ以上痩せられないというほど痩せこけてはいるのだが、二の腕と下腹部だけが妙にぶよぶよとして肉がだぶついている。遮るものとてない南国の強い直射日光をずっと浴びていたはずなのに、皮膚はどこも、死んだ鯖《さば》のように、病的なほど不健康に青白い。まるで……まるで水死体だ、と古賀は思った。頭部には、長い毛がまばらに生えており、頭皮は雲脂《ふけ》だらけだ。目は魚の目のように真円形で、水晶体の部分が、固まりかけた卵の白身のように白濁している。その丸い目が彼に向けられた時、古賀はぞくっとした。眉毛も睫毛もなく、つるっとした顔。小さい唇は分厚くてぼってりしており、何か吸盤のようだ。顔の形が、微妙に左右対称でないところも不気味だった。

最も目につくのは、報告にもあった「皮膚病」だ。一種の吹き出物が、頭頂から首筋を経て、背中一面に広がり、そこから前にまわって股間から太ももに達している。直径二ミリ程度の小さな突起の集合体なのだが、先端からじゅくじゅくと黄色い汁を滲《しん》出《しゅつ》させている。この汁が異臭の原因かと思われた。ある箇所はどす黒く変色しており、表面は石油を塗ったような光沢がある。脂まみれの焦げたフライパンのようであり、牡蠣殻《かきがら》を砕いて貼りつけたようでもあった。また、ところどころにある緑色や青色をした部分は青洟や痰を連想させた。一番ひどいのは股間で、皮膚が肉ごと剝がれ落ちて、そのあとにボコボコと穴が開いており、蜂の巣のようになっている。ペニスと睾丸は、腐って落ちてしまったのだろうか、どこにも見あたらない。ただ……暗い空洞が穿《うが》たれているだけだ。

古賀は、少年の様を一目見るなり思わず顔をそむけてしまったが、すぐにその非礼に気づき、むりやり直視した。何万という色とりどりの小突起が陰鬱な抽象画を目の前に展開している。古賀の頭の中を極彩色の湿疹が渦を巻く。小突起の一つ一つからじくじくと休みなく滲み出る液体。場所によっては、汁ではなく、少し固まったような固形物が出てきているところもあり、白いものはラード状、茶色いものは下痢便状だ。にゅるにゅるとしたその動きが生きているかのようで、古賀は、少年の体内に寄生した回虫かナメクジか何かが外に出ようとしている光景を想像してしまい、その瞬間、腹の底からこみ上げてくるような吐き気に襲われた。だが、吐いたらあまりにも少年にすまないし、部下への示しもつかない。古賀は何気ない風を装って口に手の甲を当て、必死になって吐き気をこらえた。

くらっとして、倒れそうになる古賀を部下が支えた。

「大丈夫ですか、船長」

「ああ……ああ、大丈夫だ。……ひどいな……」

「ええ。痛みがあるのかと思ってきいてみたんですが、本人は意外と平気らしいんです」

「しゃべれるのか」

そう口にした瞬間、古賀は失言したとわかった。相手は怪物ではないのだ。二年前に遭難し、今、救出されたばかりの、ごく普通の少年なのだ。

「もちろんです。ちゃんと日本語を話せますよ。名前は、マエハマ・タモツだそうです。でも、あとは何をきいてもひたすら……」

その時、少年が両腕を高くあげて、古賀につかみかかった。古賀は後ずさりしたが、怯えた様子を部下には見せたくなかったので、数歩で思いとどまった。部下が毛布を広げて少年を押さえ込んだ。

「オヤジは……どこだ……オヤジを……返せ……返せ！」

金切り声でそう叫んだあと、古賀をにらみつける憎悪に満ちた丸い目に、彼は恐怖を覚えた。

「これなんですよ。島でもボートの中でも、オヤジを返せ、の一点ばりでね……」

古賀は、ため息をつくと、身体を屈めて少年に近づいた。

「マエハマ……タモツ君だね。はじめまして。私がこの船の船長の古賀だ。よ、よろしくね……」

古賀は震え声で言うと、少年に向かって手を差し出したが、少年は魚のような目で彼をねめつけたまま、オヤジを返せとヒステリックに繰り返した。

「き、君のお父さんは……今、捜している。だから……もう少し待ってほしい。私を信じてくれたまえ」

「ゲッ……ゲッグァ……」

少年は蛙のような声を喉の奥でたてると、そっぽを向いた。

古賀が航海長に船を保安部に帰還させるよう指示したとき、一人の部下が近づいてきて言った。

「あさくら丸の乗客に、マエハマ・タモツの名前がありました。当時、十一歳ですね。父親はマエハマ・アキラ、四十歳。母親はマエハマ・タエ、三十一歳。三人とも、あの時、あさくら丸に乗船しており、母親の遺体だけがZ県の海岸に漂着しました。あとの二人は現在まで行方不明のままです」

「やはり、そうだったか……」

「一つ気になることがあります」

「何だ」

「Z県に流れ着いた母親の遺体の検死報告によると、死因は溺死ではなく、後頭部の打撲が原因だそうです」

「海に投げ出された時、船か流木にでもぶつけたのだろう。よくあることだ」

「いえ……どうやら事故が起きる以前に、鈍器で殴られた可能性がある、と……」

それが何を意味するのか、古賀は考えてみたが、無論、結論はでない。

「家族はそれで全部か」

「そのようです」

「親戚がいるだろうから、連絡をとって、少年の身元を確認してもらわねばならんが……とにかく、病気の診断がついてからだな。……この少年を風呂に入れて、ていねいに洗え。そのあと、私の部屋に連れてこい」

四、少年マエハマ・タモツの独白

オヤジは酒浸り、オフクロは宗教にはまってる、で、俺たちは金がなくなり、しかたなしにオフクロはあちこちの町金融から金を借りられるだけ借りて、それを踏み倒すことにした。オフクロの実家があるZ県に夜逃げすることに決めて、俺たち三人が乗ったのがあの船だったってわけさ。船室は狭いけど個室だった。出航してすぐに海が荒れはじめ、床は始終傾いていた。オヤジはオフクロの実家に頼るのが気に入らないらしく、べろべろに酔っぱらっていて、気晴らしのつもりか、俺をつかまえて何発も殴っていた。俺は両目から血を流し、顔はぼこぼこに腫れあがってひどいありさまだった。見かねたオフクロがとめに入り、「人間の屑」とか「ニンピニン」とか「私とタモツをこんな目にあわせた罪でバ……神があんたを粘液地獄に堕《お》とす」とか叫んでいたけど、オヤジも「穢《けが》らわしい女」とか「俺を裏切った」とかいって応酬していた。最後にオフクロが、オヤジの動かない利き腕のことを言ったのがカチンときたらしくって、オヤジはオフクロの持ってた呪具を取り上げて床に叩きつけ、足で踏みにじったあげく、「神だと。笑わせるな。地獄に堕とせるものなら堕としてみやがれ。俺が地獄行きならおまえたちは何だ？　このガキなんぞ生まれた時から生き地獄にいるんだぞ」そう怒鳴って、オフクロの首を絞めあげた。オフクロは白目を剝《む》いて、泡を吹いている。俺は体当たりでオヤジの背中にぶつかってみたが、スポーツ選手だったオヤジはびくともしない。オヤジは俺を振り払うと、そこにあった大きな灰皿を振り上げて、オフクロの頭を何度も何度も殴りつけた。オフクロの頭がざっくり裂けて、白い頭蓋骨の割れ目から脳がはみ出しているのが見えた。床に倒れたオフクロをオヤジは蹴飛ばして、「おまえが……おまえが悪いんだぞ……あんな宗教に入りさえしなけりゃ……」吐き捨てるように言うと、今度は俺に襲いかかってきた。俺は必死で逃げた。狭い部屋の中をくるくるくるくるネズミみたいに逃げ回った。「死にやがれ、このガキ」オヤジの目を見ると、完全に狂っているみたいだった。俺は、このままじゃほんとに殺されると思って、何度も反撃する機会をうかがったけど、相手は身体もでかくて体力もある。とうとう首根っこをむんずとつかまえられて、俺はずるずる床に引き倒された。オヤジはオフクロの髪の毛とどす黒い血がこびりついた灰皿を振り上げた。俺はもう終わりだと思って目をつむった。その時だ。ずどんという大きな音がして、船室が上に向かってすごい勢いで持ち上がった。エレベーターに乗ってるみたいだった。どすんばりばりめりめり。窓が砕け、壁が裂け、床が割れ、天井と床がひっくり返り、また、元に戻った。割れた窓から海水がなだれ込んできた。俺は、床に落ちていた呪具を小さな袋に詰めると、首にゆわえつけた。次の瞬間、天井から壁にかけて斜めに亀裂が走って、床も天井も壁も何もかもが真っ暗な海になった。俺は海面に叩きつけられた。船の残骸みたいなものが、回転しながら沈んでいくのが見えた。今の今まであの中に入っていたとはとても思えなかった。あたりは暗くて最初は何も見えなかったけど、しばらくクラゲみたいに漂っていると、少しずつ周囲が見えてきた。近くに、船体の一部だったらしい板きれが浮いている。俺は救命ボート代わりにそれにつかまった。水はぬるくて凍死の心配はなさそうだったが、溺死した人の遺体がまわりにぷかぷか浮いていてさすがに気持ち悪かった。だが、そうした死骸の数が時間がたつに従って減ってくる。時々ふっと手品のように消えてしまうのだ。俺はようやく気づいた。サメだ。頭がハンマーみたいな形をした大きなサメがあたりにやたらとうろついていて、それが遭難した人たちの死体を海の中に引きずり込んでいるのだ。俺は寒気がした。そのうち、俺もサメの餌食になるのはまちがいなかった。何か黒いものがばしゃばしゃと派手な水しぶきをあげて、俺のつかまっている板きれ目指してやってくる。俺はサメだと思って身構えた。生きたまま喰われるのだけは嫌だったからそうなる前に舌を噛み切って死ぬつもりだった。だが、現れたのはサメよりもずっと恐ろしいものだった。つまり……オヤジだ。オヤジは板きれにしがみつくと、はあはあ言いながらしばらく肩を上下させていたが、隣にいるのが俺だとわかると、にやーりと笑って、「よお、久しぶりだな」と言った。オフクロを殺したやつと口をききたくないから、俺は返事をしなかった。オヤジは、鼻先で笑うと、板きれを抱え直そうとした。しかし、その破片は人間二人を支えるには小さすぎた。板きれはくるりと回転し、俺たちは海に投げ出された。俺はごぼごぼと口からあぶくを吐きながら、手探りで板につかまろうとした。しかし、別の手が俺の手首をつかみ、板きれから引き剝がした。「俺にもつかまらせてくれよ！」「ふふん……二人は無理だろう」「俺が先に見つけたんだ」「うるさい、この板は俺のものだ。おまえはどこかよそに行け」「よそなんかないよ」「なきゃ、死ね。サメに喰われて死んじまえ」「どうして……どうして俺のことをそんなに嫌うんだよっ」「おまえが……じゃねえからだ……おまえは……」オヤジは俺の頭を片手でつかみ、海に沈めた。俺はオヤジの腹をキックしたが、海の中なので思うようにいかない。オヤジは俺の首を両手で絞めた。ごぼごぼげぼげぼがぼがぼ。大量の海水が俺の意思に反して食道から胃に流れ込んでくる。もがいているうちに、手の先が何かに触れた。呪具を入れた袋だ。俺は袋を握りしめ、オフクロにならった呪文を唱えた。「本当の父親を呼び覚ます呪文」だ。「お父さんがどうしても目を覚まさない時にはバ……神様におすがりしてこの呪文を唱えるといいよ」オフクロの声が耳もとで蘇る。俺は水が口に入ってくるのもかまわず、呪文を唱えた。……それからあとのことは……覚えていない。記憶が、編集でもされたかのようにぷっつりと途切れている。

五、Z県境海上保安部所属古賀某の視点

古賀は少年たちを見送ったあと、新鮮な空気を求めて横を向くと、かたわらの職員に言った。


「よほどの父親思いらしいな。しかし……あの臭いはなんだ」

「すごいですね。私、ボートの中で何度も鼻をつまみましたよ」

「たまらんな。まるで……ドブ川だ」

「食べ物の関係じゃないですかね」

「そのことだが……〈毒島〉には草も木もないうえに、魚や小動物には強い毒性がある。彼はいったい何を食べていたんだ」

「それなんです。私もそれが疑問で……。気候的には亜熱帯に属しますから、冬でも裸で平気ではありますが、私が見た限りでは本当に何もないつるっ禿げの島でしたから」

「それじゃあ、雨が降っても、雨宿りもできんじゃないか」

「そういうことになりますね」

「では、あの子は、船が難破して以来、たった一人であの島で、雨ざらしのまま、二年間、生きのびてきたというのか。信じられん……」

「あの島で人間が長期にわたって生存できるとは思えませんね。全く食べるものがない状況ですから……」

「猛毒があるといっても、少しずつ食べているうちに免疫ができるのかもしれん。その副作用が、あの皮膚疾患なのかも……」

「可能性はありますが……二年前といったらあの子は十一歳でしょう？　とても毒に耐えうる体力はないと思いますね。それに、魚を採ったりする技術も道具もないでしょうし……」

「むむ……しかし、だとしたら、ますますわからなくなってくる。あの子は何を食べていたんだ」

「ボートの中で本人に問いただしてみたんですが、わけのわからないことを繰り返すばかりで……」

「わけのわからないこと？　たとえばどんな？」

「いえ……いえ、本当にわけのわからないことです。支離滅裂で……子供の幻想のたぐいでしょう。あまり参考には……」

「いいから言ってみたまえ」

「あの……ウミを食べていた、と」

「海？　海を食べるとはどういうことだ。海水を飲んでいたとでもいうのかね」

「そうじゃありません。いや、その……何というか……本人から直接お聞きください」

「わかった。……皮膚病のことだが、肌が、染み出した汁でじゅくじゅくになっている。何ともいえん気持ち悪さだな」

「ずっと裸で暮らしていたとしたら、病気にもなるでしょう。蚊や毒虫の類も多いでしょうし、地面に裸でじかに寝ていたわけですから」

「私が言いたいのは、南方特有の風土病ではないかということだ。〈毒島〉はもちろん日本の領土だが、もし、我が国にはまだよく知られていない伝染病か何かがあって、あの子がそれに罹っているとしたら……これは問題だぞ」

「わかりました。医師と相談して、その可能性があれば隔離の手続きをとります」

「救助の際に少年とかかわった者全員、検査を受けさせたほうがいいな。もちろん君もだ」

部下はうなずくと、紙袋の中からプラスチックでできた器具のようなものを数点取り出した。

「少年の所持品です。彼を発見した場所にかためて置いてありました。これで全部です」

割り箸ぐらいのプラスチック棒を数本、複雑に組み合わせたもの。上部が丸く、下が二股にわかれている、人形のようなもの。表面にどこのものともわからない異様な文字がぎっしりと彫りつけてあるひずんだ円盤……。どれも、生活の役には立ちそうにない代物ばかりだ。おもちゃだろうか。それにしても……何というか……全体から受ける強烈な忌まわしさ……手に取ると毒素がうつりそうな不吉な感じ……これはいったい……。

古賀は首を傾げた。

「何だと思う？」

部下は、少しためらったすえ、言いにくそうに言った。

「私……前に本で読んだような記憶があるんですが……まちがっているかもしれませんし……」

「いいから言ってみろ」

「これは……たぶん呪術に使う道具です」

「呪術？」

古賀は部下が冗談を言ったのかと思い、笑いだそうとしたが、相手があまりに真剣な表情なのでやめた。

「呪術とはまた古風だな。悪魔でも呼び出せるとでもいうのか」

「悪魔か何かは知りませんが……とにかくこれは何かを召喚するための道具だと思います」

「何か、か。どうしてあの子がそんなものを持っているんだ」

「さあ……そこまでは……。それからもう一つ、これなんですが……」

部下は、クーラーボックスを指さした。

「〈毒島〉で採集したものです。ご覧になってください」

彼はそう言ってボックスの蓋をあけようとした。その時、船内放送で呼び出しがあった。

「船長、少年を船長室に待たせておりますが」

古賀は肩をすくめると、船室に入った。

自分の部屋が近づくにつれ、例の甘い臭いがきつくなってきた。古賀は甲板に逃げ戻り、海風を深呼吸したい気分になったが、我慢して部屋の前まで足を運んだ。

入浴させるよう指示した部下が廊下で待っていた。

「よく洗ったんですが、全くとれませんでした。あとで、もう一度、入浴させてみますが……おそらく身体の内部から臭ってきているんでしょう」

彼は言い訳するように言った。

「様子はどうだ」

「オヤジ……オヤジ……とうわごとのように繰り返しています。時々、発作的に暴れ出すので、ドアに鍵をかけてありますが」

「少し話を聞いてみたいんだが、どうかな」

「体力的には問題ないでしょう。私も同席しましょうか」

「そうだな……いい。私一人のほうがよかろう」

そう言うと、部下はほっとしたような表情になった。

ドアをあけると、椅子の上でうなだれていた少年がいきなり立ち上がり、古賀にむしゃぶりついてきた。

「オヤジは……オヤジをどこにやった！」

「ちょっと落ち着きなさい。お父さんは今、捜している。私は、海難事故の専門家だ。もう少し待ちなさい。いいね」

「オヤジを……どこかにやったら承知しないぞ」

「君はお父さんが好きなんだね」

「あたりまえだろ。グ……グ……たった一人の……オヤジなんだぜ」

「君は、あさくら丸に乗っていて事故にあったんだろう」

「あさ……くら……？」

「大きな船だよ。お父さんとお母さんと乗っていたはずだ。覚えているかい」

取り調べのようなことをする権限はもちろん古賀にはなかったが、強い好奇心に突き動かされての行為だった。

「あの船に、私の父と母も乗っていたんだ」

少年の丸い目にわずかに光がさした。

「二人とも死んでしまった。何ともやりきれない気持ちだったよ。今でもそうだ。時々思い出すよ、親父のことを……」

「………」

少年は真剣な顔つきで聞いている。

「だから、君にあの時のことを聞いておきたいんだ。話してくれるかい、事故のことを」

「………」

「それから、君があの島でどうやって暮らしていたかも聞きたいな」

少年は、じっと古賀の目を見つめていたが、やがて、

「いいよ……」

と、ぽつりと言った。

六、少年マエハマ・タモツの独白

気がついた時、俺は〈島〉にいた。夜はあけており、朝の強い日差しが水平線から俺の顔を直撃していた。上体を起こして深呼吸しようとしたが、肺がびちびちと音をたてて痛んだのでやめた。途端、俺は嘔吐した。バケツ何杯分かありそうなほどの海水が岩の上に吐き出された。げろげろげろげろげろ。海水が胃液になった頃、やっと俺は実感した。生きている、ということを。空気は甘かった。空気が甘いなんて思ったことはこれまで一度もない。俺は立ち上がった。〈島〉は小さかった。俺の足でも、何分か歩けば端から端まで行けるほどだ

った。俺は、〈島〉のあちこちを歩き回った。ひどいところだ。なんにもない。なーんにもない。なんにもない。俺はボーゼンとした。これから、助けが来るまで、ここで暮らしていかねばならないのだ。しかも、助けはいつ来るかわからない。何か食料になるようなものはないかと俺は探し回った。しかし、〈島〉には木一本草一本生えていない。果実も野菜も木の実もない。動物の姿もない。このままではたちまち飢え死にだ。木陰も洞窟もないから、雨風を防ぐこともできないし、だいいち今夜からどこで寝るのだ。せっかく助かった命だが、俺は暗い気分になって、ため息をついた。船から持ち出せたのは、首にからまってる袋の中の呪具だけ。糞の役にもたたない。俺は、他にも誰か一人ぐらい助かっているんじゃないかと思って探してみたが、見あたらなかった。俺は本当に一人なのだ。俺は泣いた。さみしくてさみしくて泣いた。涙が出るしりからすぐに乾いていく。暑い。めちゃくちゃ暑い。海水に濡れた身体が乾いて塩が吹きだしている。ちぎれてぼろぼろになっていた服が、歩くたびに足にまとわりついて気持ち悪かったので、全部脱ぎ捨てた。裸になると少し気分がよくなった。こんなことになるなら、ロビンソン・クルーソーの本をもっと真剣に読んでおけばよかった。棒きれを擦って火をおこす方法なんて載ってたっけ。しばらくすると腹が減ってきた。日差しはきついし、喉は渇くし、めまいがしてきた。このまま餓死するのか。これだけ暑かったら、死んだらすぐに干物になるだろう。砂でも何でも食べたい気持ちだった。頭からしゅうしゅうと水分が蒸発していくような気がする。そうだ。たしかロビンソン・クルーソーの本にも出ていた。魚を採ればいいんだ。道具がないから釣ることはできないけど、何とかなるだろう。潮だまりに小魚が数匹と海老、それにゴカイみたいな変な虫が何匹かいるのを見つけた。ゴカイはともかく、魚と海老は食えるんじゃないか、と思った。生で喰うのは気持ち悪かったが、ひどい空腹が勝った。俺は、魚を捕まえると、岩肌にぶつけて殺し、鱗をざっと擦って落とすと、口に入れようとした。その時だ。「それを喰うんじゃない！」短い叱責の声が背後から聞こえ、俺は振り返った。振り返る前に、それが誰かということは声でわかっていた。忘れようとしても忘れられない声。……オヤジだ。オヤジは、ワカメみたいな海草を身体中から垂らし、海からあがってきた。俺は、恐怖に顔がひきつった。また、首を絞められるんじゃないか。今度こそ殺されるんじゃないか。だが、オヤジは俺の手から小魚をもぎ取ると波の向こうに放り投げた。「魚も海老も蟹もウニも……この島のものは何も喰うな」「どうしてさ。この島には何にもないんだぜ。魚を喰わなきゃ飢え死にしちまうよ」俺は今にもオヤジが襲いかかってくるんじゃないか、と、お守りがわりに首の呪具を握りしめた。だが、オヤジは優しそうな笑顔で言った。「この島は〈毒島〉だ。魚にも虫にも鳥にも……土や砂にも毒がある。喰ったら死ぬ。だから喰うな」俺は、オヤジが言った言葉の内容よりも、ついさっきまで俺を殺そうとしていたオヤジが人が変わったように優しくなったことにとまどっていた。だが……オフクロを殺し、俺までも殺そうとしたことにかわりはない。俺は気持ちをひきしめた。「あんたの……言葉は信用できない。だいたいどうしてあんたがそんなことを知ってるんだ」「おまえが疑うのも無理はない。だが、これは本当のことだ。昔から、この島は〈異なった〉場所として知られていた。異界とこの世との接点、とでも言えばいいかな。人ならぬもの、尋常ではないものが現れるところだ」「尋常ではないもの……って何だ」「異形のものだ。人間がこの世に生まれる前にこの世を治めていたやつらだ。堕落した神だ。おまえの母親が……崇めていたバ……神もその一つだ」「………」「誰かが、そのことに気づき、この島に人を近づけぬようにするために島の全てに毒を含ませた……らしい。俺も詳しいことは知らんのだがな。とにかく、何も喰ってはならん」「そんなこと言ったって、それじゃ何を喰うんだよ」「これだ。これを喰え」オヤジはそう言いながら、身体にぴったりと巻きついた海草を一枚一枚剝がしていった。俺は、喉の奥で「ひっ……」と小さい叫びをあげた。海草の下から現れたのは……それは……。「そ、それ……どうしたんだ、オヤジ……」「皮膚の疾患だ。悪性のものじゃないから心配するな」俺は心配したわけじゃなかった。気持ち悪い……とにかくその場で吐きそうなほど不気味だったのだ。オヤジの首から下は、両膝のすぐ下あたりまで、見事にその「皮膚疾患」に覆われ尽くしていた。黒や茶褐色や緑色をした直径一〜二ミリの細かいぶつぶつが、何重にもなって肌をいびつに盛り上げていた。突起の先端からは、汚らしい黄色やミルク色の汁が噴きだし、そのせいで身体は油でも塗ったかのようにてかてか光っていた。俺は、前に図鑑で見た背中の穴の中で子供を孵化して育てるという蛙の写真を思い出した。ぶよぶよの皮膚を突き破って、ぬるぬるしたおたまじゃくしが飛び出して、それが身体の中を這い回っている写真だ。オヤジの身体は、ぶよぶよで、ぐちゃぐちゃで、まさにあの蛙みたいだった。「い、痛くないのかい……」「ああ、痛みはまるでない。時々、死ぬほど痒くてな、ばりばり掻きむしると、中から汁が噴水みたいに噴きだしやがる」オヤジはそう言って、実際にやってみせた。オヤジの身体のあちこちから、水芸のようにいろいろな色の汁がぴゅーっと噴出する。「いつから……そうなったんだ」「ふふふ……ふふふふ……」オヤジは笑って応えなかった。そして、突然、「ううっ……」顔を真っ赤にしてりきんだ。どうしたんだと声をかけようとした矢先、俺はたいへんなものを見てしまった。オヤジの胸や腹にあるぶつぶつの一つ一つから、むりむりむり……と白と黄色と青の入り混じったような半透明の固形物が押し出されてくるのだ。歯磨きチューブから歯磨きが出てくるところにそっくりだった。それが、数百……いや数千本もの太い糸となって、オヤジの身体から出てくるのだ。出てきたものは、結核患者の血痰を連想させるゲル状の物質だった。俺は、それが生きているのではないかと思った。何となれば、それらの糸は、オヤジの身体から垂れ下がったまま、オヤジがりきむたびに、にゅぐ……にゅぐ……と左右に蠢いていたからだ。「さあ……喰え」オヤジは言った。俺は、オヤジが気が狂ったと思った。「何を遠慮してる。喰え。喰うんだ」「それは……何……生きてるの……」俺には後ずさりしながらそう言うのが精一杯だった。「生きてる？　馬鹿な。これは、膿《うみ》だ」「膿？」「そう。皮膚疾患のせいでな、俺の身体からは膿が出る。だが、この膿は毒はないし、滋養はたっぷりあるし、何より美味いんだ」もちろん、そんなことはとても信じられなかった。「え……遠慮するよ……」「どうしてだ。さあ、タモツ、早く喰え」オヤジは俺に迫り、その場に尻餅をついた俺にオヤジは身体を押しつけてきた。俺は必死で顔をそむけたが、寒天のような膿が俺の唇に触れた。最初、ざらりとした舌触りがあり……甘い。甘い。甘い。甘い。脳天を突き抜けるような甘さ。俺は、ぺっぺっと唾を吐いた。「タモツ、なぜ嫌がる」「当たり前だろ！」俺はブチ切れた。「そんなもの喰うぐらいなら餓死したほうがましだ！　あんたは、ここの魚に毒があるとか何とか言って俺に嫌がらせをしてるつもりだろうが、俺はそんな手にはのらないからな」オヤジは肩をすくめると、「そうか、それじゃあ喰うな。勝手にしろ」そう言って、ひょことひょことどこかに行ってしまった。そうだそうだきっとそうだそうにちがいない。オヤジは俺をいたぶって遊んでいるだけだ。あんなでたらめを真に受けて膿なんぞ喰うやつがいたとしたら、そいつはかなり頭がおかしい。オヤジに対する反感がむらむらと湧いてきた。あいつは人殺しなんだ。オフクロを殴り殺したやつなんだ。そんなやつの言うことなんか絶対にきくものか。俺は半ば自棄になって、潮だまりの小魚を殺して丸飲みにした。ぬるりと喉を通っていく感触。悪くない。食える。俺は、そのあと二匹ほどを喰った。それ以上喰わなかったのは、毒があるというオヤジの言葉が頭のどこかにこびりついていたからだろう。とにかく、俺は魚を生で喰い、オヤジの姿が目に入らないようにして、ごろりと横になった。五分もしないうちに、腹が裂けるのではないかと思うほどの激しい腹痛が俺を襲った。そのあと、永遠に続くかと思うほどの凄まじい下痢。白く濁った、薄い牛乳のような便がとまらない。はらわたが全部下痢になって出てしまうかと思ったぐらいだ。しまいに、肛門が裂けたらしく、血まで出始めた。いくら便を出しても腹の痛みはおさまらない。それどころかますます激しくなっていく。俺は意識が朦朧としてきた。（やっぱりオヤジの言ったのは本当だった……）そう思いながら、俺は岩の上に横たわった。俺の背中と腹を誰かがそっと撫《な》でている。ひた、と張りつく吸盤のような感触。そうされると、何だか痛みが少し薄らぐようだ。少し顔をあげると、オヤジだった。オヤジが、これまで見せたことのないような慈愛に満ちた顔つきで、俺の身体をゆっくりゆっくり撫でている。「オヤジ……」「口をきくな。体力を消費するからな。殴り飛ばしてでもとめるべきだったかもしれんが、一度、身体で経験してみないとわからんだろうと思ってな。俺を許してくれ」許してくれ……そんな言葉をオヤジの口からきこうとは思わなかった。俺は、オヤジがまだ何か企んでいるのではないかと疑った。だが、オヤジは結局、一晩中、俺の身体をさすり続けた。「心配するな。死ぬことはない。十日もすれば元のようになる」「オ、オヤジ……」「口をきくなと言ったろ。眠れるようだったら眠っておけ」「あ、ああ、わかった」「明日からは、ちいとは精のつくものを食べんとな。ふふ……うふふふ……」オヤジの笑い声を聞きながら、俺は眠りに落ちていった。オヤジは……もしかしたら本当に生まれ変わったんじゃないだろうか。そうだ。俺が海の上で板きれにつかまっていた時、呪具をつかんで唱えた呪文……本当の父親を呼び覚ます……オヤジがどうしても目を覚まさない時に使えとオフクロが教えてくれたあの呪文がきいたんじゃないだろうか。そうだ……そうにちがいな……。次の日も、オヤジは俺に膿を喰えとすすめた。毒で身体が弱っているのだから、栄養をつけなければならない、と言って、またしても俺の口に吹き出物を押しつけようとした。だが、俺は拒んだ。誰が膿なんか喰うものか。いくら孤島で食い物がなくたって、人間の尊厳というものがある。越えてはならない一線というものがある。

俺は頑なにオヤジの勧めを拒絶し続けた。

七、Z県境海上保安部所属古賀某の視点

魚のような目を光らせて、憑かれたようにしゃべり続ける少年を見つめているうちに、古賀はその話が少年の幻想なのか真実なのかわからなくなってきた。〈毒島〉に上陸した部下の調べでは、父親はおろか少年以外には誰もいなかったのだ。父親の存在自体が少年の創り出したものなのか。彼は幻の父親とともに二年間暮らしていたのか。いや、そもそもあさくら丸に彼の父親は乗っていたのか。わからないなにもわからない。古賀は、大人びた口調で異様な状況を描写し続ける少年の話にどんどん引き込まれていく自分を感じていた。

八、少年マエハマ・タモツの独白

そのまた翌日、〈島〉に死体が一つ漂着した。波打ち際でゆらゆら揺れていた。俺は、死体の顔をのぞきこんだ。どこの誰ともわからない中年男だ。事故からすでに数日経過している。その間ずっと海水に浸っていたせいか、ぶくぶくに水膨れしており、ひどい状態だった。しかも、サメに食いちぎられたのだろう、腰から下は切り取られたようになくなっていた。鎖で縛られた罪人のように藻に縦横に巻きつかれ、めためたに腐ったその死体を一目見た瞬

間、俺の中に湧き起こった感情は、考えるのもおぞましいものだった。つまり……食欲だ。不自然に隆起した胸のあたりに手が触れた時、死骸の口から突然、大量の海水とともにあふれ出してきたのは、数百匹の微小な巻き貝の群れだった。水死者の内臓を食い荒らすシデマイマイだ。おそらく肺から胃にかけてこの巻き貝が大繁殖しているのだろう。空洞のようにぽっかりと開いたその男の口からは、腐敗した内臓が醸し出す甘ったるい発酵臭と海水の臭いが入り混じった、何ともいえない異臭が立ちのぼっている。それでも、俺は吐かなかった。それどころか、俺は猛烈な食欲を感じていたのだ。この死体には、毒はないはずだ。俺の頭にあるのはそのことだけだった。結論として、俺はその男を喰った。半分はサメが喰ったあとだったし、ほとんどが腐ってずるずるになっていたから、食べられる部位は少なかったが、それでも数日間の食料にはなった。死体はまずかった。むちゃくちゃまずかった。しかし、俺は喰った。戻しそうになるのを指で喉に押し込むようにして喰った。人間を喰うことについては膿を喰うことへのような抵抗はまるで感じなかった。生きるためなのだ。喰わなきゃ死ぬのだ。とはいえ、俺は情けなかった。生きるためにはこんなまずいものを喰わなければならないのか、と。骨も、石でたんねんに細かく砕いて喰った。死体は、小片も残さず、すっかり俺の腹におさまった。俺は、その見知らぬ男に感謝した。俺は、他にも死体が流れ着かないかとその後何日も待ったが、残念ながらそうそううまくはことは運ばなかった。俺はまた地獄の空腹にさいなまれる日々に逆戻りした。腹が減って、頭に霞がかかり、自分の名前が何で、どこにいるのかすらわからなくなる瞬間もあった。今から考えたら相当ヤバイ状況にあったんだろう。オヤジは例によって、膿を喰えと俺に毎日迫っていた。俺は、そんなことをするぐらいなら、餓死したほうがましだ。いや、毒があってもそのあたりの魚や蟹や海老を手あたり次第に喰いまくってから死んでやる、と突っぱねていたが、内心、あのはらわたがちぎれそうなほどの凄まじい腹痛と下痢は二度と経験したくないとも思っていた。だが、俺の抵抗は長くは続かなかった。一番の理由は、オヤジの優しさだ。本当のオヤジが戻ってきてくれた。俺は、そう信じた。ガキの頃、俺とキャッチボールをしてくれたオヤジ……俺がいじめにあった時、マスコミで騒がれることを承知で相手の親を殴りつけたオヤジ……あの頃のオヤジが帰ってきたんだ。俺は、ひそかに涙を流した。オヤジは下痢でふせっている俺のために、ほとんど寝ずに看病してくれた。オヤジの俺に注ぐ愛情は本物のようだ。オフクロを殺した憎いやつではあるが、俺はオヤジの献身的な愛情に、もうそのことは忘れようと思った。バ……神が俺にオヤジを返してくれたんだ。おお、神よ、感謝します。魚に毒があるという言葉にもまちがいはなかったし、俺はオヤジを信頼できるような気持ちになっていた。死体を喰っておいて何を言ってるといわれるかもしれないが、膿を喰うなんて、異常な、とんでもない、ばかばかしいことだ、と俺は思っていた。だが……オヤジの言葉を信じてみてもいいかもしれない……と気持ちが揺らいできていた。とはいうものの、実際にオヤジの皮膚の状態を見ると、食べてもいいかも……と思った気持ちは吹き飛んでしまい、嫌悪感だけが残る。とてもじゃないが、口に入れることなんかできない。しかし、絶望的な飢餓感は日に日に増していき、ついに俺の頭が異常を正常と感じる時が来た。ある日の朝、俺はオヤジの姿を認めるとふらりと立ち上がった。そして、オヤジの身体の皮膚病を真っ向から見据えると、意を決して、両腕を広げたオヤジの胸に飛び込んでいった。間近に見るそれは、いくら俺の頭がおかしくなっていて、飢餓感が神経をねじ曲げていたとしても、あまりにグロテスクで、しかも、全体からチーズが腐ったような甘酸っぱい異臭が立ちのぼっており、俺は吐き気を催した。だが、飢えが俺の頭に微《かす》かに残っていた「理性」をねじふせた。俺は、むせ返るような臭いの中で、オヤジの胸一面に広がったそのぶよぶよした肉塊に顔を埋め、膿に口をつけた。甘い。前に、少しだけなめた時の印象と同じく、膿は非常に甘かった。しかも、嫌みな甘さではなく、上質の苺をすりつぶした汁のような上品な甘さだった。俺は、我を忘れた。空腹は最上のソースというが、それ以上に、その膿は美味かった。俺は、無我夢中で半透明の固形物をすすり、なめとり、嚥下した。最初は臭かった独特の臭いも、慣れると最高の芳香に思えてきた。むせかえるような甘い甘い甘い匂いに包まれて、俺はオヤジの膿をむさぼり尽くした。やっと人心地ついたのは二十分もしてからだろうか。その間、俺はずっと赤ん坊が母親の乳房を求めるように、オヤジの胸にむしゃぶりつき、口を吸盤のように丸めて、膿を喰らっていたのだ。おかげで腹はいっぱいになった。久しぶりの満腹感。俺は、全く満ち足りていた。身体の中に精気がみなぎってくるような感じ。以前とは別人になったかのような……何か忘れていた大事なものが身体の底の底のほうからこんこんと湧きあがってくるかのような気がした。そして……俺はとうとうオヤジと一つになることができたように思った。どうしてもっと早くこうしなかったんだろう。俺は心からそう思った。オヤジは、そんな俺の様子を見て満足そうに笑い、何度もうなずいていた。その日以来、俺とオヤジの関係は一変した。俺は、オヤジに十全の信頼を寄せるようになり、オヤジもそれに応えてくれた。俺たちは全く完璧な、理想的な親子になった。俺は三度三度オヤジの膿をすすった。甘い甘い膿。すするたびに俺の身体には力があふれ、生きる意欲が湧いてくる。食事が終わると、俺はバ……神に祈り、オヤジとの最高の関係を取り戻させてくれたことに感謝を捧げる。膿といっても、オヤジの身体から出る分泌物にはちがいない。いわば、蟻がアリマキの尻から出る甘い汁をすすっているのと同じだ。そうだ。俺はオヤジの蟻だ。オヤジはアリマキだ。いつも俺は食事が待ちきれなかった。半ば溶けてぐずぐずになったオヤジの胸に俺はとびつき、魚の生き血を吸うヤツメウナギのように口をすぼめて、爛《ただ》れた皮膚から出る汁で顔をべとべとにしながらじゅるじゅると膿を吸う。腐って腐敗臭のするような古い膿もよいが、かさぶたの中にまで舌を突っ込み、まだ血の味のする若い膿を舐めとるのはまた格別だ。時々、オヤジの身体を棲処《すみか》としているらしい虫が発生することがある。蛆虫のような白い米粒のような形をした虫で、オヤジの身体にあちこち穴をあけてはいずり回っている。その虫だけは、オヤジの肉体を食料としているからか、唯一、毒がないらしく、俺はありがたくちょうだいした。口の中で動き回るその虫をぷちぷちと前歯で潰すのは快感だった。緩衝材をぷちぷち潰していくのと同じ面白さだ。俺はその虫が大発生して、オヤジの身体中に繁殖することを夢見たものだ。もちろんそうはならなかった。俺の喰うスピードのほうがやつらの繁殖するスピードよりも早かったからだ。また、オヤジの蜜を吸っていると、たまに固まったゼラチンのようなものが飛び出してくることがある。それを歯で噛み当てると、ぶちんとちぎれ、中からぬるりとした芯が出てくるのも嬉しかった。そんな時、俺は「ああ……」という恍惚のため息を漏らす。オヤジもまた、それが気持ちいいのか、目を細めて、低く呻く。オヤジと二人きりの至福の時間だった。俺は、他に何も食べなくても、オヤジの与えてくれるものだけで十分に満ち足りていた。一日中雨にうたれようと、昼間の射抜《いぬ》くような日差しにさらされようと、膿を口にすればすぐに元気になった。ごつごつした岩の上や重たく湿った砂地で波しぶきを浴びながら眠っても、体調を崩すことはなかった。もちろん、あれ以来、〈島〉のまわりにいる魚や海老などは一切口にしなかった。いつのまにか、俺の身体にもオヤジと似たぶつぶつができるようになった。オヤジの皮膚病がうつったのかと思ったが、オヤジはそうではないと言った。「これは、俺たち一族のしるしだ。おまえの身体には、わが一族の血が半分流れている。おまえもやっと俺たちの仲間入りをしたというわけだ」それを聞いた時、俺は嬉しくて嬉しくてしかたがなかった。オヤジの血が俺の身体を変えた。オヤジと同じ身体になれた。俺は何度も自分の肌のぼつぼつを撫で回した。皮膚が破れて、オヤジのものとよく似た黄色い汁がどろりと流れ出してきたときは感激のあまり涙が出た。そうして、俺とオヤジにとって蜜月の二年間が過ぎた。俺たちは幸せだった……あんたたちがやってくるまでは。

　オヤジを返せ。

　オヤジをどこへやった。

オヤジ……。

九、Z県境海上保安部所属古賀某の視点

少年の告白を聞きながら、古賀は何度も吐きそうになった。少年の皮膚はたしかに彼が言ったような膿にまみれている。これを……喰ったというのか……顔を埋めて……。

父親の存在がそうであるように、膿を食べたというのも、少年の幻想なのかもしれない。孤島での二年間という歳月が生み出した狂気の産物なのかもしれない。だが……もしかしたら……。古賀はあることに思い至った。もしかしたら、孤独のあまり、少年は、自分の中に父親の存在を感じ取ったのかもしれない。少年は心の中の父親と対話していたのだ。つまり……つまり、彼は自分で自分の膿をすすっていたことになる……。それに気づいた瞬間、古賀はとうとう耐えきれなくなって立ち上がると、トイレに駆け込んでしたたかに吐いた。トイレを出て、部屋に戻る気にもなれず、甲板に出て潮風を頬に受けていると、部下が大型のクーラーボックスを持ってやってきた。

「先ほど、お見せすることができませんでしたが、〈毒島〉で採集したものです」

彼は、クーラーボックスの蓋をあけた。濃い異臭が立ちのぼった。それは、少年の身体から発する甘い臭いと同種のものにまちがいなかった。中をのぞき込んで、古賀は呆然とした。

「な、なんだ、これは……?」

「前に、忌名島の古老から聞いたことがあるんですが、こいつは……。あの少年はこれを……」

部下の言葉を聞いて、古賀は眉根を寄せて呻いた。

十、少年マエハマ・タモツの視点

オヤジは常々俺に、船影が見えたら身を隠すようにと注意していた。俺もその言いつけを守っていた。オヤジと二人だけの生活を乱されたくなかったからだ。俺は、〈島〉での生活に何の不満もなかった。それどころか大満足だった。いつまでもこの生活が続けばいい、とそればかりを念じていた。ところが、突然、制服を着た乱暴な連中がやってきて、俺を拘束した。俺は暴れたが〈島〉での二年間は確実に俺の体力を奪っていたようだ。俺は、オヤジと引き離され、強引にボートに乗せられた。やつらはオヤジも連れていこうとしていたようだったが、すぐにオヤジをどこかに隠してしまった。現に、このでかい船に乗り移ってからはオヤジの姿は見ていない。俺は心配で心配でしかたがない。やつらがオヤジに手出しでもしたら、首の骨を叩き折ってやる。俺は、まわりの連中に何度も「オヤジを返せ」と要求したが、誰もとりあってくれない。コガとかいう、一番偉いさんらしいやつが、あの時の事故で親を亡くしたというので何となく同情して、〈島〉でのできごとをいろいろ話したが、どこかへ行ってしまった。

と思ったら、戻ってきた。大きなクーラーボックスを抱えている。やつは、それを机の上に置き、蓋をあけた。

「タモツ君、中を見たまえ」

俺はクーラーボックスをのぞきこみ……驚いた。オヤジだ。オヤジが中に押し込められている。何だかぐったりとして元気がなさそうだ。

「タモツ君、これは何だね」

「オヤジだよ、オヤジ。俺のオヤジだよ。見てわからないのか。早く出してやってくれよ、かわいそうじゃないか。オヤジ……」

「君にはこれが自分のお父さんに見えるのかね。私には、とてもそうは見えないがね」

失礼なやつだ。俺には、このコガという男が何を言ってるのかさっぱりわからなかった。

これがオヤジでなければ何だというのだ。

「これは、忌名島の古老の話では、〈毒島〉のあたりの海にいる生き物で、地元では膿坊主と呼んでいるそうだ。アメフラシみたいなもので、いつも身体から膿みたいな汁を出しているからだろうな。島の付近でサメに喰われて死んだものが成仏できずに膿坊主に生まれ変わって水難者を護るという伝説もあるそうだ」

膿坊主……？　何のことだ。これは俺のオヤジじゃないか。こいつ……何を言ってる……。

「タモツ君、よく見るんだ。これは君のお父さんなんかじゃない。ただの……化け物だ」

「オヤジを侮辱するな！」

俺は、コガにつかみかかったが、平手で張り飛ばされ、机に頭を強くぶつけた。コガは俺の襟首をつかみ、ずるずるとひきずってクーラーボックスに顔を押しつけるようにした。

「ちゃんと見なさい。この、真っ黒でぶよぶよした生き物の、どこがお父さんなんだ。真実から目をそむけるんじゃない。君が、優しかった昔のお父さんを取り戻したかった気持ちはよくわかる。でも、君のお父さんは死んだんだ」

死んだ……？　オヤジが死んだ？

オヤジはここにいるじゃないか。クーラーボックスの中に。……でも、どうしてオヤジがこんな小さな箱の中に入るんだ。スポーツ選手だったオヤジは人一倍身体がでかい。こんな箱に入るはずが……。クーラーボックスの中で、ぬめ、と黒い触手が動いた。

「君はお父さんの膿をすすって飢えをしのいでいた、と言っていたな。それじゃあ、お父さんは二年もの間、いったい何を食べていたのかな」

暴言だ。こんなやつを許しておくわけにはいかない。俺は歯を剝き出し、両手の指を鳥のように曲げて、再びコガに飛びかかった。コガは俺の右顎に握りこぶしでアッパーを喰らわした。俺は壁に激突した。頭がぐわあああんと鐘のように鳴った。そう言えば、ひところ、よくオヤジにこうして殴られたものだ。オヤジの拳固はサザエの殼みたいにかたかった。考えてみたら、〈島〉にいた二年間、一度もオヤジは俺を殴ろうとしなかった。俺は、ちらとクーラーボックスに目を走らせた。そりゃそうだ。こんなぐにゃぐにゃの触手で、どうやって俺を殴るんだ。できるわけがない。うふふ……あはははは……。触手？

俺は、愕然としてもう一度クーラーボックスに顔を寄せた。

突然、真実が見えた。

そこに入っていたのは、全長一メートルと少し。全身真っ黒で、血管が浮き出た大きな球形の頭部と海綿状のぶよぶよした胴体、数十本の触手を持った、見たこともない生き物だった。蛸に似たところもあるが、触手に吸盤はなく、先端には人間の指そっくりの器官が五本ずつついている。眼球のない緑色の目と鳥のくちばしのような口吻。背中（？）についた、しわくちゃに折り畳まれた羽根状の器官。どの部位を見ても、この世のものとは思えない異形の生物だった。時々、「グガァ……ガッ……ガッ……」と嗄《しやが》れた声をあげている。そして……そして、身体中の皮膚は、ぶつぶつとした汚らしい小突起で覆われ、その先端からは黄色や乳白色の汁が滲み出ている……。そこから立ちのぼる甘い……甘い臭い……。

これが……オヤジか……俺がオヤジだと思っていたものか……。俺はこの醜い生き物の体液をすすって生きていたというのか……！

「あああ……ああ……」

俺は叫んだ。頭を抱えて叫んだ。

「タモツ君……思い出すんだ。何があったのか……あさくら丸が沈んだ時に本当は何が起こったのか思い出すんだ！」

コガが耳もとでわめく。

「グ……ガァアアア……」

俺は絶叫した。記憶の底に押し込んであった記憶が、俺の結界を突き破って浮上してきた。

俺は船の破片につかまって浮いている。まわりは死骸とサメだらけだ。俺はオヤジとその破片をとりあっている。オヤジは俺の首を絞めている。俺の頭を海の中に突っ込んでいる。俺は死にかけている。俺は……俺は呪文を唱えている。本当のオヤジを呼び覚ますための呪文を。だが……オヤジは……笑っている。俺のことをあざ笑っている。けたたましく、耳障りな哄笑を続けている。その時……。波間から黒いものが立ち上がった。怪物だ。オヤジはそれを見て錯乱したようになり、板きれから海に滑り落ちた。黒い怪物は、長い触手を十数本、オヤジに向かって伸ばすと、その首に巻き付けた。こきん、と音がした。オヤジの首は九十度曲がり、オヤジは恐怖を顔いっぱいに貼りつけたまま、水面下に沈んでいった。黒い化け物は、今度は俺に触手を向けた。しかし、その動きは優しく、俺は触手に包まれるようにして泳いだ。サメの群れが、俺たちの前ではさっと道をあけるのがわかった。俺たちは〈島〉に着いた。そして……黒い生き物との生活がはじまった。俺は……〈島〉に流れ着いた死体を喰った……見たこともない男の死体を……いや……ちがう……その男の顔は……サメに下半身を食いちぎられたその男の顔……オヤジの顔だった。恐怖に狂いかけた醜い顔は……たしかにオヤジのものだった。どうしてあの時はそれに気づかなかったのだろう……。だが、そんなことはどうだっていい。あの男は所詮、俺のオヤジではなかったのだ。俺の本当のオヤジはここ……この箱の中にいる。

「君は孤独感のあまり、この生き物をお父さんと思いこんでいただけなんだ。目を覚ましななんだ。君のお父さんは人間なんだ。こんな気持ちの悪い化け物がお父さんのわけがないだろう。君のお父さんは人間なんだ。私や君と同じくね。さあ、タモツ君……」

コガが何かわめいているが、彼はまちがっている。俺は、勘違いなんかしていない。オヤジは俺に言った。俺の中にはオヤジの血が流れている、と。俺は、ようやくわかった。どうしてあの男が俺とオフクロを憎んでいたかが。俺は、オフクロとバ……神が交わってできた子なのだ。オヤジは言った。俺のこの肌は、オヤジの一族のしるしだ、と。だから、あの時、唱えた呪文によって、俺の本当のオヤジが現れたのだ。還らなければ……と俺は思った。海に……〈島〉に還らなければ……あの〈島〉こそいにしえから俺たち一族が棲み暮らしていた場所……異界とこの世の交わるところ……還らなくては……。俺はクーラーボックスの中に手を突っ込むと、オヤジを抱き上げた。

「何をするんだ、タモツ君！」

コガが俺を取り押さえようとしたが、俺はやつを振り払い、オヤジを高々と差し上げた。

「やめろ！　やめないか！」

コガがまたしてもしがみついてきた。その時……俺の身体に変化が訪れた。何かが……原始の何かが……俺の身体の奥底から……どろどろした熱いマグマとなって噴きあがってきた。

「あはははは……はははは……ははは……」

俺は笑った。ついに、待ちこがれていたものが来たのだ。俺の爛れた皮膚を突き破って数十本の触手が飛び出した。俺の頭はちぎれ、床に転がった。続いて、腹がめりめりと裂け、俺の新しい頭部が出現した。オヤジとよく似た、軟体動物のようなぐにゃぐにゃした球体。巨大な目と鋭いくちばし……。バ……神の末裔であることを示すものだ。

「グガァ……アアア……アアアアア……アア……」

俺はくちばしでそう叫ぶと、古い身体をぼろきれのように捨てた。そして、ゆっくりと触手をコガに向かって差しのべ、やつの首に巻きつけた。

「助け……て……」

コガの首は簡単に折れた。口と鼻から血の泡を噴いているその死体を一瞥したあと、俺とオヤジは廊下をはいずって甲板に出た。

さいわい誰の目もない。俺たちは手すりを乗り越えると、海に飛び込んだ。海だ。俺の故郷。オヤジノウミだ。俺たちは、触手をとりあって海中を泳いだ。目指すは〈島〉だ。オヤジとの甘い思い出がいっぱい詰まったあの島で、俺たちは暮らすのだ。永遠に。この世の終わるまで。だが、もう食べ物の心配はいらない。今の俺たちには、〈島〉の毒はかえって栄養になる。オヤジと二人、膿をすすりあい、毒を喰らいあう……そんな生活が待っている。

俺の胸は期待に高鳴っていた。

邦夫のことを

ドアをそっとあける。

冷気が部屋の中に流れ込む。

俺は、音を立てないように注意しながら足を踏み出した。

勝手知ったる他人の家。薄暗いこの空間に来るのは何度目だろうか。

暑い。どういうわけかこの部屋はやたらと暑い。額から首筋にかけて、桃色の汗が滲み出る。

今日は、良一におみやげを持ってくるのを忘れた。いつもは駅を出たところにある売店でちょっとしたおもちゃを買うのだが、なぜかそうしなかった。やつは口汚く俺をののしるにちがいない。

良一はまだ五歳だが、年齢の割には体格がよく、ぶよぶよとした肉が全身についている。顔色はいつも青白く、唇は紫色。目はパチンコ玉のように小さく、髪の毛は薄い。動きも鈍重で、いかにも不健康そうな外見だ。

大人顔負けの口を利くので、鬱陶しく思えることもたびたびだが、秀子をキープするためには、やつを手なずける必要がある。気味の悪いガキのご機嫌を取るのは嫌だが、大事の前の小事というやつだ。
○○マンの指人形といった類の、屑のような安物のおもちゃでも宝物をもらったかのように大喜びする。だが、やつはほんの数秒でそのおもちゃに飽きる。そして、おもちゃは彼のおもちゃ箱にしまわれたまま、二度と陽の目を見ることはない。
良一は、貪欲な性格だ。もらえるものはゴミでもうれしいのだ。

母親とそっくりだな、と俺はいつも思う。

良一が貪欲なのは、明らかに秀子の血だ。指輪やネックレス、服、襟巻き……何でも喜ぶ。そして、俺の贈り物は、秀子の衣装棚にしまわれる。その後は、誰も手を触れることは許されない。

衣装棚は俺を含む大勢の男たちからの贈り物で満杯状態のはずだ。だが、彼女は決してそれを処分しようとはしない。一度つかんだものは、金でも、食べ物でも、男でも……絶対に放さないのだ。そして、それらを骨の髄までしゃぶりつくす。

もちろん……俺も、しゃぶられている一人なのだ。そのことを俺は十分自覚している。

ぺたぺたぺたぺたぺた……。

ぺたぺたぺた……。

ぺたぺたぺたぺた……。

肉叩きを使って何かを叩いている音。一定のリズムを崩さない。

ぺたぺたぺた……。

聞いているうちに、俺はなぜか心臓を絞り上げられるような恐怖を感じた。理由はない。

ぺたぺた……。

こんなことははじめてだ。だが……。

俺の足は目の前の流し台に向かう。

エプロンをつけた秀子が夕食の準備をしている。

まな板の上には、何かの肉が置かれている。色は、やや黒みがかった、禍々《まがまが》しい赤。幾筋ものねっとりとした粘液の糸をひいている。秀子は、大きな金属製の肉叩きでそれを叩いているのだ。

何の肉だろう。

俺は、急に身震いして、視線を肉から秀子の尻に移した。

後ろから見ると、クリーム色のパンツに包まれた尻は熟れた桃の実のようで、思わずむしゃぶりつきたくなる。

俺は、来たことを隠して驚かせるため、ゆっくりと秀子に近づいた。

良一は見かけない。公園にでも遊びにいったのかもしれない。それなら、ここで立ったまま、というのもそそる。

背中から抱きついたら、秀子はどんな反応をするだろうか。振り向いて、相手が俺だとわかったら、きっといつものように好色な目を輝かせて、俺のものを握りしめてくるにちがいない。服の上から乳房をわしづかみにしてやったら、どうするだろう。悦びのあえぎをふんだんに漏らしながら、自ら服を脱いでいくにちがいない。

　俺は目の前に立つこの女が、自分のものだという事実に陶然とした。

　秀子は、たしかに美形だ。豊かな黒い髪は、髪フェチならたまらんだろう。上を向いた高い鼻は高慢な性格を、つんとつきだした肉厚の唇はセックスの貪婪《どんらん》さを表している、と俺は思う。外国の血が入っているのではないかと思えるほど日本人離れした彫りの深い顔立ち。豊満な胸も、ぎゅっとくびれた腰も、染み一つないなめらかな太ももも、モデルにも引けを取らない。すでに三十を過ぎているが、少女にはない落ち着きと深みが醸し出され、まさに熟れきった最上の美酒のような状態にある。

　ただ。

　性格は最低だ。

　その顔立ちが、その姿形がなければ、誰も相手にしないだろう。

　貪欲。

　淫乱。

　高慢。

　秀子はあらゆる男を蔑《さげす》み、奴隷のように思っている。征服されることを拒み、つねに男を従えようとする。

　しかし、その美貌に惹かれて、言い寄る男はあとをたたない。

俺のように。

皆、俺は他のやつらとは違う、俺ならばこの女を言いなりにできる、と思って、挑戦するのだが、大やけどを負って消えていく。秀子を征服できる男など存在しない。

俺は、他の連中の轍《てつ》を踏まぬように、事前に秀子の人となりや経歴を調べ上げた。だが、そんなことは何の役にも立たなかった。

初対面の時から、秀子は俺を飲み込もうとした。俺をしゃぶり、しごきあげ、自ら腰をふりたて、俺を欲望の中に包み込み、支配下におこうとした。俺はそれを拒否しようと試みた。せめぎ合いがあり、駆け引きがあった。俺は敗北を覚《さと》り、まもなく抵抗を諦めた。俺は秀子の襞《ひだ》に覆い尽くされ、今の状態に落ち着いた。

秀子とつきあおうとする男には、彼女に隷属するか、彼女を失うか、二つに一つの選択しかない。無論、俺は前者を選んだ。他の大勢の男たちのように。

秀子は、俺のことを、あんたのような人には生まれてはじめて会った、と言う。そう言われて悪い気はしない。ほんの少し、俺は、これまでの馬鹿な男たち……秀子に群がった凡百の男たちから抜け出して、彼女の唯一の場所を占めることができるのではないか、という期待を抱いている。

俺は、秀子を心から愛している。良一も俺になついているし、障害は何一つない。

もう少しだ……もう少しで……。

ぺたぺたぺたぺたぺた……。

ぺたぺたぺた……。

秀子はまだ肉を叩いている。

すでに自重でへしゃげ、ぐちゃぐちゃになりかけているその肉片は、何だかわからないどろりとした粘液にまみれている。黄色く、茶色く、赤く……まるで膿のような汁……。ところどころに小さな泡がぶつぶつと生じてははじけ、そのたびに肉片全部が生きているかのように震える。

これは何だ。何の肉なんだ。

その時、俺の記憶の中から、秀子が以前に口にした言葉が、蛇が鎌首をもたげるように唐突に出現した。

「その肉がね……」

ベッドの上で秀子は俺に言った。舌なめずりをしながら、うっとりと。

「おいしかったのよ。ほっぺが落ちるってこのことだと思ったわ。何でも望むものが手に入るようになってから、あたしはあちこちの有名な肉料理の店を食べ歩いた。それだけのために外国にも何度も行ったわ。でも……まるでちがうのよ、あの時の味と」

秀子は金のかかるグルメだ。俺も一度「外国への食べ歩き」に同行した。もちろん、旅費は俺が全額工面したのだ。飛行機はファーストクラス、宿泊は一流ホテルでないと承知しない彼女のために、俺は所持していた有価証券を全部売り払った。旅行中、彼女は俺の金を湯水のごとく浪費しながら、こんな糞みたいな料理は食べてもしかたがない、といつも悪態をついていた。

現在、俺の銀行預金はほとんど底をついている。もちろんそのことは秀子には黙っている。そんなことが知れたら、俺はゴミのように捨てられてしまう。俺の前任者たちの多くは、今では所在がわからない。サラ金の取り立てから逃れるために姿を消しているのか、秀子という限界のない欲望の化け物につぎ込むだけつぎ込んで、残った借金の山に仰天し、首をくくったのか、電車に飛び込んだのか……。

「記憶の中で味を美化しているのかもしれない」

「そんなんじゃないわ」

「じゃあ、君の両親は娘に本物の味を味わわせてやろうとして、金に糸目をつけずに、今では手に入らないようなとびきり上等の肉を調達したのかもしれないな」

「ちがうわ。そんなはず絶対にない。何も知らないくせに利いた風なことを言わないで」

秀子はくわえていた俺の肉をぺっと吐き出した。秀子が急に怒気をあらわにしたので、俺はフォローの言葉を探したが、それが見つかる前に彼女は話し出した。

秀子が五歳ぐらいの頃、彼女の両親は極貧の中にあった。二人は、駆け落ちして一緒になったため、両家の実家から義絶されており、経済的な援助を受けることはできなかったらしい。父親は仕事にあぶれ、失意のうちに病を得て寝たきりの生活になった。その病をもらったのか、母親とまだ二歳だった弟の邦夫もいつの頃からか深い咳を繰り返すようになった。両親とも、育ち盛りの秀子と邦夫には何とか満足に食べさせようと、自分たちの食事を削っていたのだろう。どちらも幽鬼のように痩せこけていた。

だが、当時から秀子は貪欲な女だった。両親が乏しい食事を彼女に回していることを知っていたにもかかわらず、「おなかがすいた。こんな食べ物じゃ大きくなれない。きれいになれない。もっともっと……もっと食べたい」と日夜わめきちらしていたらしい。幼い邦夫の食事にと確保してあった分までも、秀子は探し出してきて貪り喰った。「邦夫は病気なんだから、あまり食べなくてもいいのよ。あたしは健康だからおなかがすくのよ」というのが持論だった。

しかし、働き手のいない家庭では日々の糧もそのうち底をつき、おかゆがおもゆになり、芋になり、黴の生えたパンになり……ついには何もなくなったある日、秀子がいつものわがままを起こし、

「お肉が食べたい。お肉お肉お肉。友達はみんな食べてるよ。あたしも食べたい。お肉食べたい」と叫んだ。何のきっかけでそういうことを言い出したかはわからないが、その日一日中、秀子はお肉お肉と絶叫し続けた。その時、すでに精神に変調を来していた母親が、彼女に与えたのが、その「お肉」だという。

「これ……何？」

「何って……『お肉』よ。おいしいの、秀ちゃん？」

「うん、とっても。こんなおいしいもの食べたことない」

「そう……よかったわね……」

「何のお肉なの？」

母親は骨張った背中を丸めるようにして、つらそうな咳を二、三度繰り返しただけだった。

秀子がねだるまま、母親はそれから数日間、その「お肉」料理を続けた。この料理を作るには、素材の肉を長い時間かけて肉叩きで伸ばして柔らかくしなければならないらしい。冷たく、硬く、ずしりと重い肉叩き。それを振り続ける骸骨のように痩せた母親。こうして「お肉」の味は秀子の舌に焼き付き、彼女は以来、その味を探し求めている。

寝たきりだった父親と邦夫が、抱き合うようにしてふとんの中で死んでいることがわかったのは、「お肉」を食べた数日後だった。いつ死んだのかは秀子にもわからなかった。二人の死に気づいたのは秀子でも母親でもなく、日頃は全くつきあいのない同じアパートの主婦たちだった。秀子たちの部屋から悪臭が流れてきて耐え難いと、押し掛けてきたのだ。窓を締め切った部屋に上がり込んだ主婦たちはあまりの猛臭に涙を流し、えずいた。悪臭の元凶とおぼしきふとんを剝いでみると、そこに半ば腐った死骸が二つ、転がっていたというわけだ。ぞわぞわと蛆が這い、ぐずぐずに腐ったその死骸を前に、母親はにこにこ笑うだけだった。通報で飛んできた警察が、父親と邦夫の死骸を運び出し、母親を逮捕しようとした。父親は自然死だったが、邦夫の頭蓋骨が肉叩きの形にへしゃげ、陥没していたからだ。しかし、彼らは結局、逮捕を諦め、母親を病院に収容した。秀子自身は、施設に引き取られた。

救急車に乗り際に、母親が刺すような目つきで秀子を見つめて言った。

「邦夫の……邦夫のことを……」

「邦夫がどうかしたの、お母さん」

　母親は今まで見せたこともないような邪悪な笑みを浮かべると、骨張った指を秀子の胸に突きつけて、

「おまえは……これから……一生……食べ続けるのよ……邦夫のことを……」

　そして、ヒステリックに笑った。救急車のドアが閉じられても、発車して車が見えなくなったあとも、その笑いは聞こえていた。それ以来、母親とは会っていない、という。

「母の言ったことは本当だったわ。私はこうして……食べているもの……今でも……」

　俺の肉をくわえて、舌先で転がし、右手でしごきあげながら、秀子はそう言った。

「俺は、邦夫なんて名前じゃないぜ」

「ふふ……うふふふ……」

「それが何の肉だったかわかったのかい」

「うふふ……うふふふふ……」

　秀子が自分の身の上を語ったのはあとにも先にもあの時だけだ。


　ぺたぺたぺたぺたぺたぺた……。

　ぺたぺたぺた……。

　秀子は、憑かれたように肉を叩きすえている。その横顔には笑みが浮かんでいる。

　何かが、ぷん……と臭う。

饐《す》えたゴミ箱の臭い……腐臭だ。南洋産の果物が腐った時のような、甘い、耐え難いほど甘い、頭蓋骨をきりきりとこじあけて侵入してくるような臭い。

まな板の上の肉が腐っているのか……いや、そうではないようだ。

流し台の、別のところから臭ってくるらしい。どこだろう。

排水口。

放射状に切れ込みの入った黒い蓋がはめ込まれた排水口の中から、悪臭が靄《もや》のように立ち上っているのだ。秀子はこの臭いに気がついていないのだろうか。換気扇は回っているが、それぐらいで解消できるような臭いではない。

俺は、秀子に教えてやろうかと思い、一歩近づいた。

と。

俺は見た。

排水口から、何か、おぞましいものが飛び出しているのを。

それは、二つの目だった。

蛙のような丸い目を左右の隆起にはりつけた、ぶよぶよしたゼラチン状の頭部を持つ不気味な生物が、排水口の中から頭を出している。

俺は、ひっ……と小さく叫んだ。その声を聞きつけたか、すぐにその生物は頭をひっこめてしまった。

ぺたぺた……。

ぺたぺたぺた……。

秀子は、蛙のような生き物にも、俺の叫びにも気づかないらしく、肉叩きをつかう手をとめない。

何だったんだ、今のは……。

錯覚かもしれない、と思い、俺は目をぱちくりさせたが、たしかにあれは生き物だった。下水に棲んでいる両生類の一種ででもあろうか。もしかしたら、この臭いの原因なのか……。

その時。

秀子が、こちらを振り返った。その冷ややかな目。俺は、全身を硬直させた。なぜかしら、

（逃げなければ……）

という狂気にも似た想いが頭を支配した。

だが、秀子の視線は俺を通り過ぎ、虚空をさまよったあげく、再びまな板の上の肉へと戻った。

なぜ、俺は今、逃げようなどと思ったのだろう。自分で自分の心理が理解できない。なぜ秀子から逃げなければならないのか。手遅れにならないうちに、秀子という吸血鬼にしゃぶりつくされる前に逃げろということか。金は一銭も残っていない。借金も、借りられるところからは全て借り倒した。もう貸してくれる相手はないし、返すあてもない。今、ここにいるのは、秀子という増殖し続ける欲望のかたまりに髄液まで搾りとられたあとの骨ガラなのだ。逃げるなら、今、か……。

俺は苦笑した。俺はまだまだ秀子に未練がある。俺は、秀子を愛している。心の底から。相手が秀子なら、たとえ骨までしゃぶりつくされたとしても、それは男冥利につきるというものだ。

本当か。俺は自問自答した。もしかしたら……まだぎりぎり間に合うかもしれない。人生に敗残して姿を消した男たちとはちがい、俺はやりなおせるかもしれない。本当にこのままでいいのか……。

突然、台所の壁づたいに取り付けられている下水管が、ごぼがばごぼがばごぼがばと鳴り出した。

ごぼがばごぼがばごぼがばごぼごぼごぼがば。

ががばぼごぼががばごごぼごぼがばがぼがぼば。

下水管は、地を這うように低く、忌まわしい演歌を歌う。

それはこう聞こえた。

(も……う……おそ……い……もう……遅い……)

下水管の表面に、人間の顔のようなものが浮かび上がった。男の……中年男の顔だ。どこかで見たことがある。その男は、今にも泣き出しそうな悲愴な表情で、口を小さくあけて、歌っている。

(もう……遅い……オソイ……遅い……オソイ……)

俺は耳をふさぎたかったが、男の歌は容赦なく俺の鼓膜を突き破って、脳髄に入り込んでくる。

思い出した。この男は……俺の前に秀子とつきあっていた演歌好きな町工場の社長だ。たしか、秀子に貢いだあげく、会社を人手に渡し、山のような借財を残して失踪したのだ。その後がまが俺というわけだが……。

ぶうううううううん……ううん……ううん……うん……。

俺の背後で蝿の羽音のような電子音が響き、水を浴びせられたような冷気が室内に滲出する。下水管はにわかに歌うのをやめた。デスマスクのような顔も消え失せた。夢なのか……俺は目が覚めていないのか……。

暑い。信じられないぐらい暑い。全身から桃色の汗がぽたぽたと滴《したた》り落ちる。どうして秀子はこの暑さが平気なのだろうか。

テーブルの上に、皿に盛りつけられたサラダがある。肉料理の付け合わせだろう。それに目をやった瞬間、俺の体からすうっと血の気がひいていった。サラダ全体に、まな板の上の肉と同じ、どろりとした不快な膿汁がかかっている。そのサラダが……もくりもくりと脈動しているのだ。サラダ菜はいつ買ったものか知らないが茶色く変色している、きゅうりもトマトも汚らしく潰れ、すでに腐敗が始まっているのがわかる。どれにも、齧み取られたような小さな穴がたくさんあいており、青虫かそれに近い何かの存在を確信させる。その「何か」はすぐにわかった。細かく刻まれた野菜の隙間から、何十匹……いや何百匹という無数のナメクジが出たり入ったりしている。ナメクジだけではない。名前はわからないが、おそらく本来は動物や魚の体内に巣くっているであろう寄生虫の類だろう、五センチぐらいの、乳白色のミミズ状の生物が、毛糸玉のようにからまりあって、レタスやキャベツの合間に見え隠れしている。俺は吐きそうになった。いや、実際に吐いたかもしれない。自分で自分が何をしているのかよくわからない……。

だが、目を擦ると、サラダはただのサラダであり、野菜は新鮮で、穴もあいておらず、ナメクジなどどこにもいない。

錯覚か……。

疲れがたまっているのだ。俺は、そう思いこもうとした。たしかに、最近、仕事の休みがとれないうえに、借金の言い訳や新たな借金の算段で走りまわっていたから、疲れが毒のように沈殿している。足元から臍《へそ》のあたりまで「疲労」にどっぷり浸かっていて、身体を動かすのがおっくうだ。

だが、そのことは秀子に覚られてはならない。金の切れ目が縁の切れ目とは秀子のためにあるような言葉だ。

「金ならいくらでもある。俺は他のやつらとはちがう。金の成る木を持っているんだ」

俺は、会った時から秀子にそう言い続けてきた。今更、からっけつだとは言えない。そんなことを言ったら、俺は「他のやつら」同様、即日生ゴミとしてゴミ箱行きだろう。そうなったら俺には何が残るのか。借金、人からの冷たい視線、崩壊した友達関係……。何が何でも、秀子だけは……この女だけはキープしておかねばならない。でないと、これまでの俺の人生が無駄になってしまう……。

　いや。

　俺は、そのことを……秀子に言った……？

「お金の成る木はどうなったの」

「枯れてしまったよ」

「あら、そう。じゃあ、終わりね」

「ま、待ってくれ、秀子……金はなくなったが、他のことなら何でもするから……だから……」

「こうなることは最初からわかっていたはずよ。今更未練なことは言わないでね」

「くそっ……俺のことをしゃぶるだけしゃぶっておいて、喰うところがなくなったらポイか。俺だけじゃない。いったい何人の男の肉を喰えば気が済むんだ」

「それが……私に科せられた……なのよ……これは……定めなの」

　そんな会話を思い出した。それじゃあ、俺はすでに秀子に捨てられているのか……いや……それは……いったいいつのこと……。おかしい……記憶が前後したり、途絶えたりして、曖昧になっている……俺は……俺は……俺……。

「待てよ。待てったら。この野郎、ちょっとこっちを……」

　俺は……秀子の襟首をつかんで、ぐいとたぐり寄せた……。

「放してよ……放せよ、この糞オヤジ！」

秀子の形の良い唇から発せられた「糞オヤジ」という言葉が俺の心臓を貫いた。俺は憤りに任せて拳を振り上げた……そこまでは覚えている……でも……そのあと……どうしたのか……。

その時、左右の壁に付着した油性の染みが、ビデオの一時停止を解除したように一斉にずるずるとウミウシのように蠢きはじめた。何百何千という大小の染みが、壁を這いまわる。銀色の、嫌らしい航跡を無数に残して。

染みの間から、さっき下水管に浮き出した男の顔が再び出現した。彼は笑いながら、大口をあけて哄笑しながら、俺に言った。

(おまえも……糞オヤジの一人……だったわけだ……糞……オヤジ……あはははは……糞オヤジ……糞でできた親父……あはははははは……あはははははははは……)

壁から、天井から、床から、何もない空間から、小さな黒いコガネムシが顔をのぞかせた。ダイコクコガネ、エンマコガネ、スカラベ……糞を喰う昆虫の類だ。その数は何万匹にもなるだろう。彼らは、頭部をぴくぴくと動かし、そこから這いずりだしてきた。凄まじい悪臭。糞虫たちは、たちまち床にたまっていき、俺も秀子もテーブルも何もかもが虫の海の中に埋まっていった。

(逃げなければ……)

俺の中の危機感がそう囁いた。

(この家は狂ってる……どこか安全なところへ逃げなければ……)

（手遅れだ……てお……くれだ……手遅れ……だ……）

（そんなことはない。この場所から……この女から遠く離れて……とにかくやりなおすんだ……）

（オソイ……遅い……オソイ……もう遅い……）

俺が後ずさりしようとした時、糞虫の大群は不意に消え失せ、あとには漠然とした虚空と、ただの薄汚れた部屋が残った。

秀子がようやく肉叩きをつかうのをやめ、ペースト状になった肉片をボールに移した。彼女はそこに生卵を割り入れ、指でかき回す。ぐちゃぐちゃぐちゃぐちゃぐちゃぐちゃぐちゃぐちゃぐちゃ。彼女はご機嫌で鼻歌を歌いながら肉を混ぜている。ハンバーグを作るつもりだろう。

俺の目はその肉に釘付けになった。この肉が何か……俺は知っている。どうして今まで気づかなかったのだろう。気づいていたけれど知らないふりをしていたのだろうか。

（そうとも……あれは……私の肉だ……）

床にレリーフのように浮き出した例の男の顔がそう言った。

俺は、これまで秀子に貢いだあげく行き方知れずになった男たちのその後の運命をはじめて覚った。

（おまえももうすぐああなる……）

（嫌だ……嫌だ嫌だ嫌だ）

(あははは……おまえもやっと糞オヤジの仲間入りをしたな。あの女は男を喰って生きてきた。これからも、未来永劫……)

俺は、男の顔を踏みつけると、悲鳴をあげてその場を逃げ出した。こけつまろびつ廊下を走る……走ろうとする……だが、なぜか前に進まない……。

廊下を曲がったところから、良一が現れた。青白い顔にどす黒い笑みが浮かんでいる。

(り、良一君……はやくここから逃げるんだ……信じられないだろうが……君のママはね……君のママは……)

だが、言葉が口から出ない……口……？　俺の口はいったい……いや……俺の……手は……足は……。

「ママ！　お肉がこんなところに落ちてるよ」

良一が俺をよっこいしょと拾い上げた。

「まあ、また冷凍庫の扉が勝手にあいて、外に飛びだしてたのね」

「ママ、今日はお肉？」

「そうよ。もうすぐできるから待っててね」

俺は何もかも思い出した。

数日前、秀子の襟首をつかんで引き寄せた俺は、後ろから頭を何かで強打され、その場に倒れた。必死で首を回すと、良一が不健康そうな薄笑いを浮かべながらそこに立っていた。

良一は、手にした金属製の肉叩きで、うずくまる俺の頭を何度も何度も叩いた。病的なほどしつこく、何十回も、力を込めて。ついに、俺の頭蓋骨は潰れた。俺の顔は、頭の中央が鼻のあたりまで陥没し、両目だけが飛び出したようなものになった。脳が露出して、ちょっと見には、ゼラチン状の頭部を持つ奇怪な蛙のように見えたかもしれない。

「もういい、ママ？」

「それで十分よ。あとはママがやるわ」

衣服を脱がされた俺の死骸は、牛刀で分断された。ステンレス刃の冷たい感触が身体の中を走りまわる。服や骨や内臓は細かく切り刻まれた末にトイレに投げ込まれた。今でも一部は下水管の中を汚物や前任者たちの残滓《ざんし》と一緒にさまよっている。残った肉は、形を整えられ、冷凍庫にしまわれたのだった。

どうして忘れていたのだろう……自分が……ただの肉塊になっていたことを……。

今、再び、俺の肉は冷凍庫に戻され、自分の周囲を冷気と暗黒が押し包んだ。

ドアが閉じられる直前、微かに会話が漏れ聞こえてきた。

「どうしてママは女の人は食べないの？」

「それはね……男の人のお肉を食べ続けることが……ママのママが、ママにかけた呪いなのよ。男のお肉でないとだめなの」

「ふうん……」

男のお肉……をとこのおにく……ヲトコノオニク……。

がちゃん。

異形家の食卓2　試食品

雲形定規のようにいびつな形をした食卓には四人がついていた。

「タケルの婚約者のことはわかったが、ケロヒメよ」

太った中年男が、目の突き出た少女に言った。

「おめえの彼氏はどないしたちゃが」

「そうそう。あの、いつも青い顔した真面目そうな男の子。一度、うちに連れてらっしゃいよ」

中年女が応えた。

「だめよ」

魚の肉をほじりながら、少女はきっぱりと言った。

「けちけちするない、減るもんじゃなし」

若者が笑いながら言うと、

「無理言わないで。だって……食べちゃったんだもん」

一同は再び朗らかに笑った。

「ねえ、そのいきさつ、ママは聞いてないわよ」

「パパも聞いとらんじ。早う話してみんじゃ」

少女は面倒くさそうな顔で唇を尖らせた。

◇

あたし、魚だーい好きだけど、魚より好きなものあるの、知ってるでしょ。なかなか食べられないから我慢してるけど、ほんとはすっごく欲しいのよね。朝起きたときから眠るまで、あのこと考えないときはないわ。ヨッキューフマンが溜まってくるといらいらってして……でも、がまんがまん。だって、パパもママもお兄ちゃんもみーんな我慢してるんですもの。あたし一人がわがまま言えないわ。でも、時々、がまんが限界にくることがあって……あの時もそうだった。学校さぼって……あ、ごめん、許してちょんまげ……おなかが空いていらついてたのよ。もー、しません。で、あたしはスーパーの地下の食料品コーナーをうろついてた。普段から暇なスーパーだけど、平日の昼間で、お客さんはほとんどいない。店員もちらほら。おいしそうなものがならんでるけど、あたしの欲しいものはないわ。どんどんいらいらが募ってきてた。けど、とにかくがまんするしかないんだもん。あたしは、必死で自分のヨクボーと戦ってたの。そしたら、銀縁眼鏡をかけたきれいな女の人があたしに向かって、言うのよ。禁断の一言を。

「シショクはいかがですか?」

あたし思わずききかえしちゃった。

「え?」

「おいしいですよ。シショクをどうぞ」

その言葉で、あたしの堪《こら》えに堪えていたものがぶちぶちぶちって音をたてて切れたの。やばいって思って、あたし、その場を逃げ出そうとした。そしたら、その女の人、あたしに爪楊枝に刺したウインナーを突き出して、なおも追い打ちをかけるの。

「どうぞ、ごシショクください」

あー、もーだめっ! がまんできなあいっ! ウインナーをもぎ取るようにして受け取ったあたしは、それから自分でも何したのかほっとんど覚えてない。空腹の、じゃなかった、空白の一時間。気がついたらシショクしまくってたってとこかな。あたし、いつのまにかおなかパンパン。ああ……食べ過ぎた。シショクで食べ過ぎるなんて、はしたない。あたしは、しばらくして、何食わぬ顔でがらんとしたスーパーを出た。ううう……気持ち悪い。欲望が満たされるっていうのはこんなもんだわ。普段は食べたい食べたいってそのことばかし思ってるのに、実際に食べてしまえば胃がむかついちゃって、もう最悪。お兄ちゃんが言ってたみたいに、食材が悪いってこともあんのよね。あたし、ショーカザイ持ち歩いてるんだけど、そのときたまたま持ってなかった。歩くに連れて、どんどんむかむかが強くなってきて、何だか脂汗が出てきた。あれえ……腐ってたのかな……あたし、鳩尾のあたりを押さえて、のろのろ歩く。薬局があったので、強力胃腸薬を買って、三錠ばかり水なしで飲む。だけど……よけいに調子悪くなる。うう……最悪の二乗。早く帰ろう。帰って、ベッドに寝転がろう。そう思って急ぐんだけど、足が進まない。ぞくぞく……寒気までしてきた。やっとこさ駅についたとき、もっと最悪なことがあたしを待ってた。ミツグくんとばったり会っちゃったんだ。ああ、あこがれのミツグくん。いつもなら会いたくて会いたくてたまらないけど、今日だけは会いたくなかった。ジンセイってそういうものね。あたしが隠れようとして身体をひねる前に、

「よう、ケロヒメじゃないか。何してんだ、こんなとこで」

向こうから声をかけてくれた。うれしー。でも、かなしー。これで最悪の三乗。

「せっかくあったんだからさ、コーヒーでも飲まないか」

コ、コーヒー。今、一番やばい飲み物。でも……ミツグくんのお誘いだし……だいじょうぶ、たぶん何とか乗り切れるわ。意地汚い気になったのがまちがいのもとだった。二人で喫茶店に入り、向かい合わせの席。本当ならサイコー！　雲に乗るような気持ちのはずなんだけど、ミツグくんの真似してかっこつけてコーヒー、ブラックで飲み干したあたりから、吐き気が強くなってきた。何これ？　このコーヒーめっちゃ濃い。胃の中で、さっきシショクしたものとコーヒーがごちゃまぜになってぐるぐる回ってる感じ。その時のあたしの顔ってば、真っ青で唇も紫色だったみたい。ミツグくんが心配してくれて、

「おい、だいじょうぶか。どっか悪いのか？」

あたしったら、かぶりを振るのが精一杯。

「医者、行こうか。俺、ついていってやるよ」

いいったら。早く一人になりたい。でないと……とんでもないことになりそうな気がする……。でも、あたしの気持ちも知らずに、親切で優しいミツグくんは、あたしを気遣って家まで送ってくれるという。いいんだってば、そんなこと。メーワクなんだって。でも……でも、こんな機会二度とないかも……またしてもあたしの意地汚さがドツボを呼んだのよ！だって、ミツグくんに送ってもらえるなんて、ほんと、夢みたいなんだもん。あたし、正直、何度も「もう、だめっ」と思った。吐き気があたしの意思を破って、胃からあがってきて、食道を通って、喉までこみ上げてきたことが四、五回あった。でも、吐くわけにはいかない。ミツグくんの前なんだもん。吐いたりしたら、こいつ、サイテーって思われちゃう。それだけは、何とかして避けなければ……。ああ……もう限界。いくら深呼吸しても、ヒダリさまにお祈りしても、ゲロを抑えきれない。あたし、走りだそうとした。ミツグくんの視界から逃れ出て、どこかの電柱の陰か植え込みで吐いてしまおう、と。彼には、あとで適当に説明すればいい。吐いてるところを見られるより百倍ましだろう。あたしが、足先に力を込めた瞬間。なんとミツグくんがあたしの手をぎゅっと握ったの。あたし……びーっくり。心臓がとまるかと思ったわ。

「俺……これまで黙ってたけど……おまえのこと……」

えーっ、これってコクハク？　すごい……すごすぎる……あたし、ミツグくんにコクられちゃった……。あたし、走って逃げ出す機会を逸してしまった。で……心臓はとまりそうになったけど、ゲロはとまらなかったの。あたしの目を真剣に見つめるミツグくんの前で……あたし、とうとう……う、う、う、うえーっ……。まず、口から赤い液体がびゅっと噴き出した。手で押さえようとしたけど、間に合わなかった。

「な、なんだ……」

ミツグくんから顔をそむけようとしたけど、嘔吐の勢いのほうが強かった。唇を、ぬるりと押し広げて、細いタラコみたいなものが飛び出した。

「お、おまえ……それ……」

ミツグくん、顔面ソーハク。だって、それ……人間の指だったんだもん。誰かの人差し指の第一関節。ぼたり、と地面に落ちた。もう、とまらない。げろげろげろげろ。親指が、中指が、ちっちゃな小指が、指輪のはまった薬指が、そして手のひらが……あたしの口から次々と溢れ出てきて、ぼたぼた落ちる。うえーっ、ううえーっ。それだけでは終わらない。異物はどんどん食道をあがってくる。太い腕が、にゅうっとあたしの口から生えた。ぼたり。汚い爪の伸びた、骨張った足首が、ぼたり。続いて、赤黒い心臓、汚物の詰まった大腸、小腸、ぐにゃぐにゃのホルモンみたいなもの、何だかわからない襞々《ひだひだ》のいっぱいついた白いもの、灰色の肺胞、マグロの刺身みたいな肝臓、あっ、これだけは見られたくなかった皺々のキン○マとオ○ンチン……げろげろげろげろげろ。ミツグくん、尻餅ついておしっこ漏らしてる。ごめんなさいっ。謝って謝りきれるもんじゃない。でも……でもでも、とまらないのよ！　嘔吐はまだまだ続く。とうとう黒い、ざらざらのものが口から、もわっと出た。フケと脂にまみれた髪の毛。ということは……ああ、やっぱり。ぽこん、と飛び出したのは二つの眼球。どこ見てるかわからない。地面をころころ転がっていく。そして、鼻が唇が……その時、あたしの口はワニのように顎が外れて数倍の大きさになり、顔はいびつに歪んでいたと思う。ついに若いおねえさんの顔面全部があたしの口をむりむりと押し開けて、ぽそっと外へ出た。たしか、銀縁眼鏡を掛けてたけど、まだ胃の中かなあ。これでやっと一人分。でも、終了打ち止めってわけじゃない。だって、あたしが食べたの、あの時スーパーにいた全員なんだもん。もう、ミツグくんどころじゃない。たしか……七、八人はいたっけ。あたしは吐き続ける。手、足、胴体、頭……人体の各パーツをあたしは吐いて吐いて吐いて……あたしの前には、正確にはあたしと座り小便漏らしてるミツグくんの間には、胃液と唾液と血にまみれた人間のバラバラ死体が山になっている。うっすらと湯気があがるその山を見て、あたしは自分の消化力に感心した。だって、半分以上はどろっと溶けて原形を失いかけてるんだもん。すごいよねー、胃液のチカラ。結局、あたしは食べた分をぜーんぶ吐ききってしまって、やっとすっきりしたのよねー。これからは、食べるときはもっとゆっくり、そして、腹八分目。これが、そのときあたしの得た教訓。今でも守ってるわよ。だって、ほら、大好物のジンバエのキグスだって、ちゃんと残してるもん。

◇

「で、肝心のミツグくんはどうなったのよ」

　中年女がきくと、少女は少し顔を伏せ、

「うん……だって、あたしの正体見られちゃったし……全部吐いておなかも空いてたし……そりゃあさ、ちょっともったいないって思ったけど……食べちゃった」

　あはははははははは。

「うふふ。おしっこの臭いがして、また吐きそうになった、っていうのは内緒。大好きなミツグくん。今頃、あたしの血となり肉となってるわ。これって、サイコーの一体化じゃない？　ロマンチック」

「なーにがロマンチックだかや」

　うひひひひひひひ。

「でもさでもさ、あたしだってそこまでする気はなかったのよ。何もかもあのスーパーの店員が悪いのよ。だって……あたしがせっかく忘れようとしてるのに、『シショクはいかがですか』『おいしいですよ。シショクをどうぞ』なんて言うんだもん。屍食鬼に、屍食はいかが、なんてきいちゃだめよねえ」

　ひーっひっひっひっひっひっひっひっ。

いっひっひっひっひっひっ。
今日も朗らかな笑いが食卓を駆け抜けていく。

三人

1　ジロウ

朝。酒瓶の散乱したベッドの中で目を覚ました途端、俺は今日一日何もすることがないことに気づく。今日一日だけではない。明日も明後日もその次もそのまた次も、何もすることはない。壁に埋め込まれたカレンダーキットを見る。船内時間２１８６年2月13日午前7時25分……か。意味のない表示から目をそらし、俺は、今から何をなすべきかを考えはじめた。必死で考えて、考えて、考えて、考えて、やっと一つやるべきことを思いついた。部屋の隅のゴミ箱の横にある安物のコンポのスイッチを入れ、ズボンとパンツを一緒に引き下ろすと、色素欠乏症のウナギのようなだらりとしたペニスを握る。がらんとした灰色の部屋の中央で、俺はそいつを摩擦しはじめる。ぎゅっぎゅっぎゅっぎゅっぎゅっと音がするほどに。コンポからは大音量のサルサ。高音がひずんでいても、低音がひび割れていても、俺の耳にはとろけるように甘い。過度のアルコール摂取で干しぶどうのように萎縮した俺の脳に、二百年前の本物の音楽がずぶずぶと穴ぼこをあけていく。俺は、ティンバレスのリズムに合わせてペニスをしごきあげる。優しく、情熱的に。飲み過ぎのせいでイクまでに時間がかかるが、何しろ時間はウマに食わすほどある。そういう言い回しを死んだ親父から習ったが、ウマって何だ？いつか調べてやろうと思っているが、図書室に入った途端、そのことを忘れちまう。俺は、緩急をつけながら、白くぼてっとしただらしない肉棒をひたむきに擦りたて、絶頂に向かって自分をコントロールしていく。脳内画面には、裸のレイナが細い手足を踏ん張って四つん這いになり、俺に向かって尻を持ち上げている画像が貼りついている。レイナが二歳頃のビジョンだろう。顔も身体も幼いが、乳はスイカほど、おまんこはリンゴほどもあり、透明な滴《しずく》を垂れ流している。こういうアンバランスさが俺の好みだ。だが、今度の子はレイナよりは少し上品に育てようと考えている。俺は、レイナがおちょぼ口を必死で開いて俺のものをくわえこんでいるビジョンに切り替えると、手首の動きをヒートアップさせた。トロンボーンの甘い音色が俺をプッシュする。ぎゅぎゅぎゅぎゅぎゅぎゅぎゅぎゅきゅきゅきゅきゅきゅきゅきゅきゅ……。ペニスは白いナマズのように膨れ上がる。フィニッシュを予測した俺は、右手で亀頭の裏の一番敏感な部分を強く摩擦しながら、左手ですぐ横にある直径十五センチ、高さ三十センチほどのガラス瓶の蓋を取った。おお……レイナ……レイナ……。俺は、がに股になり、ペニスの先端をガラス瓶の口にあてがうと、だくだくだくだく大量のザーメンを一滴のこさず中に注ぎ込んだ。うー、ふう。射精の後のけだるさが全身に靄のようにまとわりついている。ガラス瓶には、白い液体が底から三分の二ほど溜まっている。もう少しだ。あと三十回もこけば十分の量になるだろう。俺はティッシュで血と精液を拭き取ると、ガラス瓶を持ち上げ、そっと振ってみた。すでに、濃厚なスープの中に、もこもこした寒天状の部分が現れてきている。時間が経つと、これが下痢便のようになり、プリンのようになり、最後に肉塊となるはずだ。これで、今日の一回目が終わった。俺は、一日六回のオナニーを自分に課している。早くレイナの妹に会いたい一心だ。もはやペニスは赤剝けして、あちこち血が滲んできているが、たとえ亀の甲羅のようにひび割れても、俺はやめないだろう。俺は大きなため息をつき、手近な酒瓶から合成ウイスキーをごくごくとラッパ飲みした。酒毒が身体にまわる……脳にまわる……。サルサの過激なリズムの中に俺は酔いを連れて埋没していく。ガガガ。ガガガ。ガガガ。天井のスピーカーが、ガガガと音を立てた。ガガ朝食のガガガ準備がガガガガガできまガガガガガしたのでガガ……。俺はよっこらしょと腰を上げる。自動調理器の作る美味くも何ともない食事だが、食べなきゃ死ぬのだからしかたがない。部屋を出て、暗い廊下を歩く。船内照明は老朽化のためかほとんど切れており、点《つ》いているのは緑色の非常灯が幾つかだけだ。自動清掃ロボットはいつの頃からか停止したままなので、船室も廊下も艦橋も、この船のどこもかしこもがネズミが出そうなほど汚れているはずだが、明かりが乏しいためにあまり目立たない。廊下の少し先のほうを、黒い、ぬめぬめした生物が這っている。高さ三十センチほどの胴体に、触手が百本ほどくっついており、触手は長いものは二メートルほど、短いものは三センチほど。全身がどっぷりと粘液に濡れており、這った箇所には銀色のいやらしい跡が残る（一時間ほどで消えるが）。内部に細かい歯が下ろし金のように生えた丸い口が頭頂部分にあり、いつも何かをぐちゃぐちゃ嚙んで、時折、「ゲッ……ゲゲッ……」というげっぷのような声を出す。見ているだけで気分が悪くなってくる。こんな宇宙生物をペットにするやつの気が知れない。食堂に入ると、八個あるテーブルの一つに、すでにマリアがついていた。皆、暇を持て余しているのだ。決まり事といったら一日三回、飯を食うことだけ。あとは、ずっと自由時間。底なし沼のような退屈に来る日も来る日も来る日も頭の先までどっぷり浸かっている。気が狂いそうなほどの孤独感をまぎらわせるために、俺はレイナを作り、マリアはジグソーパズルを作り、イヴは手首を切る。気が狂いそうなほど？　いや……もうすでに気が狂っているのかもしれない。そのことは、最近とみに強く思う。もう頭がおかしくなっているのかも……。俺は、頭の芯がきゅうんと痺れるほど首を前後左右に激しく振った。自分の正気を疑いだしたら終わりだ。身体がぼろぼろになったとしても、とにかくこの旅が終わるまで頭だけは健康を保たなくてはならない。この旅が……終わる？　終わる？　いつ終わる？　旅？　旅？　俺たちはドコカラキテドコヘイクノカ。タビニハジマリヤオワリガアルノカ。コレハホントウニタビナノカ。オレタチガイマイルトコロハホントウニコウセイカンウチュウセンノナカナノカ……。もちろんそんなことを考えるのは禁忌《タブー》だ。俺は首の骨が折れそうになるぐらいに頭のシェイクを強めた。そして、そのまま、自動調理器のところへ行った。腹から下がない大型ロボットのような外観のそのマシンのことを、俺は〈飯盛り女〉と呼んでいる。もっとも、これは俺だけの呼び名で、マリアは〈宇宙一下手なコック〉、イヴは〈まずいもの製造器〉と名付けている。この〈飯盛り女〉、昔は、もっと多くのレパートリーがあったようにも思うが、いつのまにか、ハンバーグ、チャーハン、白身魚のフライ、ピザの四種類しかできなくなってしまった。朝飯も昼飯も晩飯もレパートリーは同じ。この四種類を馬鹿の一つ覚えのように繰り返すだけなのだ。どうせ飲み過ぎで食欲は皆無だ。俺は頭を振るのをやめ、ちょっと考えてから、黄色いクマのマンガが側面に描かれた自分用のカップを指定位置に置き、マジックペンで「コーヒー」と書かれたスイッチを押した。しょびしょびしょびと老人の小便のように不景気な音を立てて茶褐色の液体がカップの中に落下する。スイッチの下にあるカウンターが１４７５９６を表示している。俺が今から飲むこのコーヒーは、この宇宙船が旅立ってから十四万七千五百九十六杯目のものということだ。旅立ったって……どこを……？　俺は、再び頭をがくがくがくがくと振った。カップをテーブルに置こうとした時、隣のテーブルにいるマリアが豊かな黒髪をかき上げながら言った。

「おはよう」

俺は返事をしない。俺はこの女が大嫌いなのだ。俺を含めてたった三人しか乗員のいない宇宙船で、そのうちの一人とそりが合わないというのは結構ゆゆしき問題だ。しかし、我慢するしかない。マリアのどこが嫌いかというと、まず、セックスにデリカシーがない。男は、みんな四六時中ヤリたがってると思ってる。朝でも昼でも晩でも夜中でも、会えばすぐに股間に手を伸ばしてくるし、おまんこをおっぴろげて擦りつけてくる。俺が拒否すると、「恥ずかしがらないで」とか「自分の欲望に忠実になれ」とか「言葉はいらない」とか、間抜けなことを言う。俺は、セックスの時はまず会話を楽しみたいし、やることそのものよりも微妙な言葉一つでの興奮や感激を大事にしたい。だから、マリアとはここしばらく寝たことがない。こういうフェロモン出しまくりの熟々女に比べたら、レイナたちは本当に天使だと思う。もう一つ、気に入らないのは、こいつが退屈しのぎに作っているジグソーパズルだ。全銀河ジグソーとかいって、完成させるには膨大な面積を必要とする。マリアの部屋は、すでに床一面がパズルピースで覆われ、そろそろ廊下に進出しかかっている。ああいうのを見ると俺はいらいらするのだ。ちまちまちまちまとパズルピースを組み立てている姿を想像するだけでむかついてくる。この女の身体全体で、俺が唯一気に入ってるところは、顔の形だ。見事に左右対称の、きれいな卵形をしている。俺は、昔から卵が好きだ。

「おはよう。いい朝ね」

いい朝も何も、今が朝だというのは宇宙船の中で決められたルールであって何の根拠もないことなのだ。太陽ものぼらない。鳥も鳴かない。ゴミの収集車も来ない。でも、ゴミの収集車っていったい何だ？　親父がたしかそんなことを昔言っていたような記憶があるが……。

「きのう、やっとアルクトゥルスにたどりついたのよ。凄いでしょ」

また、くだらないパズルの話。

「ねえ、こっちを向いてよ。顔をよく見せて」

マリアがテーブルに両肘をつき、今にもまろびでそうな馬鹿でかい乳房を強調しながら、鼻にかかった甘い声で言う。乳牛め。俺は内心舌打ちをして、コーヒーを啜った。生ぬるい上に、錆《さび》の味がしやがる。

「きのうは楽しかったわね。また、しようね」

きのう……？　楽しかった……？　何のことだ。

「あんた、とにかくでかいからいいわ。あたしの好みにぴったりよ。よっぽど溜まってたのね。部屋に入るなり、あたしを押し倒して……」

俺が、マリアと寝た？　そんなはずはない。俺はきのう、合成酒を二本飲んで、ぶっ倒れたはずだ。

「何度も何度も、あたしのこと愛してるって……あんなに言われたら本気にしちゃうわよ」

そんな馬鹿な。口が裂けてもそんなことを言うわけは……。

「あんたにだけ秘密を教えてあげる。あれが、あたしの初体験から数えて、記念すべき二万回目のセックスだったのよ。ふふ……うれしいでしょ」

俺はわけがわからなくなり、残りのコーヒーを飲み干すと、席を立とうとした。そこへ、イヴが来た。脂気のない、かさかさと憔悴《しょうすい》しきった顔だ。自慢の金髪もすっかり傷んでいる。イヴは俺の女だ。俺のことが好きで好きでたまらないらしい。十八歳というのは俺の好みからすると歳を取りすぎているが、童顔で胸が大きいところは悪くない。ただ、一点だけ許せないことがある。それは、さっきの宇宙生物の飼い主であることだ。ところかまわず糞を垂れるので、船内が臭くて仕方がない。いったい何を食べて生きているのかもわからないあんな気味悪い生き物、今すぐにでもブチ殺してやりたい。せめて放し飼いにはしないでもらいたい。しかし、何度言ってもイヴはきかない。紐でつないだり、部屋に閉じこめたりするのはかわいそうだと言うのだ。どこのアステロイドで拾ったのかしらないが、飼うならもう少し可愛げのあるペットにしてほしいものだ。

「おはよう」

　と俺が言うと、

「……はよ……」

　口の中でもごもごと応え、自動調理器からミルクティーとピザを受け取ると、俺の隣に座った。カップをつかむ手首には幾条もの赤黒い筋がついている。そのうちの一本はまだ生々しく、じゅくじゅくと血が滲み出している。

「きのうも……やったのか」

　俺がきくと、微かに首を縦に振った。

「図工用のカッターでね。刃を上に向けてぐっと押し当てたの。手首の静脈が切れる、ぶつんという大きな音が聞こえたわ。ああ、これで死ねると思って、ベッドに横になったの。大天使ミカエル様がお迎えに来た夢を見たわ。だけど……」

　イヴは啜り泣いた。

「どうして死にたいなんて思うんだ。生きてればこそ楽しいこともあるじゃないか」

　俺は自分にも嘘にしか聞こえないセリフを口にした。

「楽しい？　何も起こらないこの牢獄が？」

イヴはそう言ったきり、口をつぐんだ。たしかにそのとおりだ。この船では、何も起こらない。何年も前から。いや、もっともっともっともっと前から。

「牢獄、は言い過ぎだろ」

「地獄、といいたいところなのよ。だって、この船の中は悪霊に満ちているから」

またはじまった。イヴのオカルト話だ。

「そんなものはいない。まわりは宇宙空間だ。いくら悪霊でもやって来られない」

「霊はどこにでもいるのよ！」

イヴは目を蛇のようにまん丸にして叫んだ。

「あなたには見えないの？　ほら、そこの隅にもいるでしょう？」

「見えないね。俺には、いないものは見えない」

「赤い毛を振り乱して、口から汚物を吐き出しながら、身体を痙攣させている裸の大男。天井にもいるわ。鶏の頭、犬の胴体、人間の手足、豚のしっぽがついた化け物。あそこのテーブルの下にもいるのよ。山羊の身体に人間の頭がついた怪物のオスとメス。さっきから、ずっとさかってるじゃない。ほら、オスがメスに背中からのしかかって……あれが見えないなんてどうかしてるわ」

イヴは両手を高くあげて振り回した。腕の内側についた無数の注射針の跡。クスリをやめろ、とは言えない。イヴのクスリは俺の酒と同じだ。夢も希望もない現実から目をそむけるためには必要不可欠なのだ。マリアのセックスも同じようなものかもしれない。

「見えるほうがどうかしてる」

「いるのよ。やつらはいるの！　汚らわしい悪魔でいっぱいのこんな船なんかに未練はないわ。ああ……早く死にたい。神様のおそばに行きたい」

「そう死ぬのを急ぐなよ。この船には……俺がいるじゃないか」

イヴは、俺の胸に頭を預けてきた。

「そうね……あなたがいる。だから私はまだ生きているのかもしれない……」

俺は、イヴのぱさついた髪を撫でた。

「ちょっとあんた」

俺たちの前にマリアが立ち、腕を伸ばしてイヴのとがった肩を突き飛ばした。

「ジロウになれなれしくしすぎじゃない？　ジロウはあたしのものなんだからね」

イヴの目に怒りとともに生気が少し戻った。

「何言ってるの？　ジロウは私の恋人よ」

「あんたがそう思ってるだけよ」

「ちがうわ。ずっとずっと、ずっと昔からそうなんだから。あなたも知ってるはずよ」

「でも、きのうから変わったのよ。ね、ジロウ」

マリアは俺の腰に腕を回してきた。

「あたしたちはきのう、結ばれたのよ。素敵なメイクラヴだったわ。ね、ジロウ」

「嘘よ！　嘘だわ！　私とジロウは神様の国でも永遠に一緒なのよ」

「そう思ってればいいわ、おめでたい人ね。あたしは神の国も地獄も信じない。信じるのは、ただ一つ、ジロウがきのう、あたしの中に押し入ってきた、あの硬い、太い感触だけ」

イヴは立ち上がると、マリアの頬を平手打ちした。ぱあああん、という高らかな音が食堂にこだまする中、ピザ用のナイフを逆手につかむと、先端を喉に押し当て、

「死んでやるっ！　今、ここで死んでやる！」

「ふん、あんた、死ぬ死ぬって百万回も言ってるけど、口ばっかり。手首を薄く切るだけじゃないの。一度ぐらいほんとに死んでみなさいよ。あんたはただの自殺マニア。マジで死ぬ根性なんかないのよ。同情をひきたいだけ。ジロウにかまってほしいだけ。ちがう？」

「ちがうわ！　私は本気で神様のところに……」

「じゃあ、そのナイフをずぶって喉に突き刺しなさいよ。さあ、早く。ずぶずぶずぶって……早く！」

イヴは目を閉じてナイフをがたがた震わせていたが、かっと目をあけ、憎悪に満ちた視線をマリアにくれると、ピザとミルクティーを床にぶちまけ、食堂から走り去った。

「お、おい、イヴ！」

俺は追いかけようとしたが、マリアが俺の腰をつかんだ。

「ほっときゃいいわよ」

「でも……死んだらどうするんだ」

「だから言ったでしょ。そんな根性ないって。どうせ部屋に戻って、クスリでもやってるに決まってるわ」

そうかもしれない。しかし……。

「そんなことより……ねえ……」

マリアは俺の胸に手を這わせると、耳たぶに熱い息を吹きかけてきた。

「きのうの続き……ねえ……あたしの部屋で……」

俺はマリアを振りほどくと、床に散乱した食器の破片を踏みつけながら、廊下へと出ていった。

「何よ、馬鹿っ！　愛してるって言ったじゃない！」

甲高い叫びを背中に、俺はイヴの部屋へ向かった。

2　マリア

ジロウは馬鹿だ。大馬鹿だ。あいつがこの船でちやほやされるのは、ただ一人のオトコだからっていうだけ。あたしにもプライドがある。オトコなら誰だっていいというわけではない。何しろ、あたしは元歌手なのだ。銀河ネットワークにも何度も出演したことあるし、アルバムも何枚も出している。朝、家を出てからスタジオに着くまで、ファンにもみくちゃにされてたいへんだった。たぶん、銀河中の人があたしの名前を知っているはずだ。ジロウとセックスするのは、単に他にかわりがないからにすぎない。他にオトコが一人でもいたら、あいつなんかとうにダストシュートに放り込んでるわ、ハハハハハ！　ジロウが出てったあと、あたしは食べ残していた白身魚のフライを食べた。ニンニクのみじん切りをくわえたタルタルソースにどっぷりと浸して口に運ぶ。朝食にしては重いような気もするけど、何しろメニューは四種類しかないのだから。衣はべとっとして口の中にへばりつくし、肝心の魚が、本当に魚なのかどうかもよくわからない、歯ごたえも何もないぐちゃぐちゃの塊で、独特の臭みがあり、お世辞にもおいしいとはいえない。しかし、他の三種類に比べるとフライはまだましなほうなのだ。すっかり食べ終わると、食器を回収ボックスに放り込み、あたしはタバコを喫った。ジロウの話では、昔はタバコに火をつけ、その煙を喫ったらしい。古い小説にそういう表現が出てくるという。ジロウは小説家志望なので変な知識を持っている。だけど、あたしは昔の人は馬鹿だと思う。火なんかつけたら、船の空気が汚れるじゃない？　あたしは一日に二十本入りを五箱は喫うヘヴィスモーカーだけど、アル中のジロウや薬中のイヴよりはずっとましだと思う。いくら孤独な航海かもしれないけど、あんなことを続けてたらそのうち廃人になるか、死んでしまうかどっちかだ。孤独を癒すには、ジグソーパズルが一番健全。この船で唯一まともなのはあたしだ。あたしは、人よりちょっと……ほんのちょっと性欲が強いかもしれない。でも、それだけだ。前にイヴがあたしに面と向かって「色情狂」と言ったことがある。もちろんぼこぼこにしてやった。髪の毛をつかんで引き毟《むし》り、引き倒して蹴り回して、鎖骨と肋骨を折ってやった。あたしがイヴが嫌いなのは、自分の気持ちを隠そうとするからだ。しかも、それがいいことのように思ってる。それはまちがいだ。男はみんな、いつもヤリたがってる。そして、それを隠さない。だったらどうして女だけがお上品にしてなきゃなんないの？　あたしは、人よりちょっと……ほんのちょっと自分に正直なだけだ。あたしは、誰に対しても、自分の気持ちをストレートにぶつける。好きだ、愛してる、セックスしたい。そう……誰に対しても。自分をひたすら慈しんでくれた両親や兄弟に対する愛情は誰も隠さない。それなら、異性や同性への想いをどうして隠さなきゃならないの？……パパ……お兄ちゃん……弟……大好きだった……どうしてあたしはあんなに好きだった家族と別れて、歌も捨てて、こんな暗い暗い暗い暗いところを旅してるのだろうか……旅？　これは本当に旅なのか……あたしたちがいるところは本当に恒星間宇宙船の中なのか……もしかしたら……ひとところにじっとしているだけじゃないのか……船窓から見える〈外〉にはたしかに大宇宙が広がっている……でも……それが投影された映像ではないという証拠はどこにもない……あたしたちはいったいいつまでここにいなくちゃならないのか……わからない……何も……思い出せない……頭が痛くなってきた。いつもの偏頭痛だ。痛い……痛い痛い痛い……頭蓋骨が割れそうだ。いっそ割れたらいいのに。これはきっと、あたしの頭の中身が腐ってるせいだ。ほんとに頭が割れたら、中身が卵みたいにぴよっと飛び出して、楽になるかもしれない……痛い痛い痛い痛い……助けてパパ……お兄ちゃん……痛い……少しましになってきた……いつもこうだ。最近、頭痛にくわえて不眠症もひどくなってきた。脂っこいものの食べ過ぎで胃がもたれるせいだろうか。一本目を喫いおえ、二本目に手を伸ばした時、廊下を何か黒いぶよぶよしたものが横切るのが見えた。あたしは舌打ちをした。ビラちゃんだ。ビラちゃんというのは、黒いビラビラがいっぱいついてるからあたしがつけたあだ名。本当の名前は知らない。ジロウが飼っているペットだ。人のペットをとやかく言う気はないが、どこのアステロイドで拾ってきたのかしらないけど、趣味が悪いとしか言いようがない。とにかく百本ほどの触手を持った、気持ち悪い生き物で、いつもねとねとした液を分泌している。ところ構わず糞をするし、その糞がどういうわけか生きているみたいに動くし、嫌らしいったらありゃしない。時々、「ゲッ……ゲッ……ゲッコウ」と鳴く。目も耳も鼻もないけど、頭のてっぺんにアナルみたいな穴があいており、それが開いたりすぼんだりしている。中に、白い液体が溜まっているのが見える。でも、ジロウったら……何もこんなやつと……。あたしが嫌悪の視線で見つめているのがわかったのだろうか、ビラちゃんは立ち止まると、あたしに向けて糞の塊を飛ばした。嫌なやつ！　あたしはめちゃめちゃ不愉快になり、椅子から立ち上がった。部屋に戻って、発声練習でもしよう。喉ってしばらく使わないとすぐにだめになってしまうのよ。ああ……また頭が痛くなってきた……痛い……痛い……痛い痛い痛い痛い痛い痛い……パパ……。

3　イヴ

また死ねなかった。どうしてだろう。刃を手首に押しつけて、ぐっと……簡単なことのはずなのに。手首に幾重にも刻まれた赤い帯。どれもこれもあと一押しが足らなかったのだ。手首を骨ごと切断するほどの力を込めてやらねばだめということか。マリアの言うことを鵜呑みにしたくはないが私はただの自殺マニアなのだろうか。死ぬ死ぬと言いながら人の同情をひこうとしているだけなのだろうか。ちがう。私は心から死の世界にあこがれている。私は「コノヨノモノデナイモノ」を〈見る〉チカラがある。それが私の不幸だ。たとえば、今も、ドアの向こうに異形のものがいる。私は、透視能力を持っており、ドアでも壁でも透かし見ることができる。もっともこの能力は常に働くわけではないが。その異形のものは、全身が緑色で、唇に酷似した穴状の器官を身体中に貼りつけており、そこから血のような真っ赤な液体をぴゅーぴゅーと噴き出している。そいつは、ジロウの声色を使って、

「あけてくれよ、イヴ！　ここをあけてくれ！」

と叫んでいるが、やつは私が透視できることを知らない。馬鹿なやつ！　私がそんな手に乗ってドアをあけるとでも思っているのだろうか。馬鹿な馬鹿な馬鹿なやつ。あはははははははははははは。

「君を助けたいんだ。頼むからここをあけてくれ」

化け物のくせによくもまあジロウのふりができるものだ。あははははは……あはははは。ジロウは私には優しい。私に惚れているからだ。だから、私はジロウに何をしてもいい。ジロウを所有しているといってもいい。殺したっていいのだ。だから、マリアは、私をからかって、ジロウとセックスしただのなんだのと言うが、それが本当でないことを私は知っている。

ジロウが私以外の女と寝るわけがない。マリアも私が信じるとは思っていない。マリアは、ジロウの前では私を罵るようなことをわざと口にするが、それも彼女の本心ではない。なぜなら、彼女は私のことを心底愛しているからだ。きのうも、この部屋で、彼女とメイクラヴした。床が互いの汗と唾といやらしい液でべとべとになるほどに。その間中ずっとマリアは私を賛美する言葉を言い続けていた。うふふふ……ふふ……うふ……ふふふふ……。ジロウとマリアはなぜ私が死にたがるかまるで理解できないようだが、私はあの二人とはちがう。私には……見えるのだ。ジロウやマリアも、私のように〈見る〉ことができたら、私が死にたくなる気持ちもわかるだろう。この世は地獄だ。あらゆる空間が、蚤《のみ》のように小さな邪悪な念波で溢れている。私は、もうこれ以上、何も見たくない。いくらクスリを射っても、一時のがれにすぎない。あとは死ぬしかないのだ。マリアやジロウのように気楽に生きていけたらどんなにか楽だろう。だが、私には〈見える〉のだ。ドアをどんどん叩いていたやつはとうとう諦めてどこかへ行ってしまった。今、廊下を、真っ黒い宇宙生物が通り過ぎている。ぬるぬるした、ウナギみたいな皮膚をした、触手に覆われた怪物。あれは、「コノヨノモノデナイモノ」ではない。マリアが飼っているペットだ。あんな気持ちの悪いものをペットにするなんて、マリアはやっぱり気が変なのだ。どこの惑星で採集したのだろうか。グロテスク趣味もいいかげんにしてもらいたい。私は、ふと部屋の隅を見た。そこに……アレがうずくまっていた。アレとはアレのことだ。「コノヨノモノデナイモノ」の首領だ。こいつが……私のまわりにあの異形の化け物どもを呼び寄せているのだ。五十センチほどの大きさの、ピンクに近い肌色をした柔らかそうな生き物。あちこちから血を流しながら、小さな手足をばたつかせ、もぞもぞ蠢いている。アレは首を曲げ、私のほうを向いた。飛び出した眼球。硬直した舌。その首には、私がこの手で絞めた痕跡がくっきりと浮かび上がっている。私は悲鳴を上げた。

4　ジロウ

いくら叫んでもドアをあけないので断念して立ち去ろうとした時、中から悲鳴が聞こえたので、俺は再び拳でドアを叩いた。

「おい！　何かあったのか！　あけろ！　あけてくれ！」

俺は、体当たりでドアをぶち破った。分厚い鋼鉄製のドアが中途からぐにゃりと曲がり、俺は中に飛び込んだ。イヴが、深海魚のように目を真円にして、何もない空間を指さして絶叫している。

「ひいっ！　ひいいっ！　ひいいいいいいいいっ！」

「どうしたんだ、何があったんだ」

俺はじたばたもがくイヴの身体を羽交い締めにした。

「来たのよ！　また、来たの！　あいつが……」

「あいつ？　あいつって誰だ」

「赤ちゃんよ、私の……」

「おまえの……赤ちゃん……？」

「そうよ！　わたわたわた私を殺しに来たのよっ！」

「またクスリだろ。何も見えないぞ。何かが見えているのはおまえの妄想なんだよ」

「妄想？　馬鹿言わないで！　あなたには見えないの？　ほ、ほら、そこにいる……血だらけの……身体が青膨れした生き物が……ひ……ひっ……こ、こっちへ来る……！」

「しっかりしろ！　そんなものはいやしない。何もかもおまえの頭の中にあるだけなんだ」

「いるわ、いるのよ、ほらそこよっ！　来る来る来る来た来た来た来た来た私の膝に……よじ登ろうとして……ひぃいいいっ！」

イヴは膝の上を必死で手で払っている。俺は、イヴを正気に戻すため、頬を一発張り飛ばした。だが、彼女はますます狂乱するばかりだった。

「ころころころここここ殺される殺される！」

「心配いらない。そこにいるのが本当におまえの赤ん坊ならどうして母親を殺したりする。おまえを慕いこそすれ殺すなんて……」

「赤ん坊はもう死んでるのよ。だから私には見えるのよ」

「死んでる？　それなら……」

「私が殺したのよっ！　だから……だからこいつは……ひいっ……ひいいっ……助けて……やめて……ああっ！」

イヴは、金切り声に近い悲鳴をあげながら、衣服を脱ぎだした。あっという間に全裸になると、長い爪で自分の肌を引きむしりはじめた。鋭く尖った爪の先端が白い肌にみるみる赤い筋をつけていく。筋からは、ぷつっ……ぷつっと真っ赤な血の玉が噴き出した。

「やめてっ……私が悪かったわ……あなたに罪はないのよ、みんな私が悪いの、許して、お願いだからやめて！」

叫びながらイヴは、自分の身体を引っ掻き続ける。たちまち全身が刺青《いれずみ》を施したように細い筋でいっぱいになった。

「やめろ、やめるんだ」

「いやあああっ！　助けて！　殺されるうっ！」

俺は何とか押さえつけようとしたが凄まじい力で跳ね返された。イヴは、頭のてっぺんから足の先まで血でぬるぬるになりながらも、なおも引っ掻くのをやめない。

「私、死にたくないっ！　ほんとは自殺なんかしたくないの！　お願い、助けて助けて！」

猛禽類《もうきんるい》のそれのように鋭利な爪先は、ついに肌を突き破り、中から白い肉が露出した。イヴは、自分の下腹をずたずたに引き裂くと、小腸を引きずり出した。腸はやたらと長く、いつまでたっても出てくる。まるで、手品の万国旗のように。万国旗？　万国旗って何だ？　たしか親父が……いや、そんなことはどうでもいい。イヴが腹の中から引っぱり出した内臓は、部屋の三分の一を埋め尽くすほどの量になった。ピラミッド状に積み重なり、湯気を上げるイヴのはらわた。ホルモン屋の厨房のような光景だ。ホルモン屋？　ホルモン屋って……。イヴは、俺がそんなことを考えているうちに、すっかり自分で自分を解体しおえてしまった。時間にして約四分三十三秒。肉はミンチ状態になり、女体だった痕跡はみじんもない。俺は、その場で嘔吐した。ほかほかのミンチに俺の嘔吐物が混ざり、酸っぱいような異臭を放ちだした。

（あれだけ……死にたがっていたが……とうとう死んだか……）

俺は内臓とミンチの山に向かって十字を切ると、口を押さえて部屋から走り出た。

5　マリア→ジロウ

やっと頭痛が去ったので顔を上げると、廊下をジロウが蒼白な顔でふらふら歩いている。どしたの、と声をかけると、今にも死にそうなか細い声で、

「イヴが……死んだ」

と言った。

「はは……まさか。あの子、死ぬ死ぬって口癖みたいに言ってるけど、ほんとに死ぬ根性はないはずよ」

「それが……死んだんだ。ちくしょう！」

ジロウは、両手で壁を叩いた。イヴが死んだ？　たかがそんなことぐらいでどうしてジロ

ウは取り乱しているのだろう。三人の乗員が二人に減ったというだけではないか。

「気にすることないわよ。あんたにはあたしがいるじゃない」

「…………」

あたしは立ち上がると、ジロウの肩を優しくぽんぽんと叩いた。ジロウは泣きながらあたしの胸に顔をうずめてきた。唇に嘔吐物がこびりついている。

「信じられないよ……もうイヴがこの世にいないなんて……」

「あの子は死にたがってたんだから、自分の思いどおりになったわけでしょ。おめでたいことじゃないの。あんたが愛してるのはあたしだけなんでしょ」

あたしはイヴのことなんかもう忘れかけていた。

「そうそう、そんなことより、ビラちゃん、ちゃんと見てなきゃだめよ」

「ビラちゃん?」

「ビラビラがいっぱいついてるから、あたしがそう名前つけたの。さっき、食堂の前を這ってたわ。見てないと、ダストシュートにでも入り込んで、分解されちゃうわよ」

「どうして俺が見てなきゃならないんだ」

「当たり前でしょ、あんたのペットなんだから」

ジロウは怪訝《けげん》そうに眉根を寄せた。

「馬鹿言うな! あのぐにゃぐにゃの化け物の飼い主はイヴだろうが」

「ちがうわよ。あんた、頭おかしくなったんじゃないの? きのうも、毎日餌あげるのがたいへんだってあたしに言ってたじゃない」

「きのう……？　餌って……何だ」

「今さらとぼけたふりして何がおもしろいのかしら。あんたのザーメンに決まってるじゃない。ビラちゃんの口にあれを突っ込むと、ビラちゃんが舐めたり、しごいたり、しめつけたりするんでしょ？　射精したら、ごくごくって一滴残らずおいしそうに飲み干すって……嬉しそうに話してくれたじゃないのさ。よく、あんな気持ち悪い生き物にくわえさす気になるわね。男って、ヤリたいとなったら見境がないのね、うふふふふ」

　ジロウは、あたしの胸ぐらをつかんだ。

「何すんのよ！」

「おい……何のつもりか知らないが、口からでまかせもいい加減にしろよ」

「何のことよ」

「まず、俺はきのう、おまえとは寝ていない。おまえのことを愛してるとも言ってない。おまえのことが嫌いだからだ。それに、あの化け物の飼い主はイヴだ。俺じゃない。俺は、あの化け物に餌をやったりしたことはない。口にチンポを突っ込んだこともない。そんなことをおまえに話したこともない。全部でたらめだ。おまえの妄想だ。わかったか」

「イヴがあれの飼い主？　あはははは……あは……あは……あはははははは」

　ジロウがあんまり馬鹿なので、あたしは腹を抱えて笑い転げた。

「そ、そ、そんなこと、あ、あ、あるわけないじゃない。あは……あはははははは

はははははははは」

「じゃあ……誰なんだ」

「知らないわよ、そんなこと。この船には、あたしとあんたとイヴしか乗ってないのよ。あんたが育ててる、あのかわいいかわいいおにんぎょさんを除けばね」

ジロウは顔をしかめた。

「レイナのことを悪く言ったら……殺す」

「おお、こわいこわい。でも、あたしは悪口なんか言ってないわよ。かわいいかわいいおにんぎょさんって褒めてるだけだもん。お人形遊びってそんなに楽しいかしら？　あたしもチンポのでっかいお人形一つ、欲しいわあ」

「うるさい！」

ジロウは泣きそうな顔で叫ぶと、あたしの顔を殴りつけた。ごぶっ、という音がして、あたしの右頬が陥没した。骨が砕けたらしい。あたしの顔が……きれいな卵形が自慢だったあたしの顔がひょうたんのように歪んでしまった。

「卵が割れた……あはははははは……卵が割れた……」

痛みのあまり床を転げ回るマリアを見下ろしているうちに、俺は笑いがこみ上げてきた。俺は笑いながらマリアを蹴った。ぼこぼこに蹴飛ばした。まるで、サッカーボールのように。サッカーボールって何だ？　俺が小さかった頃、親父が教えてくれたことの一つなのだろうが……今となっては何のことだったかわからない。完璧なシンメトリーだったマリアの顔は、今や前衛彫刻のようにいびつになっていた。俺は、卵も好きだがピカソも好きだ。

「ひ、ひ、人殺しっ！」

マリアは、床の上をスピンしながら絶叫する。

「殺す気はない」

「ふん、どうだか。あたし、知ってるわよ。あんた、自分のお父さんを殺したんでしょ。ちゃあんと知ってるんだから」

「また妄想か。あいにくだが俺の親父は生きてるよ」

「嘘。それじゃあどこにいるか言ってごらんなさいよ」

「それは……」

俺は言葉に詰まった。親父は……今、どこにいるんだ……？　親父の家はどこだ……いや……俺の家……。

「あんた、自分の父親をポアガンでばらばらにしたんでしょ。小学校の時、家に帰ったら、ベッドの上で、お父さんがあんたが育てたホムンクルスとヤッてるのを見て激昂して……」

俺が……親父を……ばらばらに……。

「嘘だ」

「みんな知ってるわ、あんたが親殺しだってこと。少年法で罪には問われなかったけど、あんたの両手には親の血がついてるのよ」

脳裏のスクリーンに、ちょっと前まで親父だった細かい肉片の一つひとつをつまみあげ、トイレに流している少年の姿が映った。これが、俺なのか……。ちがうちがうちがうちがうちがうそんなはずはない！　勝手に俺の記憶を作るなっ！　俺は、マリアの顔面を中心に、それが腐った南洋果実のようにぼこぼこの赤い肉塊になるまで蹴飛ばし続けた。そして、ふう……と大きく息をつくと……。

おかしい。さっきまであたしの視点だったのにいつのまにかジロウの視点になっていた。精神が同調したのだろうか。わけがわからない。気がつくと、あたしの顔は見るも無惨に潰れてぐちゃぐちゃになっていた。

「俺のことは俺が一番よく知ってる！」

ジロウはそう絶叫しながら、逃げるように行ってしまった。

6　ジロウ

朝。割れるような頭痛を、呼吸法で治そうと無駄な努力を数分続けたあと、あきらめた俺は迎え酒をあおった。どろっとした液体が暗い食道を落下して、しばらくすると頭痛は小ましになってきた。酒、酒、酒、酒……酒は俺の唯一の友達だ。酒がないと生きていけない。小さく萎《しぼ》んだ脳は、アルコールの海に浮いているような状態だろう。だが、こうまでして生きている必要があるのだろうか。俺は何らかの役割があってこの船に乗っているのだろうか。今ここで死んでも何の問題もないのではないだろうか……わからない。わからない。わからない。迎え酒のつもりが、酒瓶が空になってしまった。空瓶を壁に投げつけて叩き割ると、手近なやつの封を切り、口にくわえる。しかし、どうしてこの船にはこんなに酒が積まれているのだろう。俺は一日に三本は飲んでいる。いったいいつからこの船に乗っているのかわからんが、よくもまあそれだけの酒を積むスペースがあったものだ。あと何本ぐらい残っているのだろう。調べたこともないが、残り少なかったらどうしよう。船中の酒を飲みきってしまったら……その時は、孤独に押しつぶされて死ぬだろう。考えるな考えるな考えるな。俺は再び苦い液体を喉に落とす。カレンダーを見る。2186年2月13日午前7時25分。一日分、また歳をとったわけだ。俺は、床に血の混じった唾を吐いて、ゴミ箱の横にあるコンポのスイッチを入れた。オスカル・デ・レオーンの甘い歌声がしょぼいスピーカーから噴き出す。条件反射のように俺のペニスは勃起する。半ば惰性でしごきあげながら、俺はガラス瓶を見る。おお……おおお……。すでに、白い寒天状の液体の中にぶよぶよした肉塊が浮かんでいるではないか。黄色っぽい肉塊の数カ所にはイトミミズのような繊維が生えている。ここが手足になり、顔になるのだ。胸部になるべき箇所はすでにふっくらとした盛り上がりをみせ、股間とおぼしき箇所には薄い切れ目が走っている。俺はそれを見ただけで欲情し、興奮し、感動し、イキそうになった。もう少しだ。あと数日で完成だ。名前は二代目レイナとするか。いや、別の名前を考えよう。レイナはあの子一人のものだからだ。ミドリ……というのはどうだ。いいじゃないか。ミドリ、ミドリ、ミドリ……いい名前だ。俺は、心の中でミドリミドリミドリミドリミドリミドリと繰り返しながらペニスをこすりたてた。腐ったウミウシのように膨れ上がった白い肉が、吐瀉のようにげえげえとザーメンを噴出する。俺はすばやくガラス瓶の蓋を取り、もう少しで生命の宿るミドリの上に白濁した雨を降らせた。ミドリ（になるべき肉塊）は、精汁のシャワーを浴びて、瓶の中で嬉々として踊った。俺は微笑みながらズボンを上げ、ペニスを拭いた生臭いティッシュを丸めてゴミ箱に放り込む。ゴミ箱の中は長い間のぞいたこともない。ガガガ。ガガガ。ガガガ。天井のスピーカーが、ガガと音を立てた。ガガ朝食のガガガ準備ががガガガできまガガガガしたのでガガ……。俺はよっこらしょと腰を上げ、自分の部屋を見渡す。灰色のだだっ広い部屋。あるものといえば、ベッドとゴミ箱とガラス瓶と数本の酒瓶だけ。床は、何かがなめたみたいにつるつるで、埃《ほこり》一つ落ちていない。そういえば、いつか酒瓶を叩き割ったような気がするが、あの破片はどうなったのだろう。いや……ただの記憶ちがいかもしれない。たしかあれはずっとずっと以前のことだし、そのあと自分で片づけたのかも……いや、酒瓶を割ったということ自体が夢なのかもしれない。どうも近頃記憶が曖昧になってきているようだ。歳のせいかもしれない。いや……俺はいったい何歳なのだ……？　首を振りながら廊下を歩く。後ろから、ぺちゃっ……ぺちゃっ……という水気の多い足音が近づいてくる。振り返るまでもない。例の宇宙生物だ。「ゲゲッ……ゲッコウ……」という声も聞こえる。いったいあいつは何を食ってるんだろう。いくら宇宙生物でも何かを食わなきゃ死ぬはずだ。もしかしたら、と俺は思った。この船にネズミが出ないのは、あいつが食っちまってるからじゃないのか。だとしたら益虫というわけだが……。食堂に着くと、先にマリアが来ていた。この女の身体全体で、俺が唯一気に入ってるところは、顔の形だ。見事に左右対称の、きれいな卵形をしている。俺は、昔から卵が好きだ。

「おはよう。いい朝ね」

いい朝も何も、今が朝だというのは宇宙船の中で決められたルールであって何の根拠もないことなのだ。太陽ものぼらない。鳥も鳴かない。ゴミの収集車も来ない。でも、ゴミの収集車っていったい何だ？　親父がたしかそんなことを昔言っていたような記憶があるが……。待てよ。たしかきのうも俺は「ゴミの収集車」のことを思わなかったか？　いや……おととい も……さきおとといも……その前も……またその前も……。そんなはずはない。既視感というやつだ。俺はマリアを無視して〈飯盛り女〉のところに行った。〈飯盛り女〉というのは、自動調理器に俺がつけたあだ名だ。こいつ、昔はもっと多くのレパートリーがあったようにも思うが、いつのまにか、ハンバーグ、チャーハン、白身魚のフライ、ピザの四種類しかできなくなってしまった。朝飯も昼飯も晩飯もレパートリーは同じ。この四種類を馬鹿の一つ覚えのように繰り返すだけなのだ。どうせ飲み過ぎで食欲は皆無だ。俺はちょっと考えてから、黄色いクマのマンガが側面に描かれた自分用のカップを指定位置に置き、マジックペンで「コーヒー」と書かれたスイッチを押した。しょびしょびしょびと老人の小便のように不景気な音を立てて茶褐色の液体がカップの中に落下する。スイッチの下にあるカウンターが１４７５９６を表示している。俺が今から飲むこのコーヒーは、この宇宙船が旅立ってから十四万七千五百九十六杯目のものということだ。考えてみればたいした量のコーヒー粉を積んでいるもんだ。これも、あとどのぐらい残っているのかしらないが、まあ俺が心配してもはじまらない。

「きのう、やっとアルクトゥルスにたどりついたのよ。凄いでしょ」

また、くだらないパズルの……待てよ。きのうもこのセリフを聞いたような気がする。これも既視感か……。何となくこのあと起きることが予測できる。マリアが昨晩の俺たちのセックスについて話をする。それは彼女にとって記念すべき二万回目のセックスなのだ。イヴが入ってきて、手首を切ったという。イヴとマリアが喧嘩して、イヴは自室に戻り、俺が追いかけていって……いや……待て……待て待て……イヴはきのう、死んだんじゃないのか。自分の爪で身体を引き裂いて……生々しい死体の様子も目に焼き付いている。いや……いやいやいや……イヴは死ぬ死ぬとしょっちゅう口にしているが実際に自殺したことはない。たぶん……俺の思い違い……。わからない思い出せない……。

「なあ、マリア……ちょっとききたいことがあるんだが……」

「何？　あんたから質問なんて珍しいわね」

「その……イヴはどうしてるかな」

「イヴ？」

マリアの顔がたちまち曇った。

「どうしてあたしがあの女が今どうしてるか知ってるのよ。あんたが見てきたらどう？」

トゲのある口調で吐き捨てる。

「いや、きのう、あいつ……自殺しなかったか？」

「自殺なら毎日してるじゃない。でも、ほんとに死ぬ根性なんてあいつにはないの。みんな、人の気をひくためにやってるだけなのよ、あいつは！」

「死んでないか……そうか……それならいいんだ……」

俺はいまいち自信が持てなかったが、ふと顔をあげると、廊下の向こうからイヴが歩いてくるのが見えた。やっぱり俺の記憶がまちがっていたのだ。俺はほっとした反面、ますます混乱してくるのを感じた。それじゃあ、俺の頭にあるこの光景は何なんだ。ミンチ状の肉塊と臓物の山……床から壁から天井にまで付着した鮮血……ニセモノの記憶なのか……まさか、このイヴは……ニセモノのイヴじゃ……。

「ジロウ、マリア、おはよ」

イヴは弱々しい声で右手をあげた。腕の内側の白い部分に注射針の跡が星のようについている。どこから見ても本物だ。俺は、今にも目の前でイヴの身体がばらばらになり、ジグソーパズルのように無数の肉片に細分化されて床に落ちるのではないか……と思って見つめていたが、そんなこともなかった。

「ねえ……」

イヴはふらふらと足をもつれさせながら食堂に入ってくると、崩れるように椅子に座り、

「そこに……虫がいるわ。見える？」

俺たちが首を横に振ると、

「どうして見えないの！　私にしか見えないなんて……私だけがこんな思いするなんて……不公平じゃない！」

「そんなこと言われても……」

「……いやらしい虫よ。身体が一メートルぐらいあってね……色は茶色。全身が何百かの節に分かれてて、その間から汚らしい液が染み出しているわ。おなかは丸々と膨らんでて……臨月なのよ。ああ……今、おなかが裂けて……中から黄色いつぶつぶが出てきた……卵だわ……あああ……この虫の赤ちゃんなのね……つぶつぶの一つひとつが割れて……なめくじみたいな赤い虫が這い出してきた……あああ……あああああ……」

　イヴは焦点の合わない目で虚空を指さして、読経のように叫ぶ。

　俺はイヴの肩をつかんで揺すぶった。

「夢だよ。それは、ただの夢なんだ」

「夢？　そうかもしれない……夢……夢……何もかもみんなゆ……め……ゆ……め……」

　イヴは椅子から床に滑り落ち、寝息を立てはじめた。クスリが効いているのだ。何もかもみんな夢、か……。夢という言葉が俺の頭にひっかかった。俺がきのう見たイヴの自殺する光景は夢だった、と考えたらどうだろう。いや……今、目の前にいるイヴが夢だとしたら……。待てよ……俺は、はっとした。イヴという存在そのものが、俺の見ている夢だとしたらどうだ！　俺はその考えに驚愕《きょうがく》した。この船の中で起こるさまざまな不自然な事象もイヴが俺の夢だとしたら説明がつく。長い船旅の孤独から俺はイヴという妄想の存在を作り上げてしまったんじゃないだろうか。だから、イヴは死んでもまた生き返るのだ。俺が夢を見続けている間、イヴは永久に死なないのだ。俺が目を覚ますと同時に、彼女は消える。そうだきっとそうだ。俺の頭はボケても狂ってもいないのだ。俺はその思いつきを勢い込んでマリアに話した。しかし、マリアは鼻で笑った。

「くだらないこと思いつくわね。イヴはここにいるわ。あんたこそ、イヴが見てる夢じゃないの？」

まさか……。俺のほうが……夢？

「そんなはずはない。俺はここにこうして存在しているし、考えているし、行動しているじゃないか。どう考えても俺のほうが実在の存在だ」

「みんなそう思ってるのよ。あんたたち二人とも、あたしの見ている夢かもしれないでしょ。うふふふふふふ」

ちがうちがう。俺は……いる。ここに……いる。いる。いるんだ！　誰かの夢であろうはずがない！

「おまえもイヴも俺の夢だ。今に見てろ。俺が目を覚ましたら、おまえたちはいなくなるんだ。突然、きれいさっぱり無になるんだぞ。怖いか怖いだろう怖くないか。あは……あはははははは」

マリアは冷たい視線で俺を見つめていたが、やがてにやりと笑い、

「無になるのが怖いみたいね、ジロウ」

と言った。俺は、マリアの頬を張り飛ばすと、走るように部屋に戻った。

7　マリア

あたしは自分の部屋でパズルの続きを作りながら、ジロウがさっき言ったことを反芻《はんすう》していた。あたしとイヴが、ジロウの見ている夢？　うふふふ。そんな間抜けなことあるわけがない。だって、自分が実体のある存在かどうかぐらい、いくら馬鹿なあたしでもわかる。あたしは、ここにいる。まちがいない。あたしは、存在する。このことだけは自信がもてる。だとしたら……さっきは冗談で言ったのだけど、ジロウとイヴは、ほんとにあたしの見ている夢なのかもしれない。だって、それでいろんなことの辻褄《つじつま》があう。いつまでかかるかわからない長い長い長い航海。普通なら孤独感から発狂してしまうだろう。ジロウとイヴは、それを防ぐために、私の意識が勝手に作り出した幻影なのかもしれない。だとしたら……あたしは、いつ目覚めるのだろう。この航海は、いつ終わるのだろう。わからない……何も……でも、この航海に目的があるとしたら、あたしはそれを見届けたい……ああああ……また頭が痛くなってきた。あああああああ。あたしは、壁にまで広がった巨大な未完成の宇宙図を呆然と見つめながら、パズルの小片をいじくり回した。

8　ジロウ

俺が、マリアの作り出した妄想だと？　そんなことは絶対にありえない！　ワレオモウユエニワレアリ。親父がそんなことを言っていた。そうだ、そういえば、俺はきのうマリアの顔をぼこぼこにした記憶がある。それがさっきは傷ひとつなかったじゃないか。見ろ。だんだん思い出してきた。つまり、少なくともマリアは妄想上の存在だということだ。俺は正しい。俺は狂ってなんかいない。イヴもそうだ。あいつはきのう、たしかに死んだ。だけど、今日は生き返っている。つまり、妄想なのだ。消去法でいくと、俺こそが実在だということになる。何もかも俺の見ている夢なのだ。俺はきっと……この巨大な宇宙船のどこかの睡眠装置の中で横たわり、コールドスリープ状態で過ごしているのだ。そして……夢を見ている……そうに決まってる。だが……それを確かめなくてはならない。俺は、手斧《ておの》をつかむと、廊下に出た。目指すは、マリアの部屋だ。床に銀色の筋がついている。例の宇宙生物が這った跡だ。俺は何となくケチがついたような気がして舌打ちをした。途中、イヴの部屋の前を通った。俺はイヴの顔を見たくなった。この部屋のドアにきのう何かをしたように思うのだが思い出せない。ドアをあけると、彼女はベッドの上で眠っていた。そして、その枕元に、あいつがうずくまっていた。黒い、ぐにゃぐにゃした生物。やつは、十数本の触手を伸ばして、イヴの額や口、鼻の穴、股間、肛門などにあてがっている。イヴは、とくに変わった様子もなく、すやすやと寝息を立てている。

「何をしてる！」

俺は、カッとなり、手斧を振りかざし、黒い化け物の上に振り下ろした。ぐん、という確かな手応え。だが……斧の刃が突き立ったのは、怪物の身体ではなく……イヴの頭だった。信じられないことに、宇宙生物はこれまで見せたことのない敏捷さですばやく斧をかいくぐると、あっというまに俺の横をすり抜け、部屋から出ていったのだ。俺は、斧を途中でとめることができなかった。斧はイヴの頭蓋骨に深々と突き刺さっていた。イヴは、両目を開くと、おびただしい喀血をした。血は彼女の金髪を、衣服を濡らし、ベッドから滴り落ちた。

「おおおお……おお……おおお……」

俺は、自分のしてしまったことの恐ろしさに気づいて、数歩あとずさりした。この手でイヴを殺してしまった！　しかし、俺の眼前で、血塗れのイヴは……ふっと消えた。まるで手品のように。部屋中の血の跡も同時にかき消えた。やはりそうだった！　イヴは……イヴは俺が作り出した幻だったのだ。俺は安堵と一抹の寂しさを覚えながら、よろよろと部屋を出た。マリアを……あいつを殺さなければならない。あの女を殺せば……どちらが妄想なのかはっきりする。俺か……あいつか……。俺は斧を手に走った。マリアの部屋のドアをあけ、俺は中に飛び込んだ。マリアは眉間に皺を寄せ、苦悶の表情を浮かべながらしゃがみ込んでいる。彼女の前には、黒いジグソーパズルの海が広がっている。シリウス、アルファ・ケンタウリ、バーナード星、アルタイル、アルクトゥルス……といったなじみの星たちのきらめく空間が何十万ピースという数の小片によって構成されている。もうすぐパズルの端は、あそこに到達する。あそこ……？　名前をど忘れした。あの星だ。ほら……俺はよく知ってるはずの……どうしても思い出せない……たしか……アルデ……いや……。

「おい、マリア」

俺はマリアに声をかけた。イヴが俺の妄想だったということを言おうとしたのだ。しかし、マリアは顔を上げない。俺の中で、マリアに対する憎悪がぶくぶくと膨れ上がっていった。気がついた時、俺はジグソーパズルを足で蹴散らしていた。糊付けされていない小片はあっという間にばらばらになった。

「何すんのよっ！」

マリアは立ち上がって絶叫した。そりゃそうだろう。半端でない歳月をかけて組み立てたパズルを一瞬で破壊されたのだ。しかし、やってしまったものはしかたがない。マリアは奇声をあげて俺に摑みかかってきた。

「よくも……よくも……あたしの全てを！」

俺は軽くかわしてマリアの左肩に斧を打ち込んだ。マリアの左腕は根もとからちぎれ、血しぶきとともにパズルの残骸の中に落ちた。人間の身体なんか簡単に分解できるんだなあ……と俺は妙に感心した。

「こ、こ、こ、こ、殺してやるうっ」

マリアは鬼のような形相で飛びかかってきた。俺は斧を横に薙《な》いだが、狙いは大きく外れた。次の瞬間、マリアの右腕が俺の首に巻きついていた。ぐふっ。首から顔にかけての全ての血管が膨張し、俺の顔面は茹で蛸のようになった。息が苦しい……。

「あんたはあたしの心が産んだ幻よ。消えなさい。消えてしまいなさい！」

マリアは腕に力を入れ、俺の首の骨がみしみしと音を立てはじめた。

「あたしは……残るのよ……最後まで……この旅の目的が何かわかるまで……だから……死になさい……」

目が霞む。口と鼻からだらだらと何か液体が流れ出ているのがわかる。耳からもだ。ばきっ、と音がした。頸骨が折れた、と思う。俺は、手斧を逆手に持ち替えると、最後の力を振り絞って、それをマリアの首筋に叩き込んだ。

「ぎあああああっ！」

マリアの頭髪が一斉に逆立った。彼女は口と鼻と目と耳から血を流しながら、タップを踏むような仕草をしたあと、ジグソーパズルの山の中に崩れ落ちた。そして……消えた。もともと最初からいなかったかのように。俺は肩で荒い息をしながら、

「俺だ……最後に残るのは……俺だ……」

と呟いた。これで証明された。三人の中で俺だけが実在だったのだ。あとの二人は俺の妄想に過ぎなかった、というわけだ。俺は、虚脱感に押しつぶされそうになりながら、主のいなくなった部屋をあとにした。

9　ジロウ

どこをどう通ったか覚えていないが、俺は何とか自室にたどりついた。ベッドに腰掛けると、酒をあおる。ぐびぐびぐびぐびぐびぐびぐびぐびぐび。喉がひりつくようなこの感触。これこそが生きている証だ。やっぱり俺だった。俺こそがこの宇宙船唯一の乗組員だったのだ。あとの二人は……消えてしまった。瞬時にして一瓶の酒を飲み干してしまった俺は、その瓶をいつものように壁に叩きつけた。瓶は粉々になり、破片が床に撒き散らされる。と……その破片は、まるで雪であったかのように、消え失せてしまった。跡形もない。酔眼でも見誤るはずがない。砕けた酒瓶は消滅したのだ。前から少しはおかしいと思っていたのだ。毎日のように酒瓶を壊しているのに、目が覚めた時、床には塵《ちり》一つないのだ。だが……真剣に考えたこともなかった。俺は、朦朧とした視線をガラス瓶に移す。ミドリはもう九分通り仕上がっている。俺好みの大きな乳房、腰のくびれ、股間の陰毛……愛らしい目を閉じて精液の中をたゆたっている。我知らず俺はほくそ笑んだ。もうじき……もうじきこの子を……この手で抱きしめ……俺の……。

「あぐあああっ！」

猿人のようなその叫びが俺の口から出たものだと気づくのに数秒かかった。後頭部を何かで殴られたらしい。手を当てると、耳の後ろあたりから、ぐしゃりとへこんでいる。頭をめぐらせると……そこに立っていたのは……。

「マリア……お、おまえは消えたはずじゃ……」

「何、寝言言ってるの。消えるのはあんただよ！」

両腕のそろったマリアは、右手にハンマー、左手に肉切り包丁を持っている。そのハンマーが俺の顔面を襲った。俺は頭を低くして一撃をさけた。その時、気づいた。マリアは俺を狙ったのではなかった。俺の後ろにあったガラス瓶が目標だったのだ。ハンマーは瓶を直撃した。俺は、自分の心臓にひびが入ったような気がした。ごつ、という音がして分厚いガラスが割れ、どろりとした白濁液が四方に溢れた。立ちのぼる栗の花のような濃厚な臭い。俺はあわてて瓶を支えようとしたが、手遅れだった。ミドリ……ホムンクルスの小さな身体が粘液に混じって瓶の割れ目からこぼれ、床に仰向けに滑り落ちた。手足にまだ指が生え揃わぬ、生白い身体をした人間の雛形は、アルビノのカエルかサンショウウオのように見えた。ミドリは両目をあけ、膜のかかった瞳で俺を見つめた。そして、天使のような微笑みを浮かべた瞬間、彼女の五体は崩壊した。顔や胸や腹や背中や尻が裂けて、白い膿がどぶどぶと噴き出した。一瞬ののち、そこにあるのは、豆腐のようなぐちゃぐちゃの塊だった。白い、ぶよぶよした汚物の中に、目や耳や歯や内臓の残骸が見え隠れしている。これにもう少しで命が宿るはずだったのだ。

「ミドリ……ミドリ！」

俺は白い泥状の物質を、目を、鼻を両手ですくい上げた。ミドリは、指の間からぽたぽたと床に滴った。

「よくも……よくも俺の……ミドリを……！」

「あたしのパズルを壊したから、お返しよ！」

マリアは歯茎を剥き出して叫ぶと、包丁をびゅんと突き出してきた。その先端は、ショックでぼうっとしていた俺の左胸に深々と刺さった。心臓が灼熱の溶岩のように燃え上がり、視界が紫色に、続いて真っ黄色になった。

「俺の夢のくせに……残るのは俺のほうだあっ！」

俺はマリアのハンマーを奪い取ると、やつの目と目の間を思い切り殴りつけた。コーン！という甲高い音がして、マリアの鼻柱が四十五度曲がった。

「夢はあんたのほうよ。早く消えちまえっ！」

マリアは俺の胸から引き抜いた包丁を今度は体当たりで腹にぶち込んできた。俺はよろけて、ゴミ箱の上に倒れた。ひっくり返ったゴミ箱から、俺がこれまでに作った数十の娘たち……ヨシコ、ジェミー、アルーサ、チエ、マリアンヌ……そしてレイナの残骸があたりにぶちまけられた。マリアはそのぬるぬるに足をとられて転倒した。俺はマリアに馬乗りになり、ハンマーを何度も何度も彼女の頭に振りおろした。ごつ。ごつっ。ごつ。ごつ。マリアの頭はでこぼこになり、人間の頭部とは思えない状態になった。マリアも、包丁で俺の胸や腹や腰や手足を切りまくった。俺は頭から血をかぶったようになった。左手の五指は切れて床に落ち、脇腹からは腸が垂れ下がっている。

「消えろ！」

「あんたこそ！」

「消えちまえっ！」

「消えなさいっ！」

「消え失せろ！」

「消え……」

　マリアの言葉が途中で途切れた。彼女の輪郭がぼうっと崩れはじめ、やがて、泡のように霧散して、消滅した。俺は、両手を高々と差し上げ、小躍りした。

「やった！　やった！　やったやった！　俺の勝ちだっ！　俺がこの船で唯一の……」

　その時。視界がぼんやりとしてきた。俺は目を擦ったが、視界はますます霞む。何もかもが歪み、ねじれ、色がどんどん薄くなり、点と線の集合体になり、そして……。

（俺も……誰かの見ている夢だった、というのか……そんなはずは……この船には俺とマリアとイヴの他に誰も乗っていない……いやだ……いやだいやだ……いやだいやだいやだ……消えるのはいや…………………………）

　意識がなくなる直前、俺の目の前を黒い生物の影がよぎった。まさか……まさか……俺たちは……こいつ……の……。

10　宇宙生物

その生物は、無数の触手を伸び縮みさせて、艦橋へと急いでいた。廊下には銀色の粘液の跡が延々と続いている。艦橋へ行かねば……そういう思いに駆られての行動だった。しかし、その生物は目的を果たすことができなかった。

「ゲッ……ゲッ……」

という水気を含んだ破裂音がその生物の最後の言葉だった。突然、どーん……という地鳴りのような音が船のどこからか響いてきた。音は次第に大きくなり、壁や床が小刻みに震動しはじめた。そして……。

11　彼

黒い生物は、あと一歩で艦橋にたどりつくという直前に、ふっと消えた。その残した全ての粘液の痕跡も、同時に消え失せた。ジロウ、マリア、イヴの死骸、流した血、体液その他も、きれいさっぱり消滅した。彼らが使っていた家具・道具類も次々と消えていった。イヴのナイフも、マリアのパズルも、ジロウの酒瓶も、そして、彼らの過去の記憶も人間関係も何もかも。船のあちこちに明かりが灯った。あらゆる機器類が稼働しはじめた。メインエンジン、三機のサブエンジンがずずずず……んという重低音を響かせながらフルパワーで動きだした。全てが正常に復した。その瞬間、彼が、四百三十六年にわたって見続けていた長い長い夢の残滓はあとかたもなくなった。彼……宇宙船〈銀河の深淵〉号のメインコンピューターは眠りから目覚めた。ようやく目的地であるアルデバランに到達したのだ。長期にわたる恒星間航行における想像を絶する孤独感は、彼を狂気の淵に追い込みかねなかった。精神のバランスを保ち続けるため、彼は妄想を育てるしかなかったのだ。ふと船外の漆黒の虚空を見ると、そこには夢や幻想の存在を許さぬ、ただひたすら冷徹な、底知れぬ現実がどこまでも広がっていた。

怪獣ジウス

わたしはまた、ほかの獣が地から上って来るのを見た。（中略）この刻印は、その獣の名、または、その名の数字のことである。ここに、知恵が必要である。思慮のある者は、獣の数字を解くがよい。その数字とは、人間をさすものである。そして、その数字は六百六十六である。

〈ヨハネの黙示録〉第一三章より

空気は熱気と瘴気《しょうき》と湿気に満ち、重く溢れている。見渡す限りのジャングルを覆い尽くす〈エヤミシダ〉の、差し渡しが数メートルにも及ぶ分厚い葉の表面から立ちのぼる、精液を思わせる濃厚な匂いを掻き分けるようにして、怪獣ジウスは巨体を前進させる。見つけたぞ！　銀色の航跡を目の端にとらえたジウスは、毒の汗で黒光りする腕をすばやく伸ばした。太い腕は、幾重にも重なり合った〈エヤミシダ〉の葉をずぼと突き抜ける。折れた葉や茎から、青臭い汁がどぴゅどぴゅとほとばしる。節くれ立った五指は、一匹の〈ナメクラゲ〉をつかんだ。〈ナメクラゲ〉は、全長二メートルほどの、六本の触角の先端に剝き出しの眼球をのせた、ナメクジに酷似した生物だ。太くぶよぶよした寒天状の胴体は、人間の女性器に似た直径十センチほどの孔状器官数百個でびっしりと覆われており、それらは開いたり、閉じたりしながら、時折、中から舌のような突起を突き出して舌なめずりするように蠢かせ、半透明の汁や緑色の糞をぶちゅぶちゅと垂れ流している。〈ナメクラゲ〉は全身をくねらせ、頭部を激しく左右に振って逃れようとするが、ジウスの鋭い爪は、深々と皮膚を穿《うが》ち、ゼリーのような肉に食い込んでいる。〈ナメクラゲ〉は、身体の末端にある十三本の触手を伸ばし、ジウスの腕に猛毒を注入したが、ジウスは蚊に刺されたほども感じない。〈ナメクラゲ〉の肛門からウナギのようなオレンジ色の生物が顔をのぞかせ、ジウスの腕に巻きついた。共生している〈ガガウナギ〉だ。ジウスは口を突き出して、それを吸い込み、ガムみたいにぐちゃぐちゃと噛んだ。続いて、〈ナメクラゲ〉を口に放り込み、舌先で全身を包む甘い粘液をなめ取ると、鋸のように並んだ鋭い歯でその身体を両断した。瞬間、軟体動物の体内から、数万個の黄色い、イクラ状の球体が噴出し、ジウスは歯でそれらをぷちゅぷちゅと潰しながら、滲出する酸っぱい脂肪を味わった。ラッキー。孕んでやがった。〈ナメクラゲ〉は卵胎生だ。すでに孵化していた卵も多かったらしく、微小なナメクジが口腔いっぱいに這い回っているのがわかる。歯と歯の間や舌の裏側に潜り込むナメクジたち。それら全てをジウスはごくりと飲み下した。美味い。美味い……？　そう、たしかにこいつは美味い。ジウスは顔を上げた。いつの頃から、この生物を「美味い」と感じるようになってしまったのだろう。こんな気持ちの悪い生き物を、しかも、生で……。他に食べるものとてないこの星に来て、空腹に耐えかねてはじめてこいつを喰った時は、おぞましさに鳥肌が立つ思いだったが、今では彼らが這う際に分泌する銀色の液の跡を見つけただけで、口の中に唾が溜まってくる。ジウスは咆哮した。はらわたの底から轟きわたる悲痛な叫びだった。〈エヤミシダ〉のジャングルがぶるぶると震撼し、山脈がこだまでそれに応えた。少し前まで、彼は、サニーサイドアップの目玉焼きと両面をこんがり焼いたトースト、それに濃いコーヒーが好きなただの人間だった。それが今、一日数回は〈ナメクラゲ〉を捕食し、頭からかぶりつかないと承知できない身体になってしまっている……。一匹では腹は満たせない。ジウスは、〈エヤミシダ〉の葉の裏にへばりついて交尾していた二匹の〈ナメクラゲ〉を見つけだすと、まとめて口に入れ、いきなり噛み潰す。卵のかわりに今度は中から、ミミズのような白い寄生虫が数百匹、飛び出した。勢い余って数匹が口から外にだらりと垂れ下がり、ひくひく脈動した。ジウスはそれらをスパゲティのようにずるずると啜り込んだ。寄生虫は身体の前後にある吸盤で口腔や食道にはりつきながら、胃に落下していく。ジウスはぴゃくりぴゃくりというその感触を楽しんだ。美味い……。そのあと、デザートがわりに数匹の〈ミツクビカタツムリ〉を食べ、殻を噛み割って、汁気のある臓物と繊維質の多い緑色の糞を味わった。満腹になったジウスは数十メートルもある尾を上下に振り、背鰭《せびれ》を揺らしながら、沼地を進んだ。暑い。暑い。暑い。この星はとんでもなく暑い。身体をくまなく覆う漆黒の皮膚から毒の汗が噴き出す。暑い暑い暑い暑い暑い。最初のうちは暑さと湿気と不潔さで、頭がおかしくなりそうだったが、少しは慣れた。しかし、耐え難くなる時もある。人間である……いや、人間であった自分を思い出す時だ。ジウスは汗を拭うかわりに、もう一度咆哮した。絶叫がどんより澱んだ空気を引き裂く。今の彼は、〈ガガ竜〉と呼ばれるこの星の土着生物の一員なのだ。少なくとも、外見は。ジウスは、水浴びをしようと思い立ち、ひそかに〈SC湖〉と名付けている湖に向かった。〈SC湖〉は、ジウスが地球にいた頃、住んでいた家の近くにあり、妻のリンダと二人で釣りをしたり、ボート遊びをしたり、俳優仲間やバクスをはじめとする撮影所の連中とともにバーベキューを楽しんだりした思い出の場所だ。もちろん外観はまるで違う。この星の〈SC湖〉は、沼に毛が生えたようなもので、水面は褐色に濁り、ぼこっ……ぼごっ……と硬質のあぶくが生まれては消えている。その下には、十メートルもある水棲昆虫や吸血性の紐状生物が何十万匹と集まって結球した〈ムシノタマ〉、そして、成長しきると二十メートル以上になる攻撃的な大ナマズなどが生息し、生きるための闘いを繰り広げているのだ。本物の〈SC湖〉とは似ても似つかないが、ジウスはここに来ると気持ちが少しは和らぐのだった。両脚を水に浸す。熱く火照った、岩のようにごつごつした皮膚を冷たい水がさましてくれる。ジウスは、心地よさに喉の奥で低く呻いた。この星に来て、もう何年になるだろう。いつの間にか時間の感覚がなくなってしまった。半年か、一年か……まだ二年にはならないと思うが自信はない。今は一九九八年……いや、もう九年か……。もしかしたら、人間として地球で暮らした記憶は何もかも夢で、生まれた時からこの星にいたのでは……と思うことすらある。身体のほうはすっかり〈ガガ竜〉としてのここでの暮らしに馴染んでしまっているが、やはり頭のほうは未練がましくまだ〈ガガ竜〉になりきることと、人間を捨てることを拒否しているようだ。だが、いつまで抵抗できるか……。今のジウスは、見かけは身の丈八十メートル、体重五万トンの巨体を誇り、食事に〈ナメクラゲ〉や〈ドロドロダコ〉を好んで喰らうモンスターなのだ。映画完成の打ち上げで、妻や仲間たちと談笑しながら、ローストビーフやスパニッシュ・オムレツに舌鼓を打ち、冷えたビールの喉越しを楽しんでいたあの生活に二度と戻れないならば、ここでの暮らしをそのまま受け入れて、身も心も怪物になりきってしまうほうがどれだけ楽だろうか。頭を真っ白にして、過去の全てを忘れる……それが幸福への道ではないのか……そう思うこともしばしばある。最近、〈ガガ竜〉としての本能が人間の理性を侵食してきている自覚がある。それに身をゆだねる決意さえすれば……発狂を免れるかもしれない……。そんなことをぼんやり考えていると、突然、背後から激しい衝撃を受けた。振り返ると、別の〈ガガ竜〉が憤然とした表情でこちらを睨《にら》みつけている。自分の縄張りだ、と言いたいのだろう。相手はすでに戦闘態勢に入っている。目は血走り、鼻からは荒い息を噴き、歯をぎしぎしと嚙み合わせ、長い尾を振り回しながら、両手を胸のあたりに構えている。(やる気か……できれば避けたいが……)

〈ガガ竜〉同士が本気で闘った場合、たいていどちらかが死ぬまでやることになる。ジウスはこれまでの体験からそのことを覚っていた。彼はすでに三頭の〈ガガ竜〉を殺していたし、彼の右脚についた深い傷はその時のものだ。闘いの経験は浅いジウスだが、この身体の持ち主がもともとかなりの腕前だったらしく、戦闘技術は身体が覚え込んでいる。また、土着生物の一種にすぎない〈ガガ竜〉は、ジウスから見ると知能的に人間より遥かに劣るただの獣である。ジウスは、人間としての知恵を働かせて、相手の裏をかき、これまで何とか乗り切ってきた。この星で「生きのびる」とはそういうことなのだ。なるべく無益な闘いは回避したかったジウスだが、相手は、いきなり高く咆哮し、ジウスの左胸に鋭い爪を打ち込んできた。鮮血がほとばしり、ジウスは激痛に悶えた。（しかたがない……）ジウスは、低く吠えて戦闘の意志を表し、頭を下げて相手に向かって突進した。強烈《かき》な頭突きが決まって、相手は仰向けに湖に倒れた。盛大に水しぶきがあがる。ジウスは嵩に掛かって相手に馬乗りになり、顎を殴りつける。折れた歯のかけらが飛び散る。間髪《かんはつ》をいれず、首筋や腹、胸などに爪をねじ込ませる。肉片がごそっともげ、血が噴水のようにびゅうびゅうと噴出し、湖面を染めていく。ジウスは顔をしかめ、目をそらせた。血を見るのは好きではない。俳優だった頃も、撮影用の作り物の血を見て貧血を起こしたことがある。その一瞬の隙を狙われた。相手は両足を揃えてジウスの下腹部を蹴り飛ばした。ジウスは下半身が痺れたようになり、たまらずその場に崩れた。勝ち誇った叫び声をあげ、相手は彼の喉笛に噛みつこうと歯を剝き出しにした。ジウスは恐怖に震えた。あの三角形の歯が彼の喉の肉を食いちぎり、気管を切断し、血管をぶち切った時、彼は死ぬのだ。人間の姿を捨てたあとも、いや、捨てたがゆえに、ジウスは生への執着が強かった。今まで自殺をはからなかったのはそのせいだ。数十メートルもあるしなやかな尾が無意識のうちに水面上を旋回し、相手の首筋を後ろから一撃した。それは見事に決まり、相手は一瞬呼吸ができなくなったらしく、ジウスから身体を離した。ジウスは、両手で相手の胸板をずどんと突いた。相手は吹っ飛び、岸でワンバウンドして地面に激突した。ジウスはとどめを刺すために近づいた。その時、俯せになった相手の股間がジウスの目に入った。相手は……成熟した雌だったのだ。剛毛に覆われた陰唇が別の生き物のようにはぐはぐと開閉しながら尿を垂れ流している。顔をそむけようとしたがもう遅かった。ジウスはこの星に来て以来感じたことのない疼《うず》きをおのれの股間に感じた。普段は体内に格納されているペニスがぶくぶくぶくぶくぶくと膨れ上がり、ロケットのように屹立した。緑色の太い血管の浮き出した醜く巨大なペニス。爬虫類特有の、鈍色《にびいろ》に輝く鱗に覆われた男根。ジウスは、吐きそうになった。はじめてみる自分の生殖器は、あまりに不気味で、あまりに露骨だった。汚らわしい！　そう吐き捨てて、彼はその場を去ろうとした。しかし、それはできなかった。唐突に膨張した彼の内なる性衝動はとても〈理性〉などで制御できるものではなかったのだ。彼は、天に向かって咆哮を重ねながら、雌の尻を背後から抱くようにして、肉厚の女陰におのれのペニスをぐりぐりと差し込んだ。雌の〈ガガ竜〉は予期せぬ事態に驚いたようだが、すぐに状況を覚ったらしく、腰を高く上げ、ペニスを深くくわえ込もうとした。ジウスは、獣になったおのれに涙を流しながら腰を激しく動かした。身体も頭もどんどん獣になっていく。ジウスは大量に射精した。ドラム缶数十本分の白濁液。どっくどっくどっくどくどくどくどくどくドクドクドクドクドク。いつまでも続く。臓器が全て精液となって出ていったかと思えるほどに。微かに残っていた〈人間〉の残滓も一緒になって。ここに来てからはじめての射精だった。最後の一滴を振り絞った後、ジウスはゆっくりと身体を雌から離した。肥大したイソギンチャクのような女陰から、白いあぶくが音を立てて滝のように滴り落ちている。それを見て、ジウスは嫌悪感でいっぱいになった。彼はリンダのことを……最愛の妻のことを思い出した。リンダはスター女優としてスクリーン上では大勢の男優と恋に落ちたが、私生活では彼だけのものだった。雌の〈ガガ竜〉はのそのそと立ち上がると、ジウスのほうを振り向きもせず、湖を渡っていった。精を放出した雄には興味がない、ということだろうか。ジウスは、べとべとに濡れた、萎えたペニスを体内にしまい込むと、放心したようによろよろと歩き出した。どうしてこんなことになってしまったのだろう。ジウスは、あの時のことを思い出していた。

◇

ジウスに〈宇宙怪獣ビーストロンの襲来〉出演の話を持ってきたのはリンダだった。太陽系外に植民地のできる時代に宇宙怪獣もないと思うが、怪獣映画は年齢を問わず人気が高かった。リンダは、早々とこの映画の主演女優に決まっていた。監督は、バクス・スティーブンス。つきあいの長い、気心の知れた男だ。製作会社もかなり力を入れているらしく、彼が小耳に挟んだところによると、製作費の総額は天文学的な数字だった。

「何の役なんだい。まさか、怪獣の役じゃないだろうな」

もちろん冗談のつもりで彼は言ったのだ。リンダは、四年前の主演映画〈美しき恋の滝〉が爆発的なヒットとなって以来、スター街道をのぼりつめようとしている人気女優だが、彼は売れない大部屋の俳優だった。冷静に考えて、来そうな役といえば、怪獣に踏み殺される役か、逃げまどう群衆の一人といったところだろう。セリフがあったとしても、「助けてくれ!」とか「神様!」の一言に決まっている。ところが、リンダは言った。

「その、まさかよ。あなた、ビーストロンの役なの」

ジウスは、大仰に両手をひろげた。

「いくら俺がみそっかす俳優だからって、怪獣はないだろ。これまでもいろんなくだらない仕事を引き受けてきたが、少なくとも画面に顔が出る役だった。せっかくおまえが持ってきてくれた仕事だが、怪獣じゃあ……」

「あなたに頼みたいと言いだしたのはバクスよ。どうしてもあなたでなくちゃだめなんですって」

「バクスにそう言われるのは光栄だが……」

「報酬は二億クレジットよ」

ジウスはぴゅうと口笛を吹いた。

「馬鹿馬鹿しい。主演女優のおまえでも、三千万クレジットがいいとこだ」

「本当なのよ。バクスは本当に二億出すって言ってるわ」

「どういう裏があるんだ」

リンダは説明した。怪獣映画の特撮はCG技術の進歩などにより、行き着くところまで行った感があるが、最近の観客は作り物の怪獣では満足しなくなってきた。バクスも製作会社もそれに気づいてはいたが、解決策はなかなか見つからなかった。ところが、先般、ケンタウルス座α星系のガガ星で、ティラノザウルスやイグアノドンといった太古の恐竜に似た身長八十メートルの怪物の群れが発見された。〈ガガ竜〉と命名されたその怪物にバクスは着目した。これを地球に連れてくれば……ぬいぐるみやCGの怪獣に飽き飽きしている観客は熱狂し、バクス・スティーブンスの名前は映画史に残るだろう。もちろん、主演女優のリンダの名前も……。

「話が見えてこないな。俺はどこで登場するんだ？」

「〈ガガ竜〉は愚鈍な獣なの。とてもじゃないけど、バクスが要求する演技なんかできないわ。だから……」

つまり、ジウスの脳を摘出して、捕獲した〈ガガ竜〉のそれと交換しようというのだ。そうすれば、身体は怪物だが頭脳はジウスである〈俳優〉が誕生する。演技でも何でも監督の言うとおりにできるだろう。

「俺の脳を怪獣に移植するっていうのか。ごめんだね、そんな危険なこと、二億どころか百億クレジットつまれてもお断りだ。バクスもバクスだ。何を考えて俺を……」

「私が、バクスに頼んだのよ。あなたにこの役を欲しいって」

「リンダ、おまえ……」

「この家のこと考えて。庭も広いし、プールもあって、素敵な家だけど……私たち夫婦には高過ぎる買い物だったわ。あと九億クレジットも借金が残っているのよ」

「だから、それは二人で一生懸命働いて……」

「私は、お金をとれる女優になったわ。でも、あなたはどうなの？　いくらがんばっても芽が出ないし、端金《はしたがね》でエキストラまがいの仕事をこなすだけ。その仕事だって、友達がお情けで回してくれているようなものじゃない。後輩にもどんどん追い抜かれて……あなたのこと、撮影所でみんなが陰で何て呼んでるか知ってるの？」

「知ってるさ……」

「除《の》け者ジウスって言われてるのよ。あいつは仲間だけど俳優じゃない。撮影所の除け者だって……あなた、くやしくないの？」

「…………」

「家のローンも、クルーザーのローンも、別荘のローンも、今日の食事も、全部私の稼ぎから払ってるのよ。これじゃ、あなた、ヒモじゃない。男だったら、自分の手でお金を稼いでみてよ。それを私に叩きつけて、自慢してみてよ。怪獣が嫌だとか、顔が出ないとか……そんなこと言える立場かどうか、よく考えて！　二億の仕事よ。やりたがる人なんていくらでもいるはずだわ。それをあなたに回してくれたバクスの気持ちも考えてよ！」

　返す言葉がなかった。除け者ジウス……みんなが彼のことをそう呼んでいることは知っていた。みんな、バーベキューパーティーやポーカーや……遊ぶ話の時は仲間に入れてくれるが、仕事の話がはじまると彼は除け者だ。いつもいつもそうだった。

（二億クレジット、か……このままじゃ一生手にできない大金だ……）

「夜翼大師様の先週の占い、覚えてる？」

覚えていた。リンダは昔から占いに凝っており、最近は夜翼大師という東洋人の老僧に傾倒していた。有名俳優や監督など、多くの映画人が、ロスにある黒雲寺《こくうんじ》という寺の住職だという彼と顧問契約を結んでいた。映画人が占星術師の助言を求めるのは昔からよくあることで、ハリウッドでは、キャロル・ライター、アンジェラ・ルイズ・ギャロ、フレデリック・ディヴィスなどが知られている。ジウスには詐欺師以外の何者にも見えなかったが、リンダのご機嫌をとるため、先週、ジウスがその老僧に運勢をみてもらうと、相手は確信に満ちた口調で言った。

「来週、あんたにすばらしい役が転がり込んでくるだろう。人間の役ではないかもしれないが、あんたとその役の相性は最高だ」

あの時は鼻で笑ったが、ジウスは今、頭の中でその言葉を反芻していた。

ジウスは、次の日、怪獣との脳の交換を承諾するサインをした。二億クレジットは即日彼の口座に振り込まれた。撮影期間は半年。その間、彼の肉体は冷凍保存され、撮影終了後、元に戻すという。数日後、手術が行われ、彼は、ガガ星で捕獲され、地球に連れてこられた雄の〈ガガ竜〉と肉体を入れ換えた。手術は成功した。新しい身体は、似合わない洋服のように〈着心地〉が悪かったが、半年間の辛抱だ。その間は、リンダとのファックもお預けだし、人間の食事では身体がもたないので、しかたなく〈ガガ竜〉が母星で普段食べているものを食べるしかなかった。すりつぶしたり、加熱調理してあったので何とか食べることができたが、材料の写真を見せられた時、ジウスは嘔吐した。二メートルもある巨大なナメクジ。

ジウスの食料に、と、ガガ星で大量捕獲して、撮影所の冷凍庫で保存されているのだ。ジウスは子供の頃からナメクジとヒルが大嫌いだった。次の日から、ジウスは食べ物が喉を通らなくなったが、空腹と本能には勝てず、数日間の絶食ののち、再び食べるようになった。とにかく……半年だ……半年さえ我慢すれば、人間に戻れる……言葉を話せる……リンダとセックスもできる……クルーザーにも乗れる……釣りもできる……血の滴るステーキやチーズバーガーにかぶりつくことも、寝酒にブランデーを飲みながらスティーブン・キングを読むこともできるんだ……。ジウスは、撮影所の片隅に建てられた専用の〈ねぐら〉で腹這いになって、毎晩、そんなことばかり考えていた。

撮影は快調に進行し、半年後、ついに映画は完成した。ジウスは、バクスに、すぐに元の身体に戻してくれと迫った。あと二日だけ待ってくれ、とバクスは言った。明日、マスコミを呼んでのプロモーションがある、その席にはモンスターの姿で出席してほしい、最後の仕事だ、と。ジウスは了承した。翌朝、リンダとバクスが〈ねぐら〉に来た。ジウスは「怪物の姿の俺を観る最後の機会だ。よく拝んでおけよ」と軽口を叩きたい気分だったが、二人の表情は暗く、ジウスは何かあったと覚った。

「きのうの夜中、冷凍保存装置が故障したの。朝になってから警備員が気づいて、管理会社を呼んだけど、もう……手遅れだった……」

(手遅れ……?)

「あなたの身体は……ダメになってしまったのよ。ジウス、あなたはもう人間の身体に戻れないの！」

ジウスは呆然とした。そんな……そんな馬鹿な……。

「あと一時間、通報が早かったら、と管理会社のスタッフが言ってたよ。ジウス……あんたの身体は溶けて、めためたになっちまってたらしい。残念だが……何となぐさめていいかわからないよ」

ジウスは激昂した。半年間、溜まりに溜まった不満が爆発した。もう人間に戻れない。リンダとのファックも、プールサイドのトロピカルドリンクも、清潔なシーツも、馬鹿げたテレビ番組も、クルーザーでのトローリングも……何もかもパーだ。俺は……俺は一生、このくだらない〈服〉を着て、ナメクジのすりつぶしたやつを喰って、人の目に晒されながら、除け者のまま生きていくんだ……！　許せない。とにかくどいつもこいつも何もかも許せない！　ぐちゃぐちゃのぎとぎとのずたずたのぼろぼろにしてやる。自棄になったジウスは、〈ねぐら〉を一撃で叩きつぶすと、ハリウッドに向かった。避難命令が出ているのか、人の姿のない街でジウスは大暴れした。目につくものを片っ端からぶち壊し、引き裂き、踏みつけ、尾で蹂躙《じゅうりん》した。ビルを破壊し、鉄橋を砕き、塔を粉砕し……ジウスは怒りの全てをその街に叩きつけた。すぐに軍隊がやってきて彼を攻撃した。対戦車戦は楽勝でジウスの勝ちだったが、空軍は始末が悪かった。戦闘機は蠅や蚊みたいにちょこまかと飛び回るし、ジウスは巨体だが動きが鈍い。長い尾と両手両足だけしか武器のないジウスは空中から発射されるミサイル攻撃に追いまくられ、満身創痍の状態で街から逃亡した。しかし、軍隊は彼を許さなかった。山奥も海底も安住の地ではなかった。隠れ潜んでも、すぐに発見されて追撃された。ジウスの身体はずたずたになり、血塗れだった。ジウスはついに音《ね》をあげた。彼は逮捕され、裁判にかけられた。街一つを破壊し尽くした罪は重い。被害額は莫大だった。しかし、リンダやバクスの証言から同情すべき点もあるとして、ジウスは死刑を免れた。最終的に下った判決は、「怪獣の故郷であるガガ星に移住せよ」というものだった。夜翼大師が面会に来て、言った。

「あんたは必ず戻ってくる。わしはそれを知っている。あんたは……神の僕《しもべ》なんだ。黙示録を読んだことあるかね」

ジウスがかぶりを振ると、夜翼大師はにやりと笑い、

「そこに全てが書かれている。わしは、あんたの役目を知っている。だから、少し……奥さんに協力したというわけだ」

「仏教の僧がどうして黙示録なんだ」

「ふふふ……わしは聖ヨハネの生まれ変わりよ。また、会おう」

ジウスは、この老人は狂ってる、と思った。別離の日、宇宙船に乗せられる時、マスコミに囲まれてリンダが大粒の涙をこぼしている姿をジウスは見つけた。でも、どうにもならない。そして……彼は特別囚52号として地球に別れを告げ……ここにいる。

彼一人を残して帰っていく宇宙船を見送りながら、ジウスはまた除け者にされたことを痛感した。ガガ星の生活は過酷だった。星全体が沼地か砂漠で、酸素はあるものの、気温は常

に六十度を超え、湿気で空気がぬるぬるしていた。人間にとっては猛毒となるガスがあちらこちらの割れ目から噴出しているが、ガガ星の生物には悪影響はない。しかし、ジウスの脳は人間のものだから、彼は、そのガスが脳にじわじわ浸透して、ついには彼を発狂へと導くのではないか、と恐れた。〈エヤミシダ〉で覆われた、海のように深いジャングルが彼の棲処だった。そこに棲む生物の九十パーセントはナメクジやウミウシ、巻き貝、陸生のタコ、イカ……といった大小の軟体動物で、残りのわずかが〈ガガ竜〉などの巨大爬虫類だった。ネズミのような哺乳動物もいるにはいたが、小さすぎてジウスの目には入らなかった。いずれも、知能があるというには程遠い連中ばかりで、ジウスと外観はそっくりの〈ガガ竜〉にしても、ただの馬鹿でかいトカゲ以外の何ものでもなかった。ジウスは、獣たちの中にたった一人放り込まれたのだ。周囲の生物はもとより、仲間の〈ガガ竜〉の生活習慣や食生活もまるで理解できず、あるいは理解できても、それを自分がすることが苦痛で、ジウスの頭は次第におかしくなっていった。彼はこの星でも除け者だった。〈ガガ竜〉が主食としている〈ナメクラゲ〉を食べることができず、彼はもっぱらもそもそした〈エヤミシダ〉の葉を口に押し込んで飢えを癒していた。だが、〈エヤミシダ〉は精液の匂いがするうえ、彼の巨体を維持するには不足だった。あまりのひもじさに我慢ができなくなり、ついに〈ナメクラゲ〉の一匹をはじめて口にした時、彼は自分が獣になったことを、もう人間には戻れないことを実感した。

◇

その夜、一隻の大型宇宙船が、ガガ星のジャングルの片隅にそっと着陸した。ひそやかな到着のつもりだったろうが、〈ガガ竜〉の聴覚は人間の数万倍である。ジウスは微かなエンジン音を聞き逃さなかった。彼は〈エヤミシダ〉を踏みしめて足音を消し、夜陰に乗じてそっと宇宙船に近寄った。巨体を丸めるようにして岩陰に隠れていると、宇宙服に身を包んだ数人の人間が現れた。撮影機材を持っている。ジウスの昔の血が騒いだ。映画関係の連中だろうか。彼らは、はじめての異星で興奮しているのか、ジウスに聴かれているとは知らず、無線でぺちゃぺちゃしゃべりあっている。ジウスは宇宙空間に満ちているあらゆる毒電波を脳で捉えることができる。話は筒抜けだ。

「とにかく、ジウスって野郎を探そう。それが仕事だ」

「もう死んでるかもしれないぜ」

「〈ガガ竜〉は何万年も生きるらしい。生きてるさ」

「たとえ生きてても……これじゃ気が狂ってるかも……」

ジウスは最初、彼らが自分を地球に連れ戻しにきてくれたのかと思ったが、話を聴いているうちに、そうではないと覚った。

「しかし、あの映画は馬鹿あたりしたなあ」

「ジウスが、ハリウッドをぶっ潰したことが最高の宣伝になったんだ。バクスさんはえらいよ。ジウスを怒らせて、街を潰させた。その映像が世界中にニュースとして流されれば、映画は大ヒットまちがいなしだ。街には事前に避難命令が出ていたから、人死にはゼロ。そこまでちゃんと計算していたんだから」

「まぬけなのはジウスだよな。金に目がくらんで、怪獣と脳を交換するなんて……」

「保存装置を故障させたのも、バクスさんとリンダがやったんだからな」

「あの二人は坊主まで巻き込んで、ジウスをはめたんだとさ。やっこさん、バクスさんと自分のワイフが昔からデキてたなんて夢にも思ってなかったのかねえ」

「あれだけ公然と不倫してたんだから、ちょっと考えればわかることだろうに。まわりのやつら、誰も教えてやらなかったんだろうか」

「それがさ、やつは、業界じゃ除け者ジウスって呼ばれてたらしいぜ」

「除け者か、そいつはいい」

あははははは。あはははははは。アハハハハハハハ。アハハハハハハハハ。乾いた笑い声が空間を飛ぶ。

「しかし、バクスさんも人が悪いよな。いくら映画が当たったからって、ジウスのドキュメンタリーを作るなんてよ」

「〈特別囚52号のその後〉か。本人が聞いたら怒るだろうな。うふ……うふふふ……」

ジウスの身体の中で何かが変化した。最初は小さな核反応のようなものだった。それが次第に激しさを増し、ついには巨大な炎となって爆発した。魂を引き裂かれるような強大な怒りのエネルギーが腹の底の底の底から火柱のように噴きあがり、痛みをともなうほとばしるような叫びが膨大な炎となって口から噴出した。ジウスは、火炎を噴いたのだ。宇宙船の乗組員たちは、誰一人自分の身に何が起こったのか理解できなかっただろう。小山のような黒影がにわかに前方に立ち上がったかと思うと、凄まじい咆哮とともに、真っ赤な火の雨がなだれのように頭上から降ってきたのだ。一瞬にして焼けただれ、炭の塊となった彼らに状況を判断する余裕はなかった。ジウスは、なぜ自分が炎を出すことができたのかわからなかったが、鬱憤を吐き出すかのように、何度も何度もあちこちに火炎を放ち、ジャングルを沼地を砂漠を炎上させた。〈ガガ竜〉を含む多くの生物が紅蓮《ぐれん》の炎の中で悲鳴を上げて逃げまどい、焼け死んでいくのを見ながら、ジウスはこのまま自分も火に包まれて死んでしまおうと思った。そう決意すると、彼は星全体を燃やしてしまうほどの勢いで火を発射し続けた。ところが、ピンク色の炎の舌にめろめろと照り返る宇宙船を目にした瞬間、気が変わった。

（地球に戻ろう）

ジウスはそう思った。地球に戻って、彼を馬鹿にしたやつら、彼をはめたやつら、彼を裏切ったやつら、彼を笑ったやつらに復讐してやろう。人類に対する呪いと報復の念でいっぱいになったジウスは、宇宙船に向かって一歩を踏み出した。

◇

一九九九年七月某日、空から降ってきた何かがロス郊外に墜落した。最初は隕石だろうと思われたが、濛々《もうもう》たる土煙の中から出現した黒い影を見て、人々は覚った。ジウスが還ってきた、と。ジウスは、天地も裂けよとばかりに雄叫びをあげ、西海岸の空気をびりびりと震撼させた。人々は逃げまどったが、ジウスは一人も見逃すことなく確実に血祭りにあげていった。幼児も女性も老人も、足で踏み潰し、指で押し潰し、歯で嚙み潰し、尾で叩き潰した。圧倒的に力の差がある相手を無慈悲に殺戮していく快感に、ジウスは酔った。引きちぎられ、嚙みちぎられた死骸が山となり、通りは血と生首と臓物に埋まり、悲鳴と怒号と神を呪う声が渦を巻いた。ハリウッドに地獄が口を開いた。軍隊が大挙してやってきたが、以前のジウスではない。口から放射する火炎攻撃の前にはどんな近代兵器も無力だった。ジウスは、陸・海・空軍を粉砕した。彼は、まさに怪獣だった。

リンダとバクスは自宅のテレビを見ていて、事態を知った。黒雲寺の夜翼大師も一緒だった。怪獣は、まっすぐに彼らのいる方角に向かってきているのだ。

「あの馬鹿……どうやって戻ってきたのかしら」

「宇宙船は自動操縦になっていて、乗り込めば勝手に帰還するようになってたらしい」

「ねえ……ねえ、どうするの」

「逃げよう。逃げるしかない」

「だから、あの時、こんなことやめようって……」

「嘘つけ。除け者ジウスを本当の除け者にしてやろうと言ったのは君だろ！」

「すぐに殺してしまえばよかったのよ。あなたが法廷で変な証言させるから」

「うるさいな。戻ってくるなんてわかるはずないじゃないか。とにかく……逃げるんだ。地の果てまでも」

「無理だろう」

夜翼大師が引きつったような表情で言った。彼は、二人を見て冷ややかに笑うと、

「黙示録の預言が成就したのだ。何者も神の定めたもうた運命からは逃げられぬ」

「くだらないことを言ってないで、荷物をまとめろ。車を出すぞ」

「車でもロケットでも逃げられぬものは逃げられぬ」

バクスは血走った目で老僧を殴りつけた。夜翼大師は口から血を流しながらヒステリックに哄笑した。

「今年、こうなることはわしにはずっと前からわかっておった。ジウスという男が怪獣になることも、再び地球に戻ってくることも、我々が皆死ぬことも。黙示録に何もかも書いてある」

「何を言うんだ。だいたい〈ガガ竜〉に人間の脳を移植する案を映画会社に持ち込んだのはあんたじゃないか」

「さよう。わしは神の計画の手伝いをしたまでよ。世界はあの化け物によって滅びる。黙示録にある６６６という獣の数字は１９９９年の下三桁の上下をひっくり返したものだ。６６６に10を加えて、悪魔の数字13で除すると52になる。わかるか。やつの……ジウスの囚人番号は52だ。黙示録の中に、全てが預言されておるのだ」

「馬鹿馬鹿しい」

リンダが床に唾を吐いた。

「こじつけもいいところだわ。トンデモ理論の人はみんなそういうことを言うわね。だいたいどうして10を足すのよ。何の意味もないじゃない」

「ジウスとは、東洋では十数と書く。また、獣という字もじゅうと読む」

「狂人の理屈ね。13で割る根拠もないでしょ」

「そうかな。獣の数字６６６が登場するのは、黙示録の第十三章だ。しかも、ヨハネは言っておる。これは、人間をさすものである、となジウスは、見かけは獣だが、中身は人間だろうが」

「数字をひねくりまわして、やつの囚人番号がでてきたとしても、それがどうした。偶然の一致だろう」

「うふふふふ。神の計画においては偶然も必然。必然も偶然。ジウスは、この世が滅びてのち、52の怪物と名付けられるだろうよ。ふふふふ」

「何言ってるんだか……」

バクスは肩をすくめた。その時、ニュースキャスターが、ジウスに核ミサイルを用いた攻撃を行う旨を報道した。

「これであいつも終わりね」

リンダの顔にゆとりが戻った。バクスが彼女を抱き寄せた。十数発のミサイルがジウス目がけて飛んだ。幾つものキノコ雲があがった。

「やった！」

バクスが叫んだが、老僧は首を横に振った。

「ジウスは神の獣。ここで死ぬはずがない」

その言葉は正しかった。満身に放射能を浴びたジウスは、かえって凶暴さを増したかのように、進撃を再開した。バクスはリンダとともに車に乗り込み、ハイウェイを南下した。しかし、ハイウェイは避難者によって渋滞が激しく、しかたなく一般道に入ったところで、後輪がパンクした。あわてふためく二人の前に巨大な影が立ちふさがった。ジウスだ。二人は走って逃げようとしたが、リンダは石につまずいて転倒した。バクスは彼女を見捨てて丘を駆けのぼっていく。

「ひひひ久しぶりね、あなた」

リンダが怪獣に向かって右手を上げた。怪獣は、視線をリンダから外し、丘に向かって火炎を噴射した。丘はあっという間に燃え上がり、バクスは一瞬にして黒焦げになった。怪獣は、リンダに向かって右手を伸ばし、彼女の身体をつかんだ。

（焼き殺されるのかと思ったら……助けてくれるのかしら……）

リンダの中に微かな希望が頭をもたげた。

「あああああなた、私が悪かったのよ。バクスにおどされてしかたなくやったの。あなたを愛してるわ。何でもするから許してちょうだ……」

くわっと開いた口がリンダの頭をくわえ込んだ。その光景は、遠目にはまるでキスするように見えた。プレス機械のような歯が上下から殺到し、生臭い息の風圧が彼女を包み……次の瞬間、リンダの頭部は彼女の胴体を離れ、ジウスの口の中にあった。ジウスはこりこりというピクルスを噛むような小気味のよい音を立てて、リンダの頭を噛んだ。続いて、首を、胸を……順序よく囓っていく。血しぶきが盛大にあがり、巨獣の口のまわりを染める。歯先が柔らかい腹部に突き刺さると、臓物が温かな汁とともにぶちゅっと噴きだした。苦い。ジウスは顔をしかめた。これなら〈ナメクラゲ〉のほうがよほど美味い。口からはみ出していた二本の脚をポリポリとポッキーのように食べ終えると、ジウスは大きな放屁をした。これで彼の復讐は終わったわけだが、ジウスの頭の中は、破壊の悦びで満ちていた。全てを壊したい。何もかもめちゃくちゃにしたい。あらゆるものを炎上させたい。そして……人類を滅ぼしたい。ジウスは目に入るものをことごとく潰し、壊し、燃え上がらせ、灰にした。破壊しろ。破壊しろ。破壊しろ。ハカイしろ。あはははははは。

政府の高官たちがやってきて、ジウスに訴えた。人間の感情が一片でも残っているなら聞いてください。街を壊すのを、人を殺すのをやめてください。あなたの脳を摘出し、こちらで用意した人間の身体に移しましょう。移植先におのぞみがありますか。具体的におっしゃってください。どんな身体でも用意いたします。スタローンでもディカプリオでも。誓って嘘は申しません。あなたを人間に戻してあげましょう。あなただってこの星の全てが焦土と化すのは望んでいないはず。ダッテ、アナタガ生マレテ育ッタ星ジャナイデスカ。ジウスはその言葉を聞くや、政府高官たちを一気にむさぼり食った。逃げようとするやつは足で踏みつぶし、尾で叩き殺した。彼は、〈生マレテ育ッタ星〉から除け者にされたことを忘れはしなかったのだ。たちまち四方八方から核ミサイルの総攻撃を受けた。身体中に激しい痛みがあり、あちこち肉も削がれ、頭から血のシャワーをかぶったように血みどろになり、今度こそ終わりかと思ったが、ジウスは死ななかった。何か別の意志によって生かされている……そんな感じだった。彼は、全身から放射能を滝のように滴らせながら、内なる破壊衝動に突き動かされるまま、都市を次々と滅ぼしていった。全人類を地球上から消滅させること……いつのまにかそれが彼の使命となっていた。彼は、自分にその使命を与えたのは〈神〉である、と考えた。そして、ジウスは着実にその使命を果たしていった。

◇

こうして世界は一旦滅びた。役割を終えたジウスは海底での眠りについた。長い長い安らかな眠り。彼は知らなかったが、その間に地球上の様相は一変していた。新たな生物が生まれ、新たな進化をとげ、新たな支配者が登場し、新たな文明を築いていた。彼は眠る。果てしなき流れの果てに再び目覚める日まで。もう一度、彼に神が使命を与えたもう日まで。その時、彼は新しい人類の前にその猛り狂った姿を現し、大いなる災厄として地上に恐怖と戦慄をもたらすだろう。背鰭を光らせながら放射能を含んだ火炎を口から噴出する彼は、新しい人類によって、52の怪物と呼ばれ、また、唯一、〈神〉の名を冠して呼ばれる聖獣となるだろう。アーメン。

「ヨハネの黙示録」からの引用は日本聖書協会発行の『聖書（口語）』によるものです。

俊一と俊二

白樺の林の向こうに黒い尖塔《せんとう》の頂が見えてきた。里里香《りりか》は、雪に覆われた広場の中央にジャガーをとめると、目の前に聳《そび》える古びた洋館を見上げた。

両端の尖塔部分以外は二階建てで、部屋数も三十部屋はある大建築である。できた当時はシンデレラ城のように壮麗であったろう。しかし、今では、海岸に打ち上げられた鯨の腐乱した死骸のように汚らしく、大きいだけで何の役にもたたない。俊一の話では、改修しようにも、土台が白蟻のせいで骨粗鬆症《こつそしようしよう》の骨のようになっており、どうにもならないらしい。

冬場は毎年のように遭難者が出るほど雪深い山中に、場違いな洋館を建てたのは、毬尾《まりお》子爵という半ば頭の狂った学者で、明治の中頃のことだそうだ。毬尾はここで、妻も娶《めと》らずたった一人で機械生命、すなわち、人造人間の研究に没頭していたらしく、そんなところも俊一の気に入ったのだろうが、里里香にはあまりに広すぎ、暗すぎて、何度来ても不気味に思えてならない。

「その人、どうなったの。研究は完成したの」

里里香は一度聞いてみたことがある。

「さあ……日記を読むと、八十歳ぐらいまでは生きていたらしい。晩年は下半身不随になっても必死になって研究を続けてる」

「すごい執念ね」

「ああ。ぼくも見習わないとな」

「そんなの見習わなくったっていいわよ。一生独身でいたいの？」

「冗談だよ。でも、噂では、完成した機械人間を下男がわりにこき使っていたら、ある朝、斧で頭を割られて死んでいた、とも言うよ」

「怖いわ」

「嘘に決まってるよ。強盗にでも殺《や》られたんだろ。そんな人造人間がすでに完成しているなら、ぼくがやってる研究は何の価値もないことになる」

「博士の人造人間は見つかっていないの？」

「そうなんだ。だから、そいつが生みの親を殺して逃げた、なんてデマが飛んだんだろ。ありがちな怪談だよ。この館には地下室があるから、いまでもそこにいるのかもね」

「やあね……」

「博士に身寄りがないところから、ずっと空き家になっていたのを、ぼくが安く買い取ったというわけさ。でも、ぼくは地下にはおりたことはないんだ。ここは広すぎるからね」

人間型ロボットの研究者桜井俊一が、突然、都心の大学の研究室を辞め、この山に引き籠

もったのは、約一年半前の夏のことだった。里里香が理由を聞くと、

「大学では、人間関係や功利が絡んで、自由に研究ができない。静かな環境で誰にもじゃまされずに研究に打ち込みたい。君だけはぼくの気持ちを分かってくれると信じてるよ」

俊一はそう答えた。

里里香が大学のサークルの先輩である俊一と知り合った時、俊一は大学院の二年目で里里香より五歳年上であった。二人はすぐに恋に落ち、里里香の両親の許しを得て婚約した（俊一の両親は早くに亡くなっていた）。すでに優れた論文を続けざまに発表し、学者としての将来を嘱望されていた俊一との婚約を、里里香の両親は諸手を挙げて賛成した。

里里香は、俊一が安定した生活を捨てると聞いた時には、不安になり、考え直してほしい、と内心思ったが、あえてこう言った。

「もちろんよ。あなたがどこで何をするとしても、私はついていくわ。だから、あなたは思いっきりあなたの好きなことをしてちょうだい」

今思えば、かなり無理をした発言だった。

当然ながら、里里香の両親は大反対した。

「あの大学で教授になれると思ったから婚約を認めたのだ。話がちがう。山奥で世捨て人になるようなやつに娘はやれない」

しかし、里里香は両親の反対を押し切り、以来、ひと月から数カ月に一度の割合で、都心の自宅から片道六時間かけて、この山荘に通ってきているのだ。婚約したとはいえ、まだ夫

婦になったわけではないので、泊まることは両親が許さなかったし、里里香自身もそれには抵抗があった。だが、短い逢瀬《おうせ》ではあったが、愛しい人の顔を間近に見て、その腕に抱かれ、埃っぽいベッドの上で骨ばった指のたどたどしい愛撫《あいぶ》を全身に受けるのは本当に幸せなひとときだった。

「ねえ……結婚はいつ？」

俊一の薄い胸に身体を預けながら、里里香がたずねると、彼は顔を曇らせ、

「もうちょっと……もうちょっとだけ待ってくれ。あと少しで研究が完成しそうなんだ。そうすれば、すぐにでも……」

そう答えるのが常だった。

俊一の研究というのは、人間の心を持った人造人間を完成させることなのだそうだ。

「今、最先端の技術を使えば、人間とほとんど見分けのつかないような動きをするロボットを造ることは可能だ。あとは〈心〉なんだ」

「AIとかあるじゃない」

「あんなものは〈心〉じゃない。ぼくが今取り組んでいるのは、人間の脳の記憶をいかにしてロボットに移しかえるか、ということなんだ。これはたいへんな仕事なんだよ。脳について知るには、外科手術の方法まで学ばなければならないし、禅や密教といった宗教の研究まででしなければならない。時間がいくらあっても足りないくらいだ。とても、大学にいたらできないんだよ」

人造人間の話になると、俊一は熱を帯びた口調になった。どうして、たかが機械人形のことで大の大人がこうまで必死になるのか、里里香にはどうしても理解できなかったが、聞きようによっては、大学を辞めたことを正当化しようとしているようにもとれた。

理解できない、といえば、研究が完成しないと結婚できない、という俊一の考えも里里香にはわからなかった。結婚によって研究が阻害されるとでも思っているのだろうか。それとも、大見得を切って大学を辞めた手前、派手な成果を上げないと里里香の両親に合わせる顔がないとでも思っているのだろうか。

◇

中世ヨーロッパの貴族の館を思わせるような古風な扉の前に、里里香は胸をはずませて立った。今から約三時間、誰にも邪魔されない二人だけの時間が始まるのだ。毎日のようにデートしている友人たちをうらやましく思った時期もあった。しかし、たとえ数カ月に一回の逢瀬でも、その時間はどのカップルにも負けないほど濃密で、深い。

扉の横に、束ねた薪が積み重ねてあり、手斧がその上に置かれていた。この山荘にはガスも水道も来ておらず、電気は自家発電である。薪は重要なエネルギー源であり、木を切り出し、薪を作るのは、俊一の日課であった。もちろん、電話もないが、今日来ることは前もって手紙で知らせてある。俊一はいつも、玄関ホールで待っていてくれて、里里香が扉を開けると間髪をいれずに抱きしめてくれるはずだった。

里里香は乱れた髪を手櫛で整えると、ノッカーを三度叩き、扉を押そうとした。すると、扉は内側からひとりでに開いた。同時に、異臭がした。

「いらっ……しゃいませ……」

俊一……ではない。古びた蝶番《ちょうつがい》が軋《きし》むような声の主を見た瞬間、里里香は悲鳴をあげた。

それは、化け物だった。少なくとも、里里香の目にはそう見えた。

ブリキでできているのか、鈍い色に光る直径四十センチほどの楕円形の顔の中央に、ガラス製とおぼしき丸く巨大な目玉がある。鼻はなく、耳は漏斗《じょうご》のように大きい。

何より異様なのは、その口だった。他の部分は金属製なのに、口だけはどう見ても生きた人間のものであった。分厚い唇は不健康な紫色で、血の気がなく、まるで……そう、まるで水死体のそれのようであった。口中からのぞき見える舌はどす黒く、里里香は以前に見たことのある生の牛タンを思い出した。

これもブリキ製と思われる身体は、西洋の甲冑のようで、そこから蜘蛛の脚のように長い四肢が突き出ている。上半身は剝き出しだが、茶色の吊りズボンをはき、足には革靴を履いている。

身体のつなぎ目の部分から真っ黒な液体が滴り落ちているのは機械油のようで、どうやらこれが悪臭の正体らしい。

「星野……里里香様……ですね……兄からうかがっております……ご案内します……どうぞ

「……こちらへ……」

機械人間は、危ういバランスを保ちながら踵《きびす》を返すと、ぎくしゃくした足取りで先に立って廊下を歩きだした。足を前に出す度に身体中の接続部から黒い油がぽたぽた落ち、絨毯の上に染みを作っていく。前回来た時は赤い色だったはずの絨毯が、いつの間にか赤と黒の斑模様になってしまっている。どちらかというと黒い部分の方が多いほどだ。

最初の驚愕がおさまった里里香は、仕方なく人造人間について歩きだした。

何度来ても、気持ちのいいところではない。清浄な外気が嘘のように、一歩この建物に入ると、空気は重く澱んでいる。黴《かび》と埃の臭いで肺が痛くなってくるほどだ。今はそれに、腐ったバターのような機械油の臭いが加わっている。

自家発電の電気はほとんど研究用に回しているので、廊下や各部屋の照明は暗い。天井には幾重にも蜘蛛の巣が張られ、壁にはべったりと赤や黄緑の薬品の染みが付いている。廊下の両脇には、いつのものとも知れぬゴミが散乱し、酸《す》い腐敗臭を漂わせている。以前、掃除しようと試みたこともあったのだが、ゴミの中に何だかわからない哺乳動物の死骸を数体発見し、それ以来、手を触れていない。

人造人間は急に立ち止まると、リビングルームのドアをノックした。

「お客様を……ご案内……いたしました……」

「ご苦労」

中から、俊一の声がした。機械人間はドアを開け、里里香が室内に入ると、俊一は丸テーブルについて微笑んでいた。

「何よ、これ。どういうこと」

里里香はハンドバッグを振り回しながらテーブルに近づいた。

「あれ、怒ってるね」

「当たり前じゃない。いつも俊ちゃんが玄関で待っててくれてるの、楽しみにしてたのに」

そう言いながら里里香は俊一の隣の椅子に座った。

「最新の成果を早く里里香に見せたくてね。びっくりしただろ」

「びっくりさせすぎよ。なあに、あれ」

「俊二だよ」

「俊二？」

「あいつの名前だよ。ぼくの弟ということにしたんだ。かわいがってやってくれよ」

その時、がっしゃんという音がした。テーブルの端の方に、機械人間がコーヒーカップの載った盆を置いたのだ。

「すごいだろう。俊二は、客を案内することもできるし、コーヒーだっていれられる」

「じゃあ、完成したの？」

里里香は期待を込めて聞いたが、俊一は首を横に振った。

「残念ながら、まだだ。今、俊二はいろいろな動作をマスターしているところなんだ」

「動作をマスターしおえたら完成なの？」

「心の問題が残ってるからね。ぼくが目指しているのは、人間と同じように自分の意思でしゃべり、泣き、笑い、怒り、喜ぶようなロボットなんだ」

「でも、この……俊二はしゃべるじゃない」

「ぼくがインプットした何千種類かのセリフの中から選択して、発音しているだけさ。でも、もうすぐ俊二に心を与えてやるからな」

里里香は隣に立った機械人間の方をなるべく見ないようにして、

「あのね、俊ちゃん……怒らないで聞いてほしいんだけど……私、何だか怖いわ」

「何が」

「俊二のこと。だって、見かけがこんなだし、心があるロボットなんて……」

「どうしてさ。外見なんてお金をかければいくらでも人間そっくりにできる。でも、ぼくにはお金がないんだから仕方ないじゃないか。それに、人間の本質を決めるのは外観じゃない。その人の心だろ。『美女と野獣』の話を知ってるかい。どんなに見た目がいい男よりも、醜い野獣の方が優しい心を持っていることだってあるんだ。それとも、里里香は人を外見で判断するのかい」

俊一の声が不機嫌になったので、里里香はあわてて、

「そんなことしないわ」

「それを聞いて安心したよ。ぼくは、人を見かけで判断するようなやつは大嫌いだからね」

「あの……このロボット、しゃべるの上手よね。すごいと思ったわ」

里里香は、俊一の機嫌を取るためにお世辞を言った。

「よくぞ言ってくれました。実はね、気がついたかもしれないけど、俊二の声帯と唇は、人間のものを移植してあるのさ。合成音声じゃ、どうしても人間の声のニュアンスが出なくてね。ちょっとこだわってみたんだ。本当は、唇だけじゃなく、あちこちに人間の身体を使っているんだけど……あ、コーヒー、飲んでよ」

そう言って、俊一は自分でもコーヒーを一口飲むと、

「うまい。やっぱり俊二はコーヒーをたてる名人だな」

里里香はカップを持ち上げた。コーヒーはほとんどこぼれていた。おまけに機械油の臭いがして、彼女は口をつけたふりをしただけだった。コーヒーカップを出来るだけ離れたところに置くと、里里香は話題を変えた。

「ねえ、どうしてズボンを履かせてるの。少しでもかわいく見せるため？」

「いや、ペニスをつけてみたんだ。やっぱり男だからね。でも、剝き出しだとあんまり露骨だろ。だから……」

里里香は反応に困った。それをどう勘違いしたのか、俊一が言った。

「何の役に立つのかって言いたいんだろ。人造人間の身体にもいろいろと老廃物が溜まる。使用済みの液体燃料とか、汚れた冷却水とかね。そういったものを、ペニスから排泄させることにしたんだ。人間でいう尿だね。あ、もちろん……」

俊一は軽い口調で、

「セックスはしない。彼には性感がないからね、今のところは」

ジョークでないことはわかっていた。俊一は、この手の冗談は言わない男なのだ。

「でも、もし彼に心が備わったら、性欲も出てくるんじゃないの？」

「将来的にはね。ぼくは、俊二を、食欲も、名誉欲も、出世欲も、知識欲も、性欲もある人造生命に育てたいんだ」

俊一はうっとりとした表情で言った。

「今日から、俊二に薪割りを教えようと思ってるのさ。ぼくもやっと、あのつらい仕事から解放されるよ」

里里香は、さっき俊一の顔を見た時から思っていたことを口にした。

「俊ちゃん……顔色が悪いわ。それに、ちょっと痩せたんじゃない？」

「ここのところ、徹夜の連続だったし、ろくなものを食べていなかったからね」

「私、何か作ろうか」

それは本心ではなかった。三時間しかない貴重な時間をどうして料理などで無駄にできよう。

「いや、結構。おととい、俊二に料理を仕込んだら、なかなかうまいものを作るんだな、これが。これからは料理や家事は全部、俊二に任せようと思ってるんだ。ぼくは落ちついて研究に集中できるというわけさ」

料理は作りたくはなかったが、そうあっさり言われると、里里香は何だか「君はいらない」と言われているようで不快になった。

どうも気持ちがすれちがっている。これまでにはなかったことだ。その原因が、厨房で食器をがちゃがちゃ洗っている人造人間にあることはまちがいない。里里香はここに二人きりになりにきたのだ。いくら機械でも、第三者が同じ部屋にいるのは耐えられなかった。

「ねえ……」

里里香は甘えたような声を出し、顔を赤らめながら俊一の服の袖を引っ張った。

「そろそろ……」

里里香にしてみれば、これが精一杯の意思表示だった。しかし、俊一は取り合わず、

「まあ待てよ。見せたいものがあるんだ」

そう言って、俊二に向かって指をスナップさせた。その瞬間、ロボットはコーヒーカップを取り落とし、カップは粉々に割れた。去年の俊一の誕生日に、里里香が贈ったやつだ。だが、俊一は気にもとめず、

「俊二、歌ってみろ。おまえの十八番を」

「承知しました……」

ロボットは両手を広げると、ガラスを爪で引っ掻くようなきんきん声で歌いはじめた。しばらくしてやっとそれが〈マイ・ウェイ〉であることがわかった。異常なまでの音程の外れ方なので里里香は頭が痛くなってきた。

二番に移った時、機械人間はすり足で里里香に近寄ると、彼女の手をつかんだ。

「ひいっ」

　里里香は叫び、手を引っ込めた。

「里里香、俊二が踊りの相手をしてほしいってさ。踊ってあげてよ」

　俊一の声にうながされるように、ロボットは再び里里香の手を取った。里里香は助けを求めるように俊一を見たが、彼はにこにことうなずいているだけだ。

　里里香がこわごわ立ち上がると、ロボットはいきなり彼女の背中に両腕を回し、ぐいと引き寄せた。

「きゃあっ」

　悲鳴をあげる里里香に構わず、俊二は〈マイ・ウェイ〉を歌いながら、彼女を左右へ振り回す。ステップを踏んでいるつもりらしい。

　痛い。腕がちぎれそうだ。逃れようにも、機械人間の冷たい手は、里里香の手首をがっちり掴んで放さない。皮膚が裂け、血が滲みだした頃、やっとダンスは終わった。

　里里香は、ソファに倒れ込んだ。埃が舞い上がり、彼女の身体を包む。

（気持ち悪い……）

　何十回も独楽《こま》のように回転させられたので、三半規管と胃がおかしくなってしまったのだろう。里里香はこみ上げてくる胃液を飲み込むのに必死だった。

「やあ、うまい、うまい。昨日よりずっと上達したぞ。里里香に見せるために特訓したかいがあったな」

目をあけると、俊一がロボットに向かって拍手している。そして、得意そうな表情で里里香を見た。

涙がこぼれてきた。

里里香は立ち上がった。

「私、帰る」

「どうしたんだ、急に」

俊一は怪訝そうな顔をした。

「私、こんなことするために六時間もかけてここに来たんじゃないわ。馬鹿にしないでちょうだい」

言い捨てると、里里香は食堂の出口に向かって歩きだした。当然、俊一から引き止めの言葉がかかることを期待して、だ。過去の経験から、里里香はこういった素振りが彼に対して有効であることを知っていた。

「おい、待てよ」

案の定だ。

「君は、俊二のことが嫌いなのか。ぼくが命をかけて造った俊二のことが……」

それは里里香が予想していたような言葉ではなかった。身体から力が抜けた。

振り返ると、俊一は今にも泣きだしそうな顔で彼女を見つめていた。

「いいえ……」

里里香の唇は勝手に動いていた。
「好きよ、とても……」

◇

久しぶりの行為に里里香は燃え上がった。俊一も同じらしく、いつにない情熱的な愛撫で里里香を攻めた。さっきのわだかまりは嘘のように溶け、二人の気持ちと身体は一つになった……と里里香は思った。

いつもより早く彼女は昇りつめようとしていた。短い時間内に快楽を味わい尽くさねばならない……焦りにも似たそんな気持ちが彼女を破廉恥《はれんち》にさせたのか、里里香は自分から上になって積極的に動き、頂上への階段を駆け足で上がっていった。

「里里香……」

俊一が里里香の耳元で囁いた。

「俊二を……好きになってやってくれ……」

(どうして今そんなこと言うの!)

里里香は心の中で叫びながら、腰を振った。

「お願いだ。俊二を……」

「わかったわよ。好きになるわ。好きになればいいんでしょ。ああ……あっ、あっ……」

もう少しのところにまで来ているエクスタシーを、里里香はつかもうと腕を伸ばす。

「好きよ、好き、好き……愛してるわ、俊ちゃんも俊二も……あああっ」

その時、カタリという音がドアの外でした。

瞬間、里里香は醒めた。

動きをとめた彼女を、俊一が下から不思議そうに見上げている。

「どうしたの」

「誰か、そこにいる」

里里香は声を引きつらせた。

「この山荘にいるのは僕たちだけだよ」

里里香は首を横に振った。

「いるわ……あのロボットが。あいつが私たちを覗き見してるのよ」

「それはないね。言っただろ、彼はまだ心を持っていない。性欲も好奇心もないんだ」

「見てくる」

里里香はベッドから飛びおりると、毛布で身体を隠し、扉をそっと開けた。そこには誰もいなかった。ふう……とため息をつく。

「ほらね、君の思い過ごしだよ。だいたい俊二がそんな……」

隣に来た俊一が彼女の肩に手を置いてそう言った時、里里香は気づいた。

廊下に真新しい機械油の染みがてんてんとついているのだ。それは、寝室の扉の前で終わっていた。そして、扉のかなり高い位置に大量の油がべっとりと付着していた。里里香は、ここにうずくまった機械人間が二人の営みを覗き見しながら必死になって人造のペニスをしごきたてている姿を思い浮かべてしまい、頭を振ってその奇怪な幻想を振り払った。

「ぼくたちの声を聞きつけて、何事かと思ってチェックに来ただけだろう。気にするなよ」

そう言って、俊一は里里香の胸に後ろから手を回した。里里香はその手を払うと、

「俊ちゃん、私たちが、その……している間、あのロボットをどこかに閉じ込めておくわけにいかないの？」

「かわいそうなことを言うなよ。仮にもぼくの弟だぜ」

（弟って……ブリキの人形じゃないの！）

そう叫びたくなるのを抑えつけ、

「でも……また覗くかもしれないわ。お願い、俊ちゃん……」

「あいつに心はない、と言ったろ。つまり、犬や猫と一緒さ。君は、セックスを飼い犬に見られても気にしないだろう。結婚したらぼくたちは一緒に暮らすんだから、君にはどうしても俊二に慣れてもらわなければならないんだ。これは大事なことなんだよ」

里里香は、犬や猫にも心はある、と思ったし、飼い犬のいる前でそんなことはできない、とも思ったが、結婚のことを持ち出されるとそれ以上は何も言えなかった。

二人はベッドに戻ったが、その後の里里香はいつもならつらいほど感じる乳首を愛撫されても、まるで感じなかった。それから三十分ほど、二人はそれが義務であるかのようにセッ

クスを続けたが、その間中、里里香は扉の隙間から俊二の丸い眼が彼女を凝視しているような気がしていた。

「どうしたんだ、まるでロボットとしてるみたいだぞ」

　俊一の言葉にびくっとして里里香は身体を離すと、黙ってベッドからおり、下着を着けはじめた。

「今日はもう帰ります」

「怒ったの？」

「――いいえ……」

「次はいつ来てくれるんだい」

「たぶん、来月。また手紙を書くわ」

「ああ。――玄関まで送るよ。ちょっと待っててくれ」

「いいの。一人で帰るから」

　努めて笑顔を作ると、里里香は部屋を出た。

　こんなことははじめてだ。いつもなら、たとえ身体は疲れていようと、帰り際は充実感で一杯になり、その後の六時間の帰路が一瞬に感じられたものだが、今日は心身共にぼろぼろだった。

　薄暗い玄関ホールに降り立った時、

「お忘れものですよ」

里里香は息を飲み、恐る恐る振り向くと、立っていたのはやはり俊二だった。胸に白いハンドバッグを抱えている。食堂に置いていたものだ。

「あ……ありがとう……」

里里香はぎこちない笑みを浮かべると、手を伸ばした。その手を、人造人間はぐいっと握りしめた。

「何するのっ」

振りほどこうとしたが、俊二の力は強い。

「どうしたのですか……お別れの握手ですよ……人間の習慣だとお聞きしましたので……」

唇を二匹のナメクジのように蠢《うごめ》かしながらそう言うと、俊二は巨大な真円形の眼を彼女の手の甲にくっつけんばかりに近づけ、

「白くて染み一つない……いい手ですね……」

里里香はぞっとした。懐中電灯のようなガラスの眼の深奥に、人間のものとおぼしき眼球があるのを見つけたからだ。里里香は、唇だけじゃなく、あちこちに人間の身体を使っているんだ、という俊一の言葉を思い出した。

「あなたは……すばらしい女性です……あなたと踊った時に……そう感じました……」

ロボットは唐突に言った。彼の視線が彼女の胸の谷間に注がれていることに里里香は気づいた。なぜかその時、さっき俊一が執拗に続けた乳首への愛撫の感触が蘇ってきた。

「あなたも……私のことを……兄同様に愛してくれていると知って……うれしいです……」

(聞いてたのね、やっぱり……)

ベッドでそんなことを口走った記憶がかすかにある。

俊二は右手を里里香に向かって伸ばした。

「いやっ」

里里香は悲鳴とともにその手を払った。

「いらないのですか、ハンドバッグ……」

俊二は右手に里里香のハンドバッグをぶら下げていた。

「い、いただくわ……」

里里香はバッグを受け取った。それは、機械油でぬるぬるに汚れていた。

(あとで捨てよう……)

そう思った時、その気持ちを読んだようにロボットは言った。

「私のこと……嫌いですか」

頷いたりしたら何をされるかわからない、と里里香は思った。

「いいえ……好きよ……」

里里香は震え声でそう言うと、後ろ手に扉を開け、館の外に出た。車へと向かう足取りは自然と小走りになっていった。

◇

東京に帰って、二、三日もすると、あれは本当にあったことだろうか、と思えてきた。しかし、油で黒く汚れたハンドバッグは現に手元にあった。

ロボットが人を好きになったりするものだろうか。あの屋敷の忌まわしい雰囲気が彼女に見せた幻覚だったのではないか。いや、何もかも俊一のいたずらだったのでは……。

一週間ほどしてから、里里香はそれまで触る気にもならなかったハンドバッグを開けてみた。捨てるにしても、中のものを出さなければならないからだ。すると、化粧品などと混じって、見慣れない紙切れが出てきた。指で取り上げた途端、覚えのある臭いが鼻をついた。顔をしかめながら開いてみると、それは手紙だった。

リリカサマ　アイシテイマス　シュンジ

油性の黒マジックだろうか、汚い字で書かれたその十数文字を、里里香は戦慄をもって見つめた。いったいいつ入れたのだろう。彼女はその場で手紙を破り捨てると、何度も何度も手を洗った。

憤りに任せて、里里香は俊一に手紙を書いた。できるだけ機械人間を謗《そし》るような書き方は避けた。あのブリキ人形が俊一の生き甲斐であるならば、それにけちをつけて彼を悲しませるのは本意ではないからだ。しかし、俊二から手紙をもらい、そこに彼女への愛の告白とおぼしき事柄が書かれていたことは、遠回しに述べておいた。そして、できれば次回は俊一に東京へ出てきてほしい、という文章で手紙をしめくくった。

これで、俊一も彼女の気持ちをわかってくれるだろう。自分の婚約者に愛を告白するようなロボットに怒りを覚え、ばらばらにして廃棄してしまうかもしれない。そうなったらざまあみろだ。とにかく俊一が何とかしてくれるにちがいない、と里里香は思った。

しかし、そうはならなかった。俊一から、長文の手紙が来たのだ。彼は、俊二を怒るどころか、ロボットの里里香に対する思慕を、小学生が担任の女教師にあこがれるような罪のないものとして、逆に褒め上げていた。

わが弟がそのような感情を君に抱いているとわかり、驚きました。何ともかわいいではありませんか。もうじき一緒に暮らす君のことを、俊二が気に入ってくれてとてもうれしいです。ぼくたち三人は、これからうまくやっていけるにちがいありません。

里里香は当惑と憤りをもって、その手紙を読み下した。身体のあちこちから油を垂れ流していた、あの醜怪な機械人間のどこが「かわいい」のだろう。どうやら俊一は「三人での暮らし」を望んでいるようだが、里里香にはとうてい自分がそれに耐えられるとは思えなかった。

手紙は、研究が忙しく、少し体調が悪いうえに、俊二一人を置いていけないので、上京は不可能であり、できれば近いうちにまたたずねてきてほしい、と結ばれていた。

里里香はため息をついた。もしかしたら、両親の言うことが正しいのかもしれない。そんな考えが頭の隅にちら、と浮かんだ。

◇

しかし、里里香はまた来てしまった。体調が悪い、と言われては、放っておけないではないか。それに、自分が嫌いなのはあのロボットであって、俊一ではないのだ。本人同士が愛し合っているのだから、よく話し合えばどんな問題も解決できるはず……。

扉を開けたのは、やはりブリキの手だった。例の悪臭が鼻を突く。

「いらっしゃいませ……里里香さま……」

挨拶する俊二を無視して、里里香は廊下をどんどん歩いていく。

「里里香さま、お待ちください……お話ししたいことがあるのです……」

ロボットが追ってくる。

「とまりなさい」

里里香は鋭い口調で言った。俊二の動きはぴたりととまった。里里香は、俊一が待っているはずの食堂に、早足で歩いていった。かなりたってから振り返ると、ロボットは同じ姿勢のまま、凍りついていた。

食堂には人の気配はなかった。どこかに隠れて脅かそうとしているのか、とも思ったが、俊一はそんなユーモアのセンスがある男でない。里里香はやむなく廊下に出ると、玄関ホールに引き返した。そこにはまだロボットが硬直した状態で立っていた。

「俊一はどこ？」

里里香は、険しい声で言った。

「お二階の……寝室です。そのことを……申し上げようとしたのですが……」

「そんなに具合が悪いの？」

「最近は……研究も食事も……寝室でなさっておいでです……あの……動いてもよろしいですか……」

「勝手にしなさい」

里里香は階段を駆け上がった。

寝室に入ると、ベッドから俊一が身体を起こした。その顔を見て、里里香は驚いた。前回に来た時と比べものにならないほど俊一の頬はこけ、目も落ち窪んでいた。

「最近、ちょっと疲れ気味なんだよ。徹夜が続いているからね」

「これじゃ倒れてしまうわ。ちゃんと食べてるの？」

「ああ、俊二は名コックだからね。でも、あんまり食欲はないんだ」

「ああ、俊ちゃん……私がずっと看病できればいいんだけど……」

「病気じゃないったら。心配するなよ。それより来月のぼくの誕生日、来てくれるよね」

「もちろんよ。いつものとおり、大きなケーキを焼いてくるわ」

「その日に……ぼくは研究を完成させる。そして、君にその成果を発表するよ。今、必死になってやっているのは、誕生日に間に合わせるためなんだ……」

「そんなに急がなくても……体を壊したら何にもならないわ。それに……」

里里香の言葉を俊一は手を振ってさえぎり、

「その日はぼくたちの結婚記念日になるのさ」

その言葉をどれだけ待ったことか。里里香は俊一の瘦せた手を取り、自分の胸に当てた。

「うれしい……俊ちゃん……」

俊一は里里香を抱きしめた。その腕の力のなさに、里里香は、今日はあきらめよう、と思った。来月には夫婦になるのだ。それからいくらでも愛しあえるではないか。

里里香はベッドサイドの椅子に座って、いろいろな話をした。考えてみれば、俊一がここに移ってからは、学生時代のようにくつろいでただ話をする、という時間はなかったように思える。今日はいい機会ではないか。

当たり障りのない話題を選ぼうとしても、どうしても話は俊二のことになっていく。

「あれで、心がないなんておかしいわ。心のないロボットがラブレターを書くかしら」

「俊二に心がないことは、誓ってもいい。一見、喜怒哀楽があるように見えるけど、あれは感情発露のパターンの組み合わせにすぎない。つまり、心があるように見せかけているだけなんだ。本当の心は、最後に入れるのさ」

「でも、俊ちゃん……もし、彼がロボットでなくて、俊ちゃんの本当の弟だとしても、私のことを愛してるなんて言う人とは一緒に住みたくないわ。私が好きなのは俊ちゃんただ一人よ。だから、私も俊ちゃんにだけ愛されたいの。私を独り占めしてほしいのに……あのロボットが私のことを好きだと知っていて、どうして怒らないの。どうして焼き餅をやかないの。私のことが好きじゃないの」

「あいつはまだ子供だから……」

「そのうち、成長するわ」

俊一は肩をすくめ、

「わかったよ。ぼくも悪かった。自分で造ったんで、弟というより、自分の子供みたいに思えていてね……」

「それはわかるけど……」

「でも、今の話を聞いてて、けじめをつけるべきだと思った。一緒に住むわけだし、変なことになってもいやだからね」

変なこととは何か、と里里香は思ったが口には出さなかった。

「今から、俊二をここに呼んで、叱りつけてやる。二度と、君にラブレターなんか書いちゃだめだってね。それで、いいだろ」

「ここへ呼ぶの？」

　里里香は落ちつかない気持ちになった。

「何も今すぐじゃなくても……それに、私がいる前じゃ……」

「いやいや、こういうことは早いほうがいいんだ。それに、君の前で叱られたら、あいつも身に染みるだろう。俊二！　俊二！」

　すぐにノックの音が聞こえた。ドアの前に立っていたとしか思えない。

「お呼びでございますか……」

「おまえは、里里香に恋文を書いたそうだな。どうしてそんなことをした」

「…………」

「答えなさい。里里香がぼくの婚約者であることは知ってるはずだ」

「それは……」

「早く言え」

「——里里香様のことを……お慕い申しあげているからです……」

「馬鹿者っ」

　俊一は、壁に立てかけてあった樫のステッキをつかんで、ロボットの横面に叩きつけた。それは、横で見ていた里里香が思わず息を飲むような激しさだった。俊二の顔はぐしゃりとへこみ、右耳からどす黒い機械油が血のように噴き出した。

「里里香はぼくのものだ。おまえはぼくの弟だが、ぼくが造ったものだ。おまえは奴隷のくせに造物主のものを盗むつもりか」

俊一は青い顔をますます青くして叫んだ。

「土下座して里里香に謝れ。もう二度と馬鹿な真似はいたしません……そう言ってな」

「俊ちゃん、何もそこまで……」

「君は黙っていてくれ。誰が主人なのかわからせる必要がある。――さあ、俊二。早く土下座しないか」

ロボットはその場に両手をついた。右耳からは、まだ、油が流れ落ちている。

「申し訳……ございません……」

機械人間はざらついた声でそう言った。

「よし。聞き分けがいいぞ。――里里香、これで水に流してくれるな」

里里香はうなずかざるをえなかった。

「もう用は済んだ。出ていっていいぞ」

ロボットは立ち上がり、よろよろと歩きだした。途中、一度振り返ると、俊一に視線を送ったが、すぐに顔をそむけると、部屋から出ていった。里里香は全身を震わせた。ロボットの目には今にも破裂しそうな激しい憎悪が籠もっていた――ように思えたからだ。そのことを俊一に言うと、彼は一笑に付した。

「俊二に心はない。恨みの気持ちなんか持ちようがないのさ。錯覚だよ」

「じゃあ、どうして謝らせたりしたの。心がなければ、謝罪の意識も持っていないはずよ」

「ははは……ばれてしまったか。実はその通りだよ。ああしなくちゃ君の気がおさまらないかと思ってね。でも、これで、俊二を許してくれるよね」

「え……ええ……でも、あまり不用意に叱らないほうがいいと思うわ。何となく……悪いことが起こるような気がするから……」

「毬尾子爵のように、自分の造ったロボットに殺されるっていうのかい。山荘の惨劇再びってわけだ。ははは……、君には黙ってたけど、ぼくはあいつを造ってから今まで何十回もさっきみたいに叩いたり、蹴飛ばしたりしてきた。でも、仕返しされたことは一度もない。何しろ、ぼくはあいつにとっては造物主……つまり、神なんだから」

「………」

「あいつのほうが力はずっと強いし、毎日、ぼくの食事を作っているんだから、毒でも盛ろうと思えば簡単だ。でも、今のところは何事もないよ」

俊一は大笑いしたあと、激しく咳き込んだ。咳は数分間に及び、やっとおさまった時、俊一は急に老け込んだように見えた。

「そろそろ時間だろ。今日はもう帰りたまえ」

「でも……」

「心配いらないって。栄養のあるものを食べてゆっくり眠れば、すぐに回復するよ。君と結婚するまでは死ねないからね」

「何、縁起でもないこと言ってるの！」

里里香は本気で怒った。冗談にも程がある。

「ごめん、ごめん。それじゃ、誕生日にね」

俊一はベッドに横になったまま手を振った。

廊下を歩きながら、里里香は胸中に不安の広がりを覚えずにはいられなかった。さっきのロボットの目つきが忘れられないのだ。

（考えすぎよね。心はないんだもの……）

階段をおり、玄関ホールに着いた時、里里香は後ろから肩を叩かれた。振り返った瞬間、彼女は何か生温かいものに唇をふさがれた。里里香は恐怖に両眼を見開いた。それは……紫色の唇だった。

腐った魚を思わせる機械油の味が里里香の口の中に広がった。顔を離そうとしたが、腕で身体を抱え込まれ、身動きできない。やっとのことでロボットを突き放すと、里里香は悲鳴を上げようとした。しかし、口を悲鳴の形に作っても、喉からは何も出てこなかった。

「手紙を……読んでいただけましたか……」

顔面がへしゃげたロボットは、ゆっくりと里里香に近づいてきた。里里香はその場に尻餅をついてしまい、起き上がろうとしても脚に力が入らない。

「私の気持ちは……わかっていただけたはず……お返事を……うかがいたいのです……」

しゃべる度に、俊二の右耳からは油がどくっどくっと噴出する。

「私は……」

やっと声が出た。

「私は、俊ちゃんの婚約者よ。あなた、造物主の婚約者に手を出すつもり？」

「私が里里香様を思う気持ちは……兄より勝ります。たとえ……造物主である兄を……殺してでも……あなたと添い遂げたい……」

「あなた……狂ってるわ……」

「いいえ……私は……正常です……命令を忠実に……守っているだけです……」

里里香は、ハンドバッグをロボットの顔に叩きつけると、相手がバランスを崩してよろめいた隙に、四つん這いになって扉に体当たりし、外へまろび出た。残雪のぬかるみの中を里里香は走った。途中で片方のヒールが脱げたので、もう片方も脱ぎ捨てた。

やっと愛車の側にたどり着いた時、里里香は大変なことに気づいた。車のキーはハンドバッグの中なのだ。

どうしようもない。里里香は、車の陰にしゃがみこむと、いつのまにか溢れていた涙を拭った。震えているのは寒さのせいではない。今にもあの扉からロボットが飛び出してくるはずだ。車に乗れないならば、雪道を走って逃げるしかない。そうなったら機械にはかなうまい。追いつかれたら何をされるのか……。

しかし、いつまでたっても、機械人間は出てくる気配がなかった。たっぷり一時間ほど雪の中で震えてから、里里香は決心した。彼女は、衣服が濡れるのもかまわずトカゲのように地面に腹這いになり、少しずつ山荘に近づいていった。

扉に耳を当てたが、中からは何の物音も聞こえてこない。思い切って扉を少し開け、覗き込む。玄関ホールには誰もいないようだ。

深呼吸一つして、するりと中に入る。お目当てのハンドバッグはすぐに見つかった。ホールの左手の、地下へ降りていく階段の途中に落ちていた。おそらく、俊二の顔にぶつかったあと、転げ落ちたのだろう。里里香は急いでバッグを開け、キーをつまみ出した。これで東京へ帰れる。

その時、微かな足音がした。俊二のものだ。食堂から玄関ホールに至る廊下をこちらに向かって歩いてくる。里里香が今の場所から玄関の扉に行くには、どうしても俊二の目に自分を晒すことになる。しかも、このままここにいても、遅かれ早かれ、ロボットは彼女を見つけることになる。思い切って、扉に向かって走るか、それとも……。

里里香は後者を選択した。つまり、階段を降りたのだ。足音を立てないように、ゆっくりと……。途中から、鼻をつままれてもわからないような暗闇になってしまったが、ロボットの足音が階段に近づいてきたので、里里香は下へ下へと行かざるをえなかった。

手さぐりでしばらく進むと、壁があった。体重を預けるようにすると、壁は動いた。扉だったようだ。

眩い光が里里香の目を射た。そこはかなり広い部屋で、天井には手術室にあるような照明がついていた。目の前に、銀色のベッドのようなものがあり、その上に横たわっているものを目にした瞬間、里里香は悲鳴を上げた。

それは……死体だった。かなり腐敗しており、あちこちが緑や濃い紫に変色して糸を引いている。眼球、顎から喉、下腹部などがなぜかごっそりとえぐり取られており、見かけは人間離れしている。里里香は以前テレビで見た宇宙人の死骸というのを思い出した。

股間が熱い。里里香は失禁していた。

(やっぱり……あのロボットは人殺しなんだ……ああ、俊ちゃん……)

ロボットがこの死体に覆いかぶさって、眼球や臓器をナイフで切り刻んでいる光景が頭に浮かんだ。

「何をしている」

里里香は心臓が止まりそうになった。だが、その声はまぎれもなく俊一だった。安堵と不安がないまぜになったような気持ちで振り向くと、ステッキにすがった俊一が不機嫌そうな表情で立っていた。

「し、俊ちゃん……これ……」

「君には見せたくなかったが……」

「どういうこと……」

俊一はしばらく黙っていたが、やがて、仕方なさそうに頭を振ると、

「これは、遭難者の死体だ。このあたりではよく登山者やスキーヤーが遭難して、雪に埋もれる。ぼくは、それを掘り出してきて、俊二の身体の材料に使ってる。この山荘に引っ越し

た目的の一つはそれなんだ」

「でも……それって……」

「法に触れるっていうのかい。そうかもしれない。だけど、雪崩に遭ったりしたら、永久に死体が見つからない場合も多いし、それにこの身体の持ち主たちも、研究の役に立って満足してるんじゃないかな。彼らの身体は、本人が死んだ後も、俊二の身体の一部として生き続けることになるんだし……」

「…………」

「ここで見たことは、もちろん他言無用だ」

俊一は人が変わったような厳しい口調でそう言った。里里香が小さく頷くのを見ると、彼女の手を強く引いて階上へ連れていき、

「じゃあ、さようなら。——誕生日にね」

里里香は背中を押されて、外に出た。濡れた下着を着替えさせてもらおうと扉に手をかけたが、すでに鍵が掛けられており、叩いても、叫んでも開けられることはなかった。

帰宅してから、里里香は十通ほどの手紙を俊一に送ったのだが、返事は一通も来なかった。彼の誕生日が近づくにつれ、里里香の胸に広がった不安の暗雲は大きく膨れ上がっていった。地下室の死体については、倫理的にはとても容認できないが、一応の筋道は通っている。研究が全てに優先する彼のやりそうなことではある。それよりも、心配なのは俊二のことだ。あの山荘の前の持ち主も、自分の造った人造人間に頭を割られて死んだ、というではないか。

それが、俊一の身にも起こらないとは誰にも言えないのだ。

俊二は、たとえ造物主である兄を殺してでも里里香と添い遂げたい、と言っていたではないか。狂ったロボットが、自分の欲しい物を手に入れるために俊一を殺そうとするのはありえそうなことだ。俊一はいつも俊二につらく当たっているようだし、その恨みもロボットを行動に駆り立てる動機になるだろう。しかも、俊一は研究に没頭しすぎて周りのことが見えていない上に、「あいつには心がないから大丈夫」などと安心しきっているのだ。

何もかもがこれから起こる大きな悲劇を暗示しているように思え、里里香の苛立ちは頂点に達していたが、誕生日までは、と何とか自分をなだめていた。その里里香が、誕生日の前日に山荘へ行く気になったのは、あることに思い至ったからである。

（いくら徹夜で研究してても、あんなに憔悴するのは変よ。どう見ても病気みたい……）

里里香は、当の俊一が言っていた言葉を思い出した。

「あいつは、毎日、ぼくの食事を作っているんだから、毒でも盛ろうと思えば簡単だ」

もしかしたら……あのロボットは、俊一の食事に、毎日、微量の毒を混ぜているのかもしれない。病気に見せかけて、彼を殺すために。俊一があそこまで痩せ衰えたのは、きっと俊二が作る食事のせいだ……。

そう気がつくと里里香はいても立ってもいられなくなり、両親に内緒で家を出た。普段は六時間かかる道のりを四時間半で飛ばしたが、山荘に着いたのは午前一時を回っていた。

懐中電灯を片手に洋館の扉を開けようとしたが、鍵が掛かっている。里里香は、扉の横手に積まれた薪の上に置かれていた手斧をためらうことなく掴み、鍵目掛けて思い切り振りおろした。七回目で、鍵は吹っ飛んだ。

中は真っ暗だ。どこにも明かりはついていないし、大きな音を立てたのに、俊一もロボットも現れる様子がない。

里里香は、思い切って大声を出した。

「俊ちゃん……私よ。いたら返事をして」

どこからも返事はない。里里香は、右手に懐中電灯、左手に斧を持ち、廊下を歩いた。ゆっくり歩いていると怖いから、わざと足音を立てて、ずんずん進んだ。

食堂にも寝室にも、その他、考えられる部屋を探し尽くしても、俊一の姿はない。

（出かけたのかしら……でも、まさか、こんな夜中に……）

彼女は、もう一度大声で俊一の名を呼んだが不気味な反響が返ってくるばかりだ。

里里香は探していない場所があることに気がついた。というより、それまでは気がついていないふりをしていたのだ。ここまで来た以上、仕方がない。

（俊ちゃん……里里香を守ってね……）

そう念じると、里里香は地下室への階段を降りはじめた。冥界に続くような長い階段が終わり、里里香は先日の扉を探した。

あった。そっと押してみる。

扉の向こうから光が押し寄せてくる。やはり、ここだけは明かりがついていた。

斧を右手に持ちかえ、中へ入る。

そして。

里里香は叫んだ。身体の中から叫びがなくなってしまうまで、ひたすら叫んだ。

例の銀色のベッドの上。横たわっていたのは、俊一だった。

死んでいるのはすぐにわかった。頭がぶち割られ、あたりはおびただしい量の血液が海になっている。

「だから……だから言ったのに……」

里里香は、俊一の死骸にすがりついた。

と。

何かが部屋の奥で動いた。里里香ははっとして身構えた。照明を受けて鈍く輝くブリキ色の物体……俊二だ。

「俊ちゃんの仇！」

気がついた時、里里香は手斧を大きく振り上げ、渾身の力を込めて、後ろ向きのロボットの頭部に叩きつけていた。ぐしゃり……という、案外、柔らかな手応えがあった。同時に、黒い油が噴水のように天井近くまで噴き上がった。機械人間は斧を頭頂に刺したままゆっくりと振り向くと、里里香の顔を見つめた。そして、

「りり……か……どうして……」

その声は……たしかに俊一のものだった。

呆然とする里里香の前で、ロボットは口からどろどろした油の固まりのようなものを続けざまに吐き出すと、糸の切れた操り人形のようにその場に崩れ落ち、二、三度痙攣して動かなくなった。

◇

(以下は、その部屋の奥にあった俊一の日記の最後の部分の抜粋である)

明日の誕生日を前に、何とかまにあいそうなのでほっとしている。これでやっと、長年の研究が一応の成果をみせることになる。ぼくの夢が現実のものとなるのだ。

ぼくの身体が癌に冒されており、手術をしてもあと一年の命との診断を受けたのは、今から一年半ほど前のことだった。ぼくは研究の早期完成のため大学を辞め、この館に籠もった。残された時間は限られている。一分一秒たりとも無駄にできない心境だった。

ぼくは生きたかった。里里香と……最愛の人と暮らす夢をどうしても実現させたかったのだ。肉体が蝕まれても人造人間の身体にぼくの記憶の全てを移行させることができたら……その人造人間は、ぼく自身と同じである。

問題は、機械の身体を持ったぼくを、里里香が同じように愛してくれるか、である。ぼくは、俊二が里里香のことを好きであるという内容の手紙を彼女のバッグに入れ、それを裏付けるようなことを俊二に言わせたり、里里香の手を握らせ、キスさせたりした。ぼくを殺してでも里里香と添い遂げる、などと臭いセリフまで言わせた。そうまで言われて嫌に思う女性はいないはずだ。これで、里里香が俊二に慣れてくれ、彼のことを好きになってくれれば、ぼくが俊二の身体になったとしても、違和感なく愛してくれるだろう……そう思っていたのだが、なかなかうまくはいかなかった。里里香はぼく一人を愛しており、俊二の告白を不快に思ったようだ。やむなく俊二を罵倒したり、叩いたりしたが、本当は何の意味もないことだった。彼には心がないのだから。

彼が心を持つのは、今からだ。

ぼくの脳を取り出してスキャナーにかけ、その記憶をそっくり俊二の電子頭脳にコピーするのだ。ぼくの脳はすでに癌に冒されているが、記憶さえ移しかえることができれば、ぼくという存在はブリキの身体の中で生き続けることができる。その研究に、ぼくは文字通り心血を注いできたのだ。

誕生日に、ぼくは新しい身体に生まれ変わる。里里香は外見で人を判断しない優しい子だ。きっとぼくのことを今までどおり愛してくれるにちがいない。

あとは、自動装置による手術が成功することを祈るだけだ。里里香との楽しい生活が待っている。このあたりで筆を置いて、手術台にのぼるとしよう……。

異形家の食卓3　げてもの

雲形定規のようにいびつな形をした食卓には四人がついていた。

「ママは、食べ物の中で何が一番好きなの？」

両生類のような顔つきの少女がたずねると、中年女はちょっと首を傾げて、

「そうね……やっぱり爪かしらね」

「蟹の爪？」

「まさか。人の爪よ。でも、指がついてちゃおいしさ半減。純粋に爪だけを食べるのが好き」

「そんだらば、腹いっぺえにするに、たいへんだがや」

若者が呆れたように言うと、

「そうよ。本当にそれだけでおなかいっぱいにしようと思ったら、だいたい五百人分ぐらいの爪が必要ね。だって、人間一人から二十個ずつしか採れないんですもの。爪が百ぐらい生えている人間っていないかしら」

「いねえちゅうに。いたら化けもんじよ」

　あははははははは。

「このお料理の特徴はね、味付けに鶏肉を使うの。あと、各種のハーブ」

「ハーブって何かや？」

「香草よ。お料理にいい匂いが移るの。だってほら、人の爪って、熱を加えると、嫌な臭いがするでしょ？　まず、丸ごとの鶏一羽のおなかに包丁で切れ目を入れ、中の臓物を全部取り出します。腹腔をよく洗ったあと、そこに人間の爪と髪の毛、できれば白髪のほうができあがったときの見栄えがいいんだけど、それを詰め込みます。そして、バジル、ミント、オレガノ……各種のハーブを、これまたぎっしり詰め込みます。最後に、おなかを閉じて、タコ糸で縫ったら、全体に刷毛《はけ》でオリーブオイルを塗って、あとはオーブンにいれてじっくり焼けばできあがり」

「何ていう料理かのう？」

「これ？　鶏肉のハーブ爪よ」

「すっごーい、ママってグルメなのね」

「どう、ちょっとしたものでしょ」

「なに言うとるがや。そんなもの、ただのげてもんじよ」

　松坂牛のように肥満した中年男が鼻で笑った。

「何よ。パパのほうがげてもの食いじゃないの。ほら、ずっと前に鬼ヶ島に……」

「ああ、その話け。古いことじ」

「えっ、その話、聞いたことない」

少女が言うと、若者も、

「おらも聞いとらんじ。早う話してみんじゃ」

中年男は遠い目をして、ぽつりぽつり話しはじめた。

◇

パパがまだ小さい子供の頃じゃ。そげな小さいときでも、パパはもう一人前のグルメだったじ。おめえらも知っとるとおり、パパは親の顔を知らね。パパがモノゴコロついた時にはおらんかった。パパを育ててくれたぬは、じーさまとばーさまじゃが、ほんとのじーさまとばーさまではねえ。年寄りざったから、そう呼んでただけじ。育ての親ちゅうやつがやね。いつか、じーさまとばーさまに聞いた話でば、じーさまが山に芝刈りに……芝刈りて何ぞてか？　まあ、黙って聞いとれ。ばーさまが川で洗濯ばしとると、上流からイカダが一艘、どんぶらこどんぶらこと漂流してきよった。ばーさまがイカダを岸に引き上げてみると、そこには丸々と肥えた男の子が一人乗っとったそうばや。ばーさまは、なしてこの子は食べるもんもねえのに、こがいに肥えとるかや、と思うて、よう見ると、イカダのあちこちに白い骨が散乱しとるぎよ。どうやら、この赤ん坊、両親と一緒にイカダに乗っとったんじゃが、空腹に耐えかねて、両親を食うてしもたらしい。うはははは。グルメなやつよの。赤ん坊が、何か棒きれのようなものを手に持って、それをくちゃくちゃ噛んどるんで、ばーさまが見ると、それは母親の太股じゃったんず。そいでさ、ばーさま、その赤ん坊を、股を食うとるさけ、股太郎《ももたろう》と名付けたんじ。こいが、パパなんじ。パパは、じーさま、ばーさまの庇護のもと、すくすく成長し、立派な少年となったげな。パパは、ばーさまの作る料理なら何でも好き嫌いなく食うたげども、中でもいっとう好いとんだのば、動物のはらわたじ。死んでまもない、ほっかほか湯気の出よる死骸の腹ばかっさばいて、まだひくひく動いちょる腸をずるずる引きずり出し、中身の大便ごとそれを飲み込む快感というたらねえべ。得も言われぬ極楽じゃ。草食動物のはらわたは微かな苦みがあって、まだ見ぬ大人の味という感じじゃっし、肉食動物のはらわたは食べるともりもり力が湧いてくるような感じであった。おめえらはすぐげてもん、げてもん言うが、ほれ、鮎のうるか、てあろうが。あれをげてもんちゅうもんはおらん。ありゃ、珍味ちゅうんじね。すっかり味をしめたパパは、来る日も来る日も近所中の小動物を手当たり次第にブチ殺し、その臓物をむさぼり食うておった。近所の連中はパパのことを恐れて、触らぬ神に祟りなし状態であったげよ。まあ、臓物主、とでもいうんかの。え？　あれは造物主か。ま、どっちでもええが、とにかく、それをいいことに、パパは調子に乗って、生ホルモンを食いまくった。そのうち、とうとう家から一里四方の動物はみな、食うてしまい、食うもんがのうなってしもうたじ。しかたなく……しかたなくじゃぞ、パパは人間に手を出すようになった。最初のうちは、一人暮らしの老人とか病人とか鼻つまみ者とかあたりさわりのねえところを狙っておったが、あるとき、たまたま喰ろうた女が妊娠しとってな。気がつかんと食うちょったら、腹の中でこれまで食うたことのない、何とも言えぬ美味に遭遇したというわけよ。そう。生まれてくる前の赤ん坊じゃ。ありゃあうまかったあ。ほっぺたがぼとぼとっと幾つも落ちるかと思うたげ。それからは動物でも人間でも、妊娠したもんでねえと食う気がしんねえ。ベトナムだかどっかで、ネズミの胎児を食うたり、孵化しかけた鶏の有精卵を食うたりするが、それと近い感覚かのう。その後は、妊婦とみたらみさかいなく襲い、腹を引き裂いてはやや児を食うておった。今の若《わけ》えもんの目からすると、えげつないかもしれんが、パパは純粋にグルメとしての求道心に燃えちょっただけじよ。ほんとじよ。まあ、あんましパパが暴れるもんでな、じーさまとばーさまも困ってしもうて、ある日、パパに言うた。

「股太郎よ、おめが片端から食うちまうげに、このあたりには誰も近寄らんようになったじ。もう、動物も人間もおらんばや。どうするに、股太郎」

「しかたねえさ。あとはじーさまとばーさまを食うべし」

「馬鹿こけ。食われてたまるかや。そいでのう、ええ話があるじ。暴れもんのおめにぴったりの話じゃ。この沖に鬼ヶ島ちゅう小島があって、そこには悪い悪い鬼どもが棲んどるぎゃ。おめ、そこへ行って、鬼ばやっつけて、食うてしまえ。そうすりゃおめは腹いっぱいになるじ、鬼がやっつけられて皆の衆は喜ぶじ、一石二鳥じゃば」

　パパはじーさまとばーさまの頭のええのに驚いたがに。悪い鬼どもを食うたら、パパは悪《あく》太郎《たろう》から近所の英雄じゃ。こらあええ思て、パパはその話にのったぎよ。まず、ばーさまが「日本一」ちゅう鉢巻きとカビ団子をば作ってくれよった。カビ団子ちゅうのは、団子を腐らせて、青カビ生やかしたもんで、ペニシリンのごとく万病に効くらしい。じーさまは、どこから調達してきたのか、輪っかのはまった鉄棒を一本くれたじよ。これでこしらえがでけたちゅうんで、パパはいさんで鬼ヶ島目指してでかけたげん。途中、雌犬がでてきてのう、ビッチちゅうやつじゃ、カビ団子を一つくれたら鬼ヶ島に一緒に行ってやる、ちゅうんで、団子を食わせたあと、頭を石で殴りつけて殺し、ぺろりと食うてやった。犬を食うのはちいともげてもん食いじゃねえ。台湾では普通のことじよ。次に、猿が現れよった。金色の毛で覆われた、ゴールデンライオンタマリンちゅうんかのう。これまたカビ団子を一つくれたら鬼ヶ島に行ってやるちゅうんで、団子を食わせたあとで撲殺し、頭をぶちわって、中の脳味噌をスプーンでしゃくって食うてやった。中国ではそうやって猿を食うらしいでよ。最後に出てきたのは、キジじゃ。知っとろうが。何、知らん？　罰当たりめが、日本の国鳥じゃでよ。こいつもカビ団子を所望したんで、望み通り食わして、首をきゅっとひねって殺し、羽根をむしって頭から食うてやった。キジはうめえでよ。ほんとは、しばらく軒下にぶらさげといて、はらわたがほどよく腐った頃が食いどきなんざが、先を急ぐ旅ゆえそのゆとりがねえ。でも、十分にうまかったじ。腹一杯になったパパは、海岸にもやってあった小舟に勝手に乗り込み、鬼ヶ島に向かった。鬼ヶ島はじーさま、ばーさまが言うておったとおり、鬼どもでいっぱいであった。でけえ鬼、小せえ鬼、赤鬼、青鬼、黄鬼、緑鬼、紫鬼、バフン鬼、角を生やした鬼どもがパパに向かって押し寄せてきたじょ。パパは鉄棒をぶん回し、獅子奮迅の活躍をした。おかげで鬼どもは頭を叩き割られたり、肋骨を折ったり、手足の指をぶちきられたり……さんざんな目にあったばや。パパは、鬼どもを片っ端から喰ろうていった。角はとげとげしてて食いにくいので全部へし折ってから、二つにぱかっと割って、中の臓物だけを食う。新鮮な鬼の臓物は、もう、何というか、今思い出しても涎《よだれ》が落ちそうになる。黄色い、ねっとりしたそれを口にふくむと、濃厚な磯の味が舌の上に広がり、もうたまらんぎ。さっと醬油をかけて食うのもええが、炊き立ての熱々の飯にたっぷりのせて鬼丼にして食うと、これまたうまい。あとは塩をして、練り鬼、粒鬼などに仕立てると保存がきく。パパは鬼を飽食し、堪能した。鬼ヶ島の鬼の総大将は、酒天童子というやつで、童子というからには男じゃろうと思うていたが、これがまちげえだ。何と、オッパイの突き出た、まだ若え女鬼じゃったがよ。酒天童子は、これまでの悪行を悔いて、泣いて謝ったが、パパはそげなことぐれえでは許さねえ。鉄棒振り上げて、脳天ブチ割ってやるべし、と思うたが、パパも女の涙には弱いがね。足もとで泣き崩れる女鬼を見ておると、まあ、勘弁してやんべえか、とちょいと仏心が出たがや。ところが、次に酒天童子の言うことにゃあ、

「わたくしはただいまおなかにややを宿してございます。その子に免じてどうぞお許しを」

それを聞く前ならともかく、聞いてしもた以上、もうパパの心は決まったげ。ひそかにパパは舌なめずりをした。人間のやや児でもあげにうめえんだから、鬼のやや児はいかばかりうまかろうと思うたわけじゃ。ただちに鉄棒で酒天童子のどたまかち割って、腹をば引き裂

き、子宮から鬼の赤子を摑みだして、かぶっと一齧りしてみたところが……うううむ、こいつぁこたえられねえ！　人間の赤ん坊とは比べものになんねえぐらい肉が柔らかく、ジューシーで、旨味もたっぷり含まれており、食えば食うほど食欲が増すような気さえした。いやあ、あんなにうめえもん、後にも先にも食うたことはねえずよ。大将をやっつけたパパは、鬼が貯め込んでおった宝物を持って、ようようと引き揚げ、じーさまとばーさまに孝養を尽くしたちゅうわけだがや。めでたしめでたし。

◇

「パパは鬼ヶ島に鬼退治に行ったんでしょ？　それじゃあまるでグルメツアーに行ったようなものじゃないの」

中年女があきれ果てたように肩をすくめる。

「何言うとるけ。鬼退治のかわりに、ちゃあんと鬼胎児を食うたじゃろが。それでええんじゃ」

うひひひひひひひひ。

「今度はあたしも連れてってよ。ねえ、パパ、いいでしょう？」

「ああ、よかよか。みんなで行くとしようがね」

「やったー。あたしも鬼退治、じゃなくて、鬼胎児食べてみたあい」

「おらも」

「私も」

ひーっひっひっひっひっひっひっひっ。

いっひっひっひっひっひっ。

今日も朗らかな笑いが食卓を駆け抜けていく。

塵泉《ごみ》の王

1　ぼく

ゴミ。

ゴミ。

ゴミ。

ゴミゴミゴミゴミゴミゴミゴミゴミゴミゴミゴミ。

台車の上には、今にも崩れそうなほどに積み上げられたゴミ袋の山がそびえ立っている。崩さぬように、両腕と肩を使って、ゆっくりと、しかし、力を込めて台車を押す。

悪臭。

皮膚をおろしがねでこすられているような酸臭と、身体中にべっとりまとわりつく甘ったるい匂い。その二つは永久に混じらない。ゴミ袋から交互に染みだして、ぼくの鼻孔をひねりあげる。そのたびにぼくは肺が腐るのではないかという恐怖に怯える。

鼻が痛い。鼻孔の奥の奥の粘膜を糸のように細い針で突き刺されているような、ちくちくきりきりとした痛みがある。それに、いつも鼻汁がじくじくと滲出しているような不快感。目がちかちかする。この仕事をはじめてから、何でもない時にやたらと目が潤む。

四六時中、手が、腐った野菜や魚介から染み出したどろっとした汁で汚れているような強迫観念がつきまとい、数分おきに手を洗いに行かねば気が済まない。ソープ入れが空になるほど大量にソープを使っても、両手の臭いはとれない。そう思いこんでいるだけかもしれないと思って、手のひらを鼻に押しつけて何度も嗅ぐのだが、たしかに饐《す》えたような臭いは残留している。毛穴に染み込んでしまっているのだろう。

このホテルにある二つのレストランと喫茶部、ラウンジなどから垂れ流される残飯類。四百二十三部屋ある客室から吐き出される飲食物の容器、ティッシュペーパー、生理用品。清掃時に出る塵芥《じんかい》、もつれあった頭髪、昆虫や小動物の死骸。それらを総合した膨大な量のゴミを管理し、処分するのがぼくの主な役目だ。

曇りなく磨かれた床や壁、エレベーター、トイレ……といった表の部分しか見たことがない者は、このホテルから一日に排泄されるゴミの、あまりに汚く、穢らわしく、醜く、臭く、いびつであることに驚くであろう。

たとえば客室。小さなクズかごの中から信じられないほど多彩なゴミが発見される。使用済みスキン、大人のおもちゃ、汚れた下着……などはまだましなほうで、時には、生きた魚

(釣りに行って、獲物の処理に困ったのか)、缶ビールの空缶にぎっちり詰め込まれた嘔吐物(どうやって、何のために詰め込んだのか)、ビニール袋に入った大量のミミズ(何のために持ち歩いているのか)、タオルに包んだ大便(トイレでしろよ!)などなど、普通の神経では考えられないようなものを、臆面もなくゴミ箱に突っ込んでチェックアウトする連中が後をたたない。一度など、腐乱したチワワの死骸が出てきて腰を抜かしかけたものだ。

ただでさえ、ゴミが嫌いなぼくだ。そういったものを目にすると、憤りと不快感で身体が震える。

ゴミゴミゴミゴミゴミゴミ。

ぼくはゴミが嫌いだ。怖い、といってもいい。

だいぶ前に亡くなったぼくの曾祖母は、若い頃にリサイクル運動にかぶれたらしく、徹底した「ゴミを出さない」主義であった。彼女は、その信念を家族に強制した。まだ使えるものがゴミ箱に捨ててあろうものなら目を吊り上げて怒り、捨てた主を糾弾し、ゴミによる環境破壊、胎児への影響、ダイオキシンの害などについて滔々《とうとう》と述べるのだ。料理の際も目を光らせ、にんじんの尻尾やピーマンのへた、大根の葉などが三角コーナーに捨てられたりしたら、口から泡を吹いて憤激し、それらのものが大地からの恵みであり、料理法さえ研究すればちゃんと食べられるということを大声で言い立て、それがわからぬやつはものを食べる資格がないから飢えて死ねとまで言い切る。もちろん、月水金、ゴミステーションに捨てられる我が家のゴミ袋は、事前に曾祖母の手でいちいち開封され、チェックされる。ぼくの母が神経を病んだのは、嫁いできて早々に曾祖母のゴミ検査の洗礼を受けたおかげらしい。何しろ「ゴミ出すな。ゴミ出す輩は目腐り手腐り鼻腐る」と歌いながら、使用済みの避妊具や生理用品までいちいちつまみあげて調べるのだ。しかし、暴君であった曾祖母に逆らえる者などぼくの家族には一人もいなかった。

曾祖母は、まだ幼かったぼくの頭を、大きな瑪瑙《めのう》の指輪を嵌《は》めたごつごつした手で撫でながら、いつも口癖のように言っていたものだ。

「昔はゴミを捨てることを恥だと思うてたもんじゃ。若えやつらは平気でゴミを出すが、おめえはそんな人間になっちゃいかん。ゴミを粗末にするやつは、塵塚怪王様に連れていかれちまうぞ」

「チリヅカカイオウ様?」

「この世のゴミを司る、えれえええれえおかた……ゴミの王のことじゃ」

ゴミの王。

その言葉にまだ年端もいかぬぼくは震え上がった。ゴミにまみれた妖怪のような存在を想像したのだ。そして、連れていかれた人間はどうなるのか、と、おそるおそる訊いてみたが、曾祖母はにやにや笑うだけで教えてくれなかった。

母は、ある日、夜中にこっそり近くの公園のゴミ箱に生ゴミを捨てにいっていたのがあとを尾けていた曾祖母にばれて、聞いていたぼくの髪の毛が逆立つほどどやしつけられた。曾祖母は母に、公園に捨てたゴミを全て家に持ちかえるよう命じたうえ、袋をあけて、中の生ゴミを喰え、と母に強要した。ぬらりと尾をひく腐ったキャベツや魚の骨を前にして、母が泣き伏していると、むりやり口をあけさせ、指でそれらを押し込み、嚥下させ、「ゴミの気持ちになってみろ！ ゴミの気持ちになってみろ！」と叫んだ。そして、母のことを「公衆道徳心の欠如した馬鹿嫁」として近所中に言いふらした。

母の神経はその頃からおかしくなっていたようだ。ある日、曾祖母が何の前触れもなく失踪し、翌日、ぼくが幼稚園から帰ると、母の姿も見当たらなかった。ぼくは父から、曾祖母が死んだことと母が入院したことを教えられた。その時は、ぼくの年齢に配慮してか、曾祖母の死因も母の入院の原因も聞かされなかったのだが、後日、近所に住むゴシップ好きの糞ばばあによってぼくは知りたくもないことを知るはめになった。

いつものように曾祖母の小言を聞きながら台所で野菜を刻んでいた母が、突然、包丁で曾祖母の胸をめった突きにして殺したらしい。らしい、というのは誰もその現場を見ていた者がいなかったためだ。母は、曾祖母の死体を包丁でバラバラにして、生ゴミの入ったビニール袋に放り込み、翌朝、ゴミステーションに捨てて、曾祖母の行方を心配する家族を横目に何食わぬ顔で朝食の支度をしていたのだが、ゴミ収集車の清掃員が、ビニールを食い破って中に顔を突っ込み、何かを食《は》んでいる野良猫を追い払おうとした時、猫が口にくわえているものが人間の手首であることに気づいて、事件が発覚した。その指には、大きな瑪瑙の指輪が嵌められていたそうだ。

母は、即座に逮捕されたが、心神喪失状態ということでそのまま強制入院させられた。以後、ぼくは母に一度も会っていない。今も、病院の個室に……塵一つ落ちていない白い壁の部屋のベッドに横たわっているのだろう。

そんなぼくがゴミに恐怖を抱いたとしても不思議はあるまい。

ぼくの大学での専攻は、これも曾祖母の呪縛だろうか、環境問題とリサイクルだった。

「ゴミ出すな。ゴミ出す輩は目腐り手腐り鼻腐る」の歌とともに、ゴミを出さない、出してはならないという意識が強迫観念となって心の奥底に染み込んでいるのだ。卒業後、ぼくは迷わずこのホテルチェーンの入社試験を受けた。高級リゾートホテルの一点の染みもないほどに磨き立てられた床や天井は、ゴミとは無縁のものに思われたからである。しかし、合格はしたものの、社長面接でホテルのゴミ処理問題について語ったぼくの配属先は、ここ塵芥処理課だった。ホテルとは、膨大な量のゴミを出すものだ、という事実にぼくは気づいていなかったのだ。

しかし、同期たちが「ホテルマン」の卵としてそれぞれの職場に配属された中で、どうしてぼくだけが塵芥処理課なのか。

どうしてぼくだけが。

ゴミ、なのか。

2　美佐子

城山美佐子はがめつい女だった。

一度欲しいと思ったものは、どんな無理をしてでも手に入れずにはおかない。しかも、一つでは満足できず、気に入ったものは二つも三つも……その場にある全部を自分のものにしたい。人に渡したくない。独占したい。人よりもたくさん持っていたい。他人の所有物でも、自分が持っていなければ、奪ってでも自分のものにしたい。

彼女の欲望が向けられる先は、美食、衣服、装飾品……そして、男だった。

後先考えずにカードで買い物をしまくった美佐子は、すぐに経済的に破綻した。自己破産を申請したあと、彼女は自分の美貌と肉体を売り物にすることを思いついた。馬鹿が引っ掛かった。彼女は、初老の実業家Aと結婚した。Aは幾つもの会社を持つ大金持ちで、美佐子を溺愛した。居宅は高級マンションの八階にある六LDK。金はいくらでも使い放題。どんな高価なブランド品でも店ごと買い占めることができる。美食家垂涎《すいぜん》の貴重な食材を惜しげもなく使った料理を毎晩飽食し、香水の匂う羽布団に包まれて天蓋のついたベッドで寝る。美佐子にとってはまさに理想の生活だったが、唯一の不満は夫のAだった。Aは、椅子からはみ出すほどに肥満し、弛んだ頬と小さなどんぐり眼《まなこ》、上を向いた平たい鼻を持つ豚のように醜い容貌の男で、彼女の趣味からは大きく外れていた。糖尿のせいか、セックスも弱く、美佐子は、結婚以来、一度も満足できたことがなかった。しかし、何といっても彼は今、美佐子が享受している（セックスを除いた）快楽の全てを与えてくれている男なのだ。離婚など考えられない。そんなことをしたら、また、あの日々に逆戻りだ。自己破産をした後の、空虚で灰色の生活に、彼女は二度と戻る気はなかった。

しかし、美佐子は欲しいものはどんなことがあっても手に入れる女だった。セックスが夫に求められないとわかるや、彼女は別方面からそれを入手することにした。

つまり、浮気である。

発覚したら、Aが激怒することはわかっていた。Aは異常なほどに嫉妬深く、美佐子が一人で外出したりすることを極端に嫌った。美佐子の身辺に少しでも他の男の気配が感じられると、怒り狂い、美佐子を殴り、蹴り、罵り、部屋に鍵を掛けて閉じ込めた。だからといって、美佐子には、金銭的な贅沢とセックスの満足を天秤にかけることはできなかった。両方欲しいのだ。

美佐子は、スーパーマーケットで、近くに住む独身の若い男と知り合った。名前は、諸田《もろた》秀彦《ひでひこ》。自称フリーライターだが、実際はアルバイトで食いつないでいるらしい。背が高く、色黒で、笑うと白い歯が輝くようなスポーツマンタイプの男だった。金のない諸田とセックスに飢えた美佐子はすぐに意気投合し、美佐子は彼をマンションに誘った。羽布団に埋もれての交歓。久々に、ひきしまった肉体を撫で、硬いペニスを頬張る楽しみ。贅沢三昧と魅力的な男の両者を我が手にして、美佐子は大いに満足であった。

問題は、諸田が真剣になってしまったということだ。美佐子にとって、諸田は、彼女が収集しているブランド物のバッグと同じく、セックスを提供してくれる道具の一つにすぎなかったが、諸田はそうは思っていないようだった。

「狒狒《ひひ》じじいとのひどい暮らしから君を救い出してやる」

「君は、Aに飼われているかわいそうな小鳥だ。あいつさえいなければ……」

「お金がなくてもお互いの愛さえあれば、どんなところでも楽しく暮らしていけるさ」

「離婚届に判を押す勇気を出すんだ。絶対に君を幸せにしてみせる」

彼は、およそ美佐子の理解できない言葉を口にするようになった。もちろん、美佐子はAと離婚して諸田と暮らすつもりなどない。諸田の与えてくれるのはセックスだけ。代わりは探せば見つかるだろう。しかし、Aが与えてくれるほどの莫大な金銭的恩恵はおそらくどこを探しても見つかるまい。美佐子にとって、両者の価値の差は明確であった。

しかし、諸田が囁く愛の言葉は耳に心地よく、美佐子は彼と別れる気もないのだった。いつまでも、両者をうまく使い分けていければ……と彼女は漠然と考えていたが、そんなことが長続きするはずもなかった。

ある夏の日の午後一時頃、美佐子と諸田はクーラーのきいた部屋で互いの身体をむさぼりあっていた。そこに、突然、Aが帰って来たのだ。その日、Aは出張で、翌日まで帰らないはずだったのだが、先方が予定をキャンセルしてきたので、急遽帰宅することにしたのだ。

ドアチャイムが鳴り、ベッドルームにもあるインターホンで相手がまぎれもなく夫であると確認した美佐子は狼狽した。

「狒狒じじいのご帰宅かい」

諸田は精悍な顔に笑みを浮かべて、ベッドから立ち上がった。

「服を持って、どこかに隠れて！」

美佐子は大急ぎで服を着ながら小声で叫んだが、諸田はにやりと笑うと、

「いい機会じゃないか。ぼくたちのこの姿をあいつに見せつけてやろうよ。あいつも馬鹿じゃないだろうから、全てを悟るだろう。愛は金では買えないということを思い知らせてやるんだ。もしかしたら、自分の非に気づいて、身を退《ひ》くかもしれないぜ。あははははは」

美佐子は、諸田の頭の悪さに腹が立った。彼女は、愛など欲しくないのだ。もし、浮気がばれたら、彼女は即座に離婚され、二度とこのような贅沢な生活を送ることができなくなる。

「この馬鹿。何言ってんの。早く隠れないとたいへんなことになるのよ！」

「どうしてだい。ぼくはやつと対決するのはまるで怖くない。ああ、殴り合いにでもなって、ぼくが怪我でもしないかと心配してくれてるんだね。大丈夫。あんな豚に負ける気遣いはないよ。ぼくは……」

「ごちゃごちゃ言ってないで、とっとと消えて！」

美佐子は、寝室の窓をあけた。そこは幹線道路に面しており、植木鉢などを置く三十センチほどの出っ張りがある。

「ここに立って！」

「冗談だろ。こんなところ、危ないよ。それに裸だし……」

しぶる諸田をむりやりそこに立たせると、彼女は窓を閉めた。さいわい、寝室をのぞかれるのが嫌だという彼女の希望で、ガラスは紺色の磨りガラスになっていた。窓をあけない限り、諸田の姿は中からは見えない。

「いい？ 絶対にしゃべっちゃだめよ。あとで……あとで助けてあげるから……」

言い含めると、美佐子は窓に鍵をかけ、カーテンを閉め、諸田の衣服を自分のタンスに押し込み、ベッドをざっと整え、髪を軽く梳《と》かすと、玄関に向かった。諸田の靴を下駄箱の奥に突っ込んでから、ドアをあける。

「遅いじゃないか。何をしていたんだ！」

豚は、機嫌が悪かった。予定が相手の一方的な都合でパーになったためもあろうが、主たる理由は嫉妬であった。例によって、浮気を疑いはじめたのだ。

「あ、あなた、気分が悪くてちょっとお昼寝していたの。今日はお泊まりだって聞いていたから……ごめんなさい」

「昼寝をするのはかまわん。おまえの勝手だ。だが、昼寝の相手によりけりだ」

Aは、脂ぎった顔を美佐子に近づけた。美佐子の心臓は縮み上がった。

「あ、相手だなんて、一人で寝ていたに決まってるでしょう」

Aは、背広をその場に脱ぎ捨てると、ネクタイを緩めながら、どかどかと真っ直ぐ寝室に向かった。美佐子は、蒼白な顔であとを追った。

寝室に入った瞬間、Aは平たい鼻をひくつかせた。

「どうしたの……あなた……」

追いついた美佐子が震え声を覚られぬように訊くと、

「匂いがする。男物の香水の匂いだ」

「気のせいよ。ほら、私、こないだから香水変えたから……」

美佐子をぐいと押しのけ、Aは寝室の中をねめ回した。乱れたベッド。しかし、昼寝をしていたと言っていた。ベッドの下をのぞき込む。

「ね、ね、誰もいないでしょ。あなたの勘違いよ。ほんとにいつもなんだから。うふふふ……」

Aはじろりと窓に視線を向けた。美佐子は呼吸が止まりそうになった。Aは無言で、窓に近づいた。

美佐子は、窓の前に立ちはだかった。

「あなた……」

美佐子は、Aを睨みつけた。

「いいかげんにして！　そんなに私が信用できないの。私があなたの留守中に男を引っ張り込んで、あなたが帰って来たからあわてて窓の外にでも立たせたっていうの？　ひどいわ。ひどいじゃない。私ってそんな風に思われてるわけ？　馬鹿にしないでよ！」

Aは鬼のような形相になった。美佐子は怖かったが、下腹に力を込めて言葉を続けた。

「もう、いいわ。あなたともこれまでね。私、あなたに誠心誠意尽くしてきたつもりよ。でも、そこまで自分の妻の貞淑を信用できないんなら、夫婦っていったい何？　私はあなたのペットじゃないわ。私、あなたを裏切ったことなんか誓って一度もないわ。正直言って、あなたは出張出張であちこち飛び回ってるけど、その間に浮気でもされたらと思って、私は気が気じゃないのよ。でも、私がそんなことを一言でも口にしたことあって？　言いたいけど……じっと我慢しているのよ。それなのに……あなたは私をこのマンションに閉じこめておいて、そのうえ、私のことを疑うのね」

「そういうわけじゃない。私はただ……」

「あなたに疑われるのはもうごめんよ。私は私の貞節を自分で証明します。私がこの窓をあけるわ。それでいいでしょう」

「あ、ああ……そうだな」

豚は、弛んだ皮膚を弾ませてうなずいた。

美佐子は、窓のほうに向き直ると、カーテンを開き、施錠を解くと思い切って窓をあけ、自分の身体でAの視線を遮りながら、目を固く閉じたまま、渾身の力を込めて両手を前に突き出した。

何かが手のひらにずんと触れた。美佐子は目をあけた。そこには何もなかった。空が……空虚な空間が広がっているだけだった。

さすがに下を見ることははばかられた。

「どう、あなた」

美佐子は荒い息を鎮めながら、夫を振り返った。

「どこに男がいるの。教えてちょうだい」

Aは、窓の外を見、八階下の道路を見た。そして、ばつの悪そうな顔で美佐子に言った。

「いや……すまん。私の、その、何というか、わかるだろう。愛しているんだよ、おまえを」

Aは、美佐子を抱擁し、唇に軽くキスをした。

「わかってくれれば……いいのよ……」

美佐子は、そう言ってから、窓から軽く身を乗り出して、下をのぞき込んだ。地面に吸い込まれるような感覚。頭がふらついて、思わず窓枠をつかむ。

道路には何もなかった。彼女はすばやくあたりに目を走らせたが、どこにも……諸田は見当たらなかった。

たしかに、手応えはあったのだ。彼女は、諸田の身体を突き飛ばしたのだ。

だが、彼は消えてしまった。

美佐子は窓を閉めた。

夢だったのだろうか。そんなはずはない。彼女の身体を這い回った諸田の指の感触。彼女の中に押し入ってきた諸田の熱いもの。そして、諸田とかわした会話の数々を美佐子は覚えていた。

「美佐子、美佐子、お茶いれてくれ」

豚の胴間声が、リビングのほうから聞こえてきた。

「はあい、今行きます」

大声で応えながら、美佐子は足が床についていないような感覚を味わっていた。

3 ぼく

ゴミのピラミッドを積んだ台車を押してエレベーターを出ると、ぼくは汗をぬぐった。華やかな照明と豪奢な絨毯に彩られた他の階とはちがい、ここは暗く、カビ臭く、じめじめしている。空気もよその階とは違っているように思える。剝きだしのコンクリートに四方を囲まれた冷たく、長い廊下がずっと続いている。その果ては闇の中に消え、目を凝らしてもわからない。

このホテルに地下三階があるとは、客はもとより、同期入社の連中も知るまい。それは、ぼくたち塵芥処理課課員だけの秘密なのだそうだ。

課というと聞こえはいいが、所属しているのは、定年を過ぎて、嘱託で残っている村林さんという七十近い上司と、ぼくの二人きりだ。村林さんは、経費削減のためのリストラが進むこのホテルで、どういうわけか定年後もくびを切られずに居残っている希有な存在だ。薄い頭髪を名残惜しげに撫でつけた貧相な小男。鼻が外国人のようにやたらと高く、煙草の吸いすぎか、唇の端がいつも切れて血が滲んでいる。

入社してすぐに、村林さんはぼくに言った。

「あんたの仕事は、このホテルにとって大事な大事なことなんやで。一つまちごうたら、どえらいことになるんや。それを胆に銘じときや」

ぼくが不服そうな顔をしていると、

「この仕事のこと、他の誰にも言うたらあかんで。大事な大事な……秘密の仕事やからな」

声をひそめてそう言うと、いひひひ……と笑った。彼の笑い方は曾祖母にそっくりだった。

ぼくは、ゴミ処理のどこが秘密の仕事なのかさっぱりわからなかった。朝八時、昼二時、晩八時の一日三度、ホテル中から集めてきたゴミ袋を台車に載せ、ここ地下三階の奥にある〈塵芥処理室〉と名付けられた部屋に数回にわけて運び込む……それがぼくの仕事の全てなのだ。どこにも秘密などあろうはずがない。

ただ。

一つだけ、不思議なことがある。

十二畳ほどの〈塵芥処理室〉にいくら大量のゴミを積み上げても、次の搬入の時にはきれいになくなっているのだ。

ゴミの回収業者がよほど手際がいいのだろう、とぼくはいつも感心していた。普通、契約業者が集めにくるのは、一日一回だろうと思うのだが、このホテルでは、少なくとも三回は来ていることになる。しかも、ぼくはこの仕事をはじめてから今まで、一度もその業者と出くわしたことがないのだ。

一度、村林さんに言ったことがある。

「業者も、いちいち地下三階までゴミを取りに来るのはたいへんでしょう。どうして、一階にゴミ置き場を作ってあげないんですか」

すると、村林さんはぎろりと目を剝き、切れた唇を舐めながら言った。

「あのなあ、あんた……あんたが大卒で頭のええのはようわかる。しゃあけどゴミのことはわかっとらんようやな。ホテルにとって、ゴミ処理はたいへんな問題なんや。ごっつい手間とごっつい経費がかかる上に、高級ホテルになればなるほど、うちのホテルではゴミなんか出まへん、てな顔しとらなあかん。客にゴミを見せたら終わりや。どんなすんばらしいホテルでも、廊下にイカの足の切れっぱしでも落ちててみ。権威ガタガタや。ゴミは、客の目の届かんところでこっそり処分するのが鉄則や」

「で、でも……ホテルの裏側なら……」

「あかんいうたらあかんのや。業者……」

言いながら村林さんはぞくっとするような笑みを浮かべ、

「業者の人も、人目につきたあないらしいさかいな」

「…………」

「まだわかっとらんみたいやな。ま、ええわ。そのうち教えたる。……王のことをな」

「え？」

「ゴミの王や」

ぼくの顔色が変わったのを、村林さんは気づかなかったようだ。こんなところでその名前を耳にするとは思ってもいなかった。

「あの……ゴミの王って何なんですか」

ぼくは努めて冷静さを装ってたずねた。

「ふふん。大学出とっても知らんことは世の中にいっぱいある、ちゅうこっちゃ。今はまだ早い。いずれ、あんたにも知ってもらわなあかんことではあるけどな、ゴミの王のことは……。でも、これだけは言うといたるわ。ゴミを粗末にしたら、ゴミの王が来るで。ひひひひひひ……」

ゴミの王。

子供を叱るのに「悪さをするとお化けが来るよ」というような類で、曾祖母の創作だと思っていたが……。あの曾祖母が死んでから二十年を経て、ゴミの王という言葉はぼくの意識の深淵部から再び水死体のように浮かび上がってきた。

4　美佐子

それからしばらく美佐子の生活は平穏だった。見かけ上は。

だが、頭の片隅には常にあの時の手のひらの感触が残っていた。目をつむっていたのでわからなかったが、おそらく恐怖と驚愕と怒りがないまぜになっていたであろう諸田の表情を、彼女は毎夜のように夢に見た。

諸田はどこに消えてしまったのか。

翌日、翌々日の新聞を全部購入して隅々まで読んだが、マンションからの転落死者の記事などどこにも載っていなかった。念のため、近くの病院に、大怪我をしてかつぎ込まれた入院患者がいるかどうか問い合わせてみたが、これも該当者皆無だった。

もしかしたら、彼女がAを迎えるために玄関に行っている間に自分で窓をあけて寝室に入り、どこかの部屋に隠れていて、頃合いをみてそっと帰ったのかもしれない。彼女はそう思いこもうとした。それは、殺人を犯したという罪の意識から逃れたいという願望に過ぎなかったが、彼女はその考えに固執した。

考えてみれば、内側から鍵をかけたのだから、外から窓をあけることは不可能だし、彼の衣服も靴も手つかずのまま残っていたのだから、全裸のまま家に帰ったとも思えない。それに、あの手応え……。

でも、手応えを感じたというのも、気のせいだったかもしれない。そう考えないと、いまだに諸田の死体が見つからないという事実の説明がつかない。

もしくは、諸田は八階から転落したが、怪我をしただけで奇跡的に死なずにすんだ。しかし、頭を強く打って、記憶喪失になり、その場を立ち去った……。美佐子は、そんな三文ドラマのような可能性を真剣に検討した。

美佐子は、毎日、夫が会社に行っている間に、諸田のアパートに電話をした。彼女はアパートの場所を知らなかったのだ。しかし、あれ以来、電話はいつも留守電だった。

「諸田秀彦です。貧乏暇なしでただいま出かけております。発信音のあとにメッセージを入れておいてください。仕事くれーっ」

剽軽《ひょうきん》なセリフ。この数日間、このセリフを何百回聞いたことだろうか。

アパートに帰っていない。ということはやはり死んだのか……。

美佐子は一縷《いちる》の望みを託して、毎日電話を掛け続けた。

何かがおかしい。

美佐子がそう思うようになったのはいつの頃からだろうか。

ある日、目覚めると、ぷん、と臭いがする。とろりと甘酸っぱいような、つんと鼻を刺激する不快な臭い。そうだ。ケーキを食べたあと、お酒を飲みすぎて、トイレで吐いた時の嘔吐物のような……。どこから臭うのだろう。美佐子は、シーツや毛布の臭いをかいだ。ちがう。寝室の中を調べて回ったが臭いのもとは発見できなかった。窓の外からか。いや、ここは八階なのだ。それに、美佐子はあまり窓には近寄りたくなかった。他の部屋も残らず見たが、やはり寝室が一番臭うようだ。

ふと気づいた。このシーツ……あの時、ベッドに敷いていたものだ。美佐子はそのシーツを処分した。すると、不思議に悪臭はおさまった。

「おい、何だか臭いな」

深夜、酔って帰宅したAが顔をしかめた。美佐子も気づいていた。シーツはもう捨てたのに、どうして……。

「何だ、この臭い。生ゴミの臭いじゃないのか」

言われてみればそのとおりだ。生ゴミの臭いそのものだ。

「台所のゴミ箱のふたがきちんと閉まってないんじゃないか。見てこいよ」

美佐子は言われたとおりにしたが、もちろんふたはしっかり閉められていた。昼間も何度も確認したのだ。トイレ、クローゼット、冷蔵庫、ゴミ箱……およそ臭いのしそうな場所は繰り返しチェックしたが、どこにも悪臭のもとは見当たらなかった。

その夜、Aは久しぶりに美佐子を求めてきた。ぶよぶよした大きな唇が彼女の唇に重ねられた瞬間。視界が明滅するほどの猛烈な臭いがAの口から漂ってきて、美佐子は思わず夫を突き飛ばした。

「何するんだ！」

声を荒らげる雄豚に美佐子はひたすら謝り、やむなく再びキスをした。うげっ。これは……まちがいない。饐えた野菜の臭いだ。

美佐子は、行為の間中、こみ上げてくる吐き気と戦わねばならなかった。目尻に涙が浮かんだ。苦行だった。工場廃水でよどんだドブ川に首まで浸ったような気分。酔っぱらったAがやっと射精してまさに豚のように寝入るまで、美佐子は機械のように腰を動かしつづけた。

次の日、朝食の目玉焼きを作っていた美佐子は、フライパンの中の卵から、温泉地の硫黄臭のような臭いが立ちのぼってくるのに気づいた。

卵が腐ってたんだわ。きのう買ったばかりなのに。

調理中の卵を捨て、別の卵を割り入れる。すると、前のものよりももっと強い臭いが美佐子の鼻を襲った。目がちかちかする。一パックの卵全てを試してみたが、どれもこれも糞尿の臭いがしてとても料理が続けられなかった。冷蔵庫をあける。食材という食材から、悪臭が泥流のように流れ出している。美佐子は狂ったように全ての食品をゴミ箱に叩き込んだ。

何とか夫を送り出したあと、美佐子は外出の支度をした。高校時代の同級生数人と会う約束をしているのだ。お気に入りの洋服を着て、部屋を出た美佐子は、同じ階に住む主婦とすれ違った。

「おはようございます」

美佐子は如才なく頭を下げたが、向こうは露骨に眉をひそめ、そっぽを向いた。

何か気に障るようなことをしただろうか。思い当たる節がなかった。たしか、その主婦は不景気で夫の収入が激減し、高級マンションの暮らしを維持するために、昼間パートに出ているはずだ。私の贅沢な生活をやっかんでいるんだわ、と美佐子は思った。

美佐子はエレベーターに乗った。途中の階から乗り合わせたセールスマン風の若者が、彼女に不躾な視線を浴びせかけてくる。ナンパでも仕掛けてくるのかと最初は思った。そういうことには慣れっこだ。だが、彼が露骨に鼻をひくつかせて美佐子を睨みつけはじめたので、やっと彼女にもわかった。

（私……臭うんだわ！）

頭にかあっと血がのぼった。

一階に着いたとき、その若者は美佐子を押しのけるようにして先に降りざま、

「くっせえ女」

と一言つぶやいたのだ。

美佐子は、エレベーターの閉ボタンを押し、途中で誰も乗ってこないことを祈りながら、八階に戻った。自分の家に駆け込む。ハイヒールを脱ぎ捨て、バッグを廊下に叩きつけ、泣きながら化粧台の前に座り込む。服を全部脱ぐ。下着も、靴下も、何もかも。肌の臭いを嗅いでみる。部屋を出るときはまるで気づかなかったが、彼女の肌からは濃厚な異臭が漂ってくる。鮮度の悪い生魚を料理したあとのまな板のような生臭さ。頭髪や爪が焼けた時のような焦げくささ。動物園のキツネやイタチの檻からあふれ出す獣臭。肩からも、腕からも、乳房からも、腋の下からも、臍や下半身からも……。どうして今まで気づかなかったのだろう。美佐子は自分自身の臭気に包まれて、頭がおかしくなりそうになった。美佐子はついに耐え切れなくなって、化粧台の鏡の前で嘔吐した。こんもり盛り上がった嘔吐物からも、同様の臭いが立ちのぼる。除臭スプレーや香水の類をめったやたらにつけてみた。だが、臭いはかえってひどくなる一方だ。

もう外出できない……。

とめどなく涙が溢れてきた。どうしてこんなことになってしまったのだろう。

バスルームで熱いシャワーを浴びる。身体中に石鹸を塗りたくり、何度も洗い流す。肌が赤剝けになるまで、スポンジでこすりにこする。臭いのきつそうな部位には、やけどしそうな程の熱湯をかけて、じっと我慢する。一時間もそうしていると、臭いが消えたような気がしてきた。身体を乾いたバスタオルでよく拭いたあと、おそるおそる肌に鼻を近づけてみる。

臭わない。

腐臭の代わりに、石鹸の香料のかぐわしい香りがたちのぼる。腋の下、臍、股間、足の裏……あちこちの部位を嗅ぎまわったが、どこからも臭いはしない。

さっきのは……気のせいだったのか……。

と。

電話のベルが鳴った。

こんな時間帯、どうせ勧誘か何かに決まってる。彼女は、裸のまま、しばらく呼び出し音を聞いていた。

しかし、電話は切れなかった。五十回、五十一回、五十二回、五十三回……。美佐子はその音を聞いているうちに、身体がふわりと浮くような奇妙な感覚に襲われた。周囲の壁や天井がぐにゃりと歪み、彼女に向かって降ってきた。見慣れた部屋の光景にかわって、あらゆる事象の裏に隠れている、毒々しい棘のびっしり生えた、真っ黒の岩壁が剝き出しになり、彼女を包んだ。何かが……いつも見慣れた世界とは別の何かがそこに現出し、美佐子においでをしはじめた。これは幻覚なのか……。

百四回、百五回、百六回……。美佐子はふらふらと立ち上がり、電話をとった。その瞬間、周囲の景色は元に戻った。

「美佐ちゃん……」

まぎれもない。諸田の声だった。

「諸田くん、どうして……」

美佐子はそれだけ言って絶句した。諸田は生きていたのだ。

「どうして……どうして連絡してくれなかったの。私がどれだけ心配したか……」

「心配かけてすまなかった。ぼくは元気だよ」

やたらとエコーのかかった聞き取りにくい声で諸田は言った。

「よかった……ほんとによかったわ」

それは心からの叫びだった。諸田を心配しての言葉ではない。自分が殺人者ではなかったという事実に、美佐子は大いに安堵していた。

「あ、あの……あの時はごめんなさい。私……どうかしてたのよ」

「気にするなよ。それより久しぶりに会えるかな」

「ええ、もちろんよ！」

「外で会いたいな。出てこられるかい」

美佐子は承知した。今日は、同級生と会う約束になっている。外出してもAに咎められることはない。友だちには、途中でおなかが痛くなって引き返したとでも言って、あとで謝れば済む。彼女は、諸田が生きていたということに有頂天になっていた。

都心のレストランで昼食をとる約束をして、電話は切れた。

ツーツーツーツーツーツー。

切れた電話の送話器をぼんやりと見ていた美佐子は、

「ひっ」

と小さく叫んで送話器を取り落とした。送話器の、ちょうど彼女の口が当たっていたあたりを、白い粒のようなものが這っていた。それは一匹の蛆虫だった。

5　ぼく

台車の車輪が積み上げたゴミの重さで軋《きし》み、きゅううう……と呻いた。ぼくは、回想を中止し、目に入る汗をぬぐって今日何度目かのため息をついた。途端、一番上に積んだポリ袋の横腹が破れ、中身の一部がぞろぞろと床に流れ落ちた。

得体の知れぬ魚の骨。巨大な回虫のように白い腐ったマカロニ。パエリアの残飯とおぼしき黄色い飯粒。生のまま捨てられた豚ミンチ。歯形のついたチンゲンサイ。蓋をあけられていない果物ゼリー。ぬるぬるした粘液にまみれた青ネギの小口切り。ほとんど手つかずのお子様ランチ。バイキング料理の下に敷かれていたぐちゃぐちゃのレタス。いやらしいピンク色のサシミ……。

ぼくは舌打ちし、それらを拾い集めようとしたが、魚の骨の裏側に貼りつくように潜んでいた大きなゴキブリを見つけたとき、ぼくの中で何かが切れた。

(くそっ……ゴミめ！　ゴミめ！　ゴミめ！)

ぼくは、床の上の生ゴミを踏みにじった。チンゲンサイが足先でぬるっと滑り、ぼくは転倒した。ゴキブリは気配を察知して、どこかへかさこそと消えた。

毎日毎日毎日毎日毎日毎日マイニチマイニチ……。

ゴミゴミゴミゴミゴミゴミゴミゴミゴミゴミゴミ……。

どうしてこんなに大量のゴミが出るのだろう。まちがってる。何かがまちがってる。世の中には、赤ん坊が飢えて死んでいる国もあるというのに……。

ぼくは、一番上のゴミ袋をつかむと、中身をその場にぶちまけようとした。

その時。

何か、話し声のようなものが聞こえてきた。ぼく以外に誰もいないはずの地下三階である。

『追加を……』

『二人では……足らぬか……』

『ゴミは増える一方……』

会話の断片が耳に入る。

しばらくして、廊下の奥の暗闇のさらに奥から足音が聞こえてきた。闇の中から姿を現したのは村林さんだった。

「あんた、来てたんか」

「昼の部の搬入です。村林さん……どなたかとお話しになってませんでしたか。会話が聞こえたような気がしたんですが」

　村林さんは鼻で笑うと、それ以上は答えようとしなかった。

　と、村林さんの目が台車の横の床にとまった。踏みにじられたゴミ。

「あんた……」

　村林さんは、じっとぼくを凝視した。ぼくは、その射抜くような視線に耐えきれなくなって、目をそらした。

「拾っときや」

　村林さんはそう言い捨てると、エレベーターに乗った。扉が閉まる寸前、村林さんは言った。

「ゴミをおろそかにする者は、ゴミの中で死ぬで」

　上司が行ってしまうと、ぼくは肩をすくめ、床からゴミを拾い集めた。魚の骨。ゆでたマカロニ。パエリア。生のミンチ。チンゲンサイ。ゼリー。青ネギ。お子様ランチ。レタス。サシミ。一つずつ、指でつまんではゴミ袋に戻していく。その作業の間中、ぼくは、誰かに見られているような強い、食い入るような視線を感じていた。村林さんは行ってしまったし、この階にはもう誰もいるはずがない。

　ゴミの王……。

ぼくは頭をぶんぶんと横に振ると、再び台車を押し始めた。

廊下の奥、〈塵芥処理室〉の鍵をあけ、錆びた扉を押す。必ず施錠しろ、というのが村林さんの口癖だった。ゴミがそんなに大事なのか。誰かにゴミを盗まれるとでもいうのか。

中は、がらんとしていて何もない。ただ、さっきまでそこに置かれていたゴミの濃厚な残臭がぼくの鼻を突き上げる。ぼくは、あらためて、まだ会ったことのない回収業者の能力に感心した。髪の毛一筋に至るまで、まるで舐めたように取り去ってある。一旦、ゴミを外に出したあと、念入りに掃除機をかけたとしか思えない。

天井からぶらさがる裸電球のオレンジ色の光に、奥の壁にある小さな鉄の扉が浮かび上がっている。縦横三十センチほどのその扉の向こうに何があるのか、ぼくは知らない。臭い抜きのための穴か何かだろうと、これまで気にとめたこともなかった。

いつもは、ゴミを部屋の真ん中に積み上げたあと、すぐに出ていくのだが（これも、村林さんにうるさく言われていたのである）、今日は、全身を覆う疲労感のせいもあって、何となくぼんやりと裸電球を眺めていた。

どれほどの時間がたったのだろうか。ぼくは、奇妙な音を耳にして、はっと我に返った。

かりかりかりかりかりかりかりかりかりかりかりかりかりかり。

ガラスを爪で掻きむしっているような不快なその音が、部屋の奥の小扉のさらに奥から聞こえてくるということに気づくのに時間はかからなかった。

扉が、がたり、と音を立てて、こちら側に向かって開いた。腋の下から汗が滴り落ちるのがわかった。後ずさりしたかった。逃げ出したかった。しかし、恐怖に足はぴくりとも動かなかった。

茶褐色の物体が、扉の隙間から姿を見せた。

その瞬間、ぼくの体中の細胞がぎゅうう……と凝縮したような気がした。

それは……化け物だった。

髑髏《どくろ》のような顔。突出した額。やたらにでかい丸い目玉。剥きだした乱杙歯《らんぐいば》。ほとんどが抜け落ちている総髪。ミイラのように痩せこけた、今にも折れそうなほど細い手と脚。そして、そこだけが異常に突き出した下腹部……。

悲鳴をあげようにも、舌が硬直して声が出ない。下半身に生温かい感触が広がり、失禁したことがわかったが、どうしようもない。

怪物は、一匹ではなかった。一匹目が這い出したあとに、続いてもう一匹が暗い穴の中から現れたのだ。最初の怪物の股間には、萎びた陰茎があり、あとから出てきたほうの股間には裂け目がある。雄と雌なのだ。

棒杭のように立ち尽くすぼくを無視して、二匹の化け物は、山と積み上げられたゴミ袋を鋭い爪で次々と引き裂いていった。そして、溢れ出るゴミの中にダイブすると、嬉々とした声をあげて、ゴミを片端から口に入れはじめた。

残飯、紙屑、髪の毛、プラスチック容器、木ぎれ、昆虫の死骸……。それらのゴミに分けへだてなくむしゃぶりつき、食いちぎり、ぐびぐびと音をたてて嚥下する。右手で腐った白菜を口に押し込んでいる間にも、待ちきれないように左手は次のゴミをつかんでいる。

　ぼくは、我慢できずにその場で嘔吐した。胃の中のものを全て吐ききっても、不快感はおさまらなかった。

　高く積んであったゴミの山がみるみる低くなり、それに比例して、彼らの腹部はどんどん膨れ上がっていき、巨大な風船のようになった。当然、腹の皮は薄くなり、内部の様子が透けて見えるほどだ。ぼくは、腹部に食いだめ用の袋を持つ深海魚を連想した。

　腹が大きくなりすぎて見るからに動きにくそうではあったが、二匹の食欲は全く衰えることがなく、一心不乱にゴミを咀嚼し、飲み込むという作業を繰り返す。腹部はすでに直径二メートルにもなり、アドバルーンのようであった。あっという間にゴミのピラミッドは姿を消した。所要時間はおそらく十五分ほどであったろう。二匹の怪物は、最後のゴミのひとかけらまですっかり腹におさめると、アリクイのように長い舌で床をぺろぺろと舐めはじめた。

　鈍感なぼくにも、やっとわかった。このホテルのゴミ処理の秘密が。

　業者などではない。この二匹の化け物が、出されたゴミを全て食べていたのだ。ぼくはゴミ処理係などではなく、こいつらの餌係だったのだ。舐め尽くしたようにきれいだったこの部屋の床は、文字通り舐め尽くされていたのだ……。

　その時。

　ぱあん、という音がして、雄のほうの怪物の腹部が破裂した。それはそうだろう。自分の体の数倍ものゴミを腹におさめていたのだから。中から、今までに食べたゴミがシャワーのように噴出した。それを見た雌の化け物は、飛び散ったゴミをかき集めてむさぼり食った。腹の裂けたほうも、負けじと自分の胃液にまみれた汚物状のそれらを頬ばり、飲み込む。食べたものが、すぐに腹の裂け目から出ていくのもおかまいなしだ。雌は、しまいには、雄の腹に頭を突っ込むようにして、雄が食べたものを横取りしようとする。雄は、ぎえええ……と鳥のように叫ぶと、鋭い爪で雌の頭部を突き刺した。雌は悲鳴をあげて、雄の腹から離れ、頭を抱えてうずくまった。雄の腹の裂け目は、いつのまにか治癒しており、二匹の怪物は、再び部屋中のゴミを残らず腹中に入れた。そして、二匹の丸々と膨れた腹は、ぼくの見守るうちに風船の空気が抜けるように萎んでいった。何という消化能力だろう。

二匹はまだもの足らないような顔をして目をぎょろつかせてあちこち見回していたが、雄のほうが唐突にぼくの顔に目をとめた。

食われる……。

雄が、四つん這いになってぼくに近づいてきた。何とか逃げようとしたが、足の裏が床に貼りついたようで、びくともしない。体中から汗が噴き出す。

化け物は、ぼくの目の前三十センチほどのところまでやってくると、大きく口をあけた。そして、ぼくの嘔吐物を両手ですくって、瞬く間に平らげ、床をすっかり舐め上げると、もうぼくに対する興味を失ったようで、小扉の方に戻っていった。

ほっと一息つこうとしたぼくの左肩に、手が置かれた。ぼくは飛び上がりそうになった。振り返ると、村林さんだった。村林さんはぼくを無言で手招きした。ぼくの四肢は、呪縛が外れたように自由になり、やっと〈塵芥処理室〉の外に出ることができた。

「もうちょっとしてから教えたろ、と思とったんやけど、ええ機会や。全部話しとこ」

村林さんは、扉に鍵をかけながらそう言った。

「あ、あれは……何なんですか……」

ぼくの震え声を笑うように、村林さんは言った。

「あれはな、餓鬼や」

6　美佐子

〈ステーキハウス悲羅坂《ひらさか》〉というそのレストランは、美佐子は初めてだった。他に客はおらず、無口なボーイの案内で席についた。

久しぶりに会う諸田は、以前とどこも変わりなかった。にこっと笑うだけで、周囲の照度が増したかのような錯覚を覚えるほどの朗らかな笑顔は、美佐子の心をなごませた。二人はステーキセットを注文し、諸田は旺盛な食欲を見せた。分厚いステーキをもりもり咀嚼しながら、諸田はいつものように美佐子への愛の言葉を口にし続けた。美佐子は、晴ればれとした気分になり、大きな肉を半分以上食べた。

会話ははずみ、楽しいひとときだったが、諸田は、あの時、窓の外からどうやって帰還したのかは、頑として言わなかった。

「ねえ、気になるわ。教えてよ」

「ふふふ。秘密だよ」

「そんないじわる言わないで」

「助けてもらったのさ」

「誰に」

「……王に」

「え？」

美佐子が問い返しても、諸田はそれ以上のことを教えてくれなかった。

「もうお下げしてよろしいですか」

ボーイに言われた時、ぷん……と嫌な臭いがした。何気なく鉄皿の上に目を落とした美佐子は……悲鳴をあげた。彼女が食べ残した肉の上に白いものがびっしりとたかって蠢いている。何百という蛆虫。いつのまにか糸をひくほど腐敗した肉の裏表くまなく覆い尽くし、穴をあけ、出入りしている。

「ひいっ……ひいい……ひいいいいっ」

美佐子は立ち上がって悲鳴をあげ続けた。テーブルクロスが、壁が、床が、ぐにゃりぐにゃりぐにゃりと溶けて、黄色と黒の大きな渦巻きとなり、彼女を押し包んだ。美しい装飾の裏側から鋭い棘の隙間なく植わった暗黒の檻が出現した。

「どうしたんだ、美佐ちゃん」

諸田に手首を強くつかまれて、美佐子は我に返った。

「ステーキに……む、虫が……」

「え？　どこだい？」

諸田の落ち着いた言葉に、もう一度鉄皿を見ると、そこには肉片が載っているだけだった。蛆などどこにも見当たらなかった。

「ご、ごめんなさい……私、最近ちょっと変なの……」

「疲れてるんだよ。他に客がいなかったからよかったけどさ」

優しく慰めてくれる諸田の心遣いがうれしかった。Aなら、こんな時、彼女を大声で叱りとばすだろう。

「まだ時間、あるんだろ。ちょっと……行こうか」

レストランを出た二人は近くのラブホテルに入った。〈ガービッジ〉という名のそのホテルは、美佐子好みの高級感あふれる内装で、彼女はすっかり気に入った。諸田とは美佐子のマンションで会うことがほとんどで、ホテルは久しぶりだった。裸になった美佐子は子供のようにはしゃぎ、ベッドの上を跳ね回った。

諸田が抱きすくめた。分厚い胸板が美佐子の乳房に押し当てられる。それだけで、美佐子は恍惚とした。二人は、互いをむさぼりあった。どちらかというと美佐子のほうが積極的だった。時計を気にしながらも、美佐子は彼の肉体を貪婪《どんらん》に摂取した。

三回目が終わり、諸田は一息つこうとしたが、美佐子は許さなかった。諸田の萎えたペニスを美佐子は頬ばり、しごき立てた。

「君は本当に欲張りだな」

あきれたように諸田が言った。

「ええ、そうよ。私は欲しいものは絶対に手に入れるのよ」

「そうだよな。ゴミの王のおっしゃるとおりだ。君はぼくのパートナーに最適だよ」

「え？」

美佐子が顔を上げようとした時、諸田のペニスから白濁したものが大量に噴き出し、美佐子の口を直撃した。それは腐ったタマネギのような青臭い臭いを漂わせながら、口の中を生き物のようにぬめぬめと這いまわった。吐き出そうとしたが、諸田に両手で口を押さえつけられ、反射的に飲み込んでしまった。

「何するのよっ」

叫ぶ美佐子を諸田は笑いながらベッドに押し倒し、むりやり入ってきた。

「やめてっ……やめてよっ」

美佐子はあらがったが、諸田の力は異常に強かった。

白い天井がぐにゃりと歪み、鍾乳石のように垂れ下がってきた。四方の壁が熱したバターのようにどろどろに崩れ、黄色と黒の渦となって、空間一杯に広がった。

「何なの！　何なのよ、これ！」

「君は今から報いを受ける。ぼくを殺した報いをね」

諸田の顔の右半分がずるりと崩れ落ちた。眼球が垂れ、頬と歯茎の肉が溶け落ち、骨格が剝き出しになった。頭髪がごそっと抜け、耳も鼻も褐色の汁にまみれた腐肉となった。続いて、胸の皮膚がべろりと剝がれ、露出した肋骨と内臓が次々と崩壊していった。血まみれの胃や腸が腹部からはみ出したかと思うや、溶解して汚泥状の物質となり、未消化物や大便と混じってシーツの上に流れ出した。

「ひぃいいっ……ひぃいいいいっ……」

夢よ、これは夢なんだわ、と美佐子は思った。だが、あいにくそうではなかった。

大きな金蠅が数十匹、部屋の中をうるさく飛びかいだした。ぶんぶんぶんぶんぶんぶん。諸田の、いや、諸田だったものの身体の上には、蛆虫やゴキブリが無数に蠢いており、その一部は美佐子の身体に乗り移って走り回った。

「助けて……誰か……!」

絶叫する美佐子を冷然と見下ろして、諸田は言った。

「誰も来ないよ。ここは、ゴミの国だからね」

諸田の肉体は白骨と化していたが、ペニスだけは原形を保っており、諸田は腰を動かし続けている。逃げ出したくても美佐子の股間は吸いついたように諸田のペニスをくわえ込み、快楽を絞り尽くそうとしている。美佐子はおのれの性を呪った。

美佐子は絶頂を迎えた。諸田はやっと美佐子から身体を離したが、ペニスだけがちぎれて美佐子の性器に突き刺さったまま残った。

「やっぱり……あの時、死んでたのね」

「もちろんだとも。八階の窓から突き落とされて、死なない人間がどこにいる」

「………」

「どうして死体が見つからなかったか教えてやろう。ぼくが転落したちょうど真下に、ゴミの収集車が停まっていたんだ。回転プレートのついたパッカー車っていうやつだ。ぼくの身体はその回転プレートに吸い込まれた。ばきばきばきばきっ。あっという間だったよ。ガラス瓶や金属まで粉砕するあの羽根がぼくの身体から肉を削ぎ取り、骨をへし折り、内臓をぐちゃぐちゃに掻き回した。収集車の清掃員は誰も気がつかなかったみたいだ。ぼくの肉体はばらばらになり、生ゴミと混合されて、ゴミ処理場に捨てられた。その時点でも誰も気づかなかった。裸だったからかもしれないな」

　諸田の身体は変形を開始していた。後頭部にだけ残った髪はざんばらに伸び、額は瘤《こぶ》のように突出し、胸や腕や脚は骨と皮だけになり、下腹部だけがぽこっと突き出した。諸田とは似ても似つかぬ褐色の生物がそこにいた。

「すっかりゴミと同化したぼくの前に一人の人物が立った。ゴミの王と名乗ったその人物が、ぼくにこんな身体をくれたんだ」

　異形の生物は、にやりと笑った。

「君も、すぐにこうなれる。一人前の餓鬼にね」

　そう言って、餓鬼は美佐子に手を伸ばした。

「嫌よ……嫌……来ないで……」

美佐子は泣きながら両手を使ってベッドの上で後ずさりした。

「私……帰る。帰る。帰して。帰してよっ」

「もう手遅れだよ。さっき君はゴモツヘグイをしてしまったからね。君は、ぼくたちの仲間になるんだ」

「嫌っ……絶対に嫌」

「本来、餓鬼に生まれ変わることができるのは、ゴミ屑の中で死んだ者だけだ。君は特殊ケースだけど、大丈夫。何しろ、君は人間の屑だからねえ」

「ねえ……許して。私が悪かったわ。あなたを突き落としたりしてほんとに……謝るから……だから……」

「餓鬼もいいもんだよ。何しろ人の役に立つ仕事だ。君は知らないだろうが、ぼくたちの仲間は世界中で活躍しているんだぜ」

美佐子はベッドから転がり落ち、床をつかむように這いずって、出口を求めた。その時、彼女はドアの前に何かが立っているのに気づいた。

「紹介するよ、美佐ちゃん。このかたがゴミの王……君を変えてくれる人だよ」

その姿を見て、美佐子は気を失った。

7　ぼく

「餓鬼……？」

「あんた、餓鬼知らんか。六道絵《ろくどうえ》なんかによう描いてあるけどな。飽食で死んだ人間や強欲な人間が地獄に落ちて餓鬼になるんや」

「じゃあ……じゃあ、あの化け物は……」

「そや。前は人間やった。ちゃんと素性もわかっとるで。雌のほうは、城山美佐子。主婦。雄のほうは、諸田秀彦。美佐子の愛人や」

「この地下室に……いつのまにか棲みついてたんですか……」

「棲みついてた？　人聞きの悪い。きちんと手続きをして、ゴミ処理用に派遣してもろとるんや。質のええ餓鬼は少ないから、確保するのがたいへんなんやで」

「は、派遣……？　どこから？」

「ゴミの王からに決まっとるやないか」

そう言うと、村林さんは、きひひひ……と笑った。

「このホテルチェーンではな、各ホテルに二、三匹ずつ餓鬼を住まわせて、ゴミを食わせとるんや。餓鬼はゴミが食えるし、ホテル側は処理代金が浮くし、一石二鳥やろ。世間のゴミは増える一方で焼却も追いつかんし、ダイオキシンや何やで、新しいゴミ処理場を作ることもままならん。ゴミの回収業者も手が回らん。このやり方は、世の中のお役に立っとるんやで」

「……」

「うちだけやない。大手のホテルはどこも密かにこの方式を採用しとる。いや、スーパー、デパート、大型レストラン……その手の業界はかなりの割合で地下室に餓鬼を飼《こ》うとる。最近は、一般企業や官庁なんかもこっそりゴミの王と契約する動きがあるらしいで」

「まさか……」

「ほんまやて。今の世の中、ゴミは無尽蔵にある。餓鬼を飼うのは簡単や」

「で、でも……危険はないんですか、あんな化け物……人間を襲ったら……」

「だいじょぶや。餓鬼は、絶対に人間を襲ったりはせん。餓鬼は、ゴミしか食えんのや。生ゴミ、産業廃棄物、糞尿、動物の死骸……そういったもの以外を食うたら死ぬようになっとる。わしらは安心して仕事ができるいうわけやな」

一刻も早く地下から出たかった。できれば二度と訪れたくなかった。ぼくのそんな思いを見透かしたように村林さんは言った。

「わしもやっとこれで引退できるわ。信用できるもんにしかこの仕事は譲れんからな。あんたはOKが出たんや。なかなか見所があるいうて誉めてはったで」

「だ、誰がですか……」

「ゴミの王に決まっとるやろが。実は、餓鬼が二匹では足らんようになってきたんで、もう一匹増やしてもらう件で、今日、たまたま来ておられるんや。紹介するわ、こちらが……」

村林さんは廊下の隅の暗がりに向かって手を差し出した。

「ゴミの王や。お忙しいのに、ゴミの国からわざわざご足労願うたんやで。ほら、挨拶せんか」

闇の中に、黒い影が立っていた。暗くて顔や体つきはよく見えなかったが、だらりと垂らした腕はごつごつと節くれだち、指の先には猛禽類のような鋭い爪があった。

そして、ぼくは見た。

その指の一本に、見覚えのある大きな大きな瑪瑙の指輪が嵌められているのを。

解説——偉業の作家

山田正紀

むろん偉業は異形にかけた。そのほか「異形家の食卓」にかけて「偉業の嘱託」とか「偉業のオタク」とかも考えたのだが、偉業の嘱託ではそもそも意味をなさないし、田中啓文がオタクであるかどうか私は知らない。

これはもう、田中啓文と私とではその天性の言語感覚に（はっきりダジャレの才能と言ってしまったほうが本人のためになるのだが、これは解説であり、解説というものは多少、難しい表現を使ったほうが偉そうに見えて好ましい）埋めがたいほどの差があるのだからやむをえない。

田中啓文は、その分野では（ダジャレのことである）すでに余人の追随を許さない。私ごときが田中啓文の真似をしようと考えること自体がおこがましいことと言ってよい。

さて——

ある作家が、田中啓文の作品を評して、それまで営々と小説世界を構築してきて、どうしてラストをダジャレでしめくくるのか、それがわからない、と述べるのを聞いたことがある。誤解のないように断っておくが、その作家はそれが悪い、と言っているのではない。わからない、理解できない、とそう言っているのだ。

その作家は、多分、田中啓文の物語作家としての才能を非常に高くかっているのだろう。そのことがあって、それがラストのダジャレ一つに収斂されるのを見るのが忍びない、と嘆いているわけなのである。

たしかに田中啓文の伝奇作家としての才能はきわだって素晴らしい。それはたとえば『水霊　ミズチ』という作品を見れば一目瞭然のことであり、その豊かな天分を疑う者などいないはずなのだ。

そうであれば、その作家が嘆くように、田中啓文の特異な言語感覚（これで最後にするがダジャレのことである）が、その伝奇作家としての豊かな天分を妨げていると考えるべきなのだろうか。田中啓文はその輝かしかるべき才能とキャリアをあたらダジャレで台なしにしていると見なすべきなのか。

私は、そんなことはない、そうではないだろう、と考えている。では、なにを根拠にして、そうではない、と確信しうるのか。ここでそのことを検証してみたい。


そんな穴があちこちに開いていました。時々、そこから、血のような赤い液体が押し出されてきます。黄緑色の、鼻汁か痰のようなどろりとした液体も排泄されることがあります……（中略）……予想に反して、腹側は黄色の混じった灰色でした。縁日で生きた鰻をご覧になったことありますよね。あれの腹側……黄色っぽいような灰色のようなところどころに青みのある……何とも気持ちの悪い色ですよね。あんな感じです。繊毛というんですか、細かい毛がいっぱい生えているんですが、じっと見ていると、イトミミズみたいににょろにょろ動いているんです。


『新鮮なニグ・ジュギペ・グァのソテー。キウイソース掛け』の一節である。

試みに、ページを開いてみただけのことであり、なにもことさらにグロテスクな描写を求めたわけではない。というか、『異形家の食卓』は全編これ、グロテスク・テイストが満載されていて、むしろ、そうでない部分を捜すほうが難しい。

そのグロテスク趣味は徹底している。それはたんに黄緑色の液体ではなく、鼻汁か痰のようなドロリとした液体、でなければならない。たんなる繊毛ではなしに、イトミミズみたいににょろにょろ動いている、のでなければならないのだ。

じつに、その極限まで突っ走らなければならない、という強迫観念は、ほとんどオブセッションとさえ言っていいほどである。

この徹底したグロテスクへの志向は何から生じているのか。このグロテスクへの衝動は何から発しているのだろう。

ためしに「グロテスク」を辞書で引いてみよう。そこにはこう記載されている。

普通の意味での美とはひどくかけ離れていて、長く見ているのがいやな（見ていて気持が悪くなるような）様子だ。グロ。

　なにか物足りない。多分、これでは十分ではない。ここでは必要なことは何一つ説明されていない。

　たしかに田中啓文の『異形家の食卓』は「普通の意味での美とはひどくかけ離れて」いるかもしれない。「長く見ているのがいやな様子」でもあるだろう。そのかぎりにおいて、ここで説明されていることは正しい。

　が、そのことをもってして、田中啓文の「グロテスクへの異様なまでの傾斜」を十分に説明することはできない。ここで説明されるべきは、この強迫観念、この衝動、この情熱が何に由来するのか、というそのことであろう。そもそもグロテスクに向けてのパッションなど不毛の一語に尽きるではないか。

　人よ、この不毛を説明せよ！

　と叫んではみたが、何もそうまで興奮するほどのことはない。じつは、それをよく説明しうるヒントはすでに親本（四六版）の『異形家の食卓』にある。すなわち、その腰巻（帯）に筒井康隆の推薦文が載っているのにこそ注目すべきであろう。

　この事からも田中啓文が筒井康隆のファンであることは十分にうかがえる。いや、なにも推薦文を見るまでもない。田中啓文が筒井康隆から多大な影響を受けていることはその作風からも明らかなことなのだ。多分、田中啓文は筒井康隆のことを非常にレスペクトしている……。

が、ここで重要なのは、そのことではない。ここで重要なのは、田中啓文が筒井康隆をどう思っているかではなしに、田中啓文が、筒井康隆がすでにいた、その地点から執筆活動を始めなければならなかった、というそのことなのである。

筒井康隆は日本の湿った文学土壌にスラプスティックの哄笑とナンセンスの乾いた笑いを持ち込むのに成功した。その小説世界においては、敬虔に扱われるべき〝人体〟が、尊厳をもって迎えられるべき〝命〟が、容易にものに解体され、その極端な落差が爆発的な笑いを誘う。

しかし筒井康隆があまりに天才でありすぎたために、その作品があまりに成功しすぎたために、筒井康隆以降、スラプスティック、ナンセンスは奇妙な文学的意匠をまとうことになる。つまりスラプスティックはたんなるスラプスティックではないかのように、ナンセンスはたんなるナンセンスでないかのように扱われることになるのである。

これが筒井康隆の本意であったはずはない。これは明らかに日本の事大主義的に硬直した文学土壌がもたらした倒錯に他ならない……。が、田中啓文がその地点から執筆活動を開始しなければならなかったのはまぎれもない事実なのだ。

田中啓文は、その持って生まれた作家的資質からして、本質的に（ラジカルに、と言おうか）スラプスティック、ナンセンスを志向すべき人間なのである。そんな人間が、しかし、そこにスラプスティック、ナンセンスに対してさえも何らかの意味づけをする、せずにはいられない文学土壌を見出したとき、それにどう対処したらよかったか。これとどう格闘すればよかったのか。

田中啓文の困難はじつに、ナンセンスをさらに無意味に解体するにはどうすればいいか、というそのことにあったといっていい。

もうおわかりだろう。田中啓文にとって、ナンセンスをよりナンセンスであらしめるための方法論が、すなわちグロテスクであるわけなのだ。ナンセンスからすべて不純な意味性を剝奪するためには、それはグロテスクでなければならない。それこそが田中啓文という、真に独特な作家に課せられた使命であり、作家としてのアイデンティティでもあるわけなのだろう。

ここでようやく最初の問いに戻ることになる……。田中啓文はどうしてそれまで営々と作品世界を構築してきたにもかかわらず、それを最後になってダジャレでしめくくるようなことをするのか。すべてをぶち壊しにするようなことをしてしまうのか？

多分、田中啓文にあっては、ダジャレは何よりもグロテスクなものであるのだろう。ラストのダジャレ一つによってそれまでの作品世界がより無意味にグロテスクなものに解体される。それこそが田中啓文にとって真に重要なことであるのにちがいない。

田中啓文が伝奇小説を志向するのも、この、世界をより無意味によりグロテスクに解体する、という視点から見なおされるべきではないか。私はそう思う。いや、確信しているのだが、残念ながら、それを論考するだけの紙数が尽きてしまった。そのことはいずれ稿を改めて考えてみたい。

田中啓文が、世界をより無意味によりグロテスクに解体していくその先に、どんな小説世界が待ちうけているのか、それはまだ具体的に形を成していない。おそらく、それは我われの想像を絶し、まったく新しい小説世界が展開されることになるだろう。

田中啓文はきわめてストイックな作家であって、必ずや近いうち、その精進の果てに、それは天啓のように彼のもとを訪れることになるにちがいない。我われはただそれを待てばいいだけのことなのだ。

これを「棚からヒロフミ」といって、前述したように、田中啓文と私とではその天性の言語感覚（蛇足になるがダジャレのことである）に天地の差があって、この稚拙なダジャレのことで私を責めてもそれは無駄というものなのである。

この作品は、二〇〇〇年一〇月、集英社より刊行されました。

集英社文庫　目録（日本文学）

集英社文庫　目録（日本文学）

集英社文庫　目録（日本文学）

集英社文庫　目録（日本文学）

集英社文庫

異形家《いぎょうけ》の食卓《しょくたく》

2003年2月25日　第1刷　　定価はカバーに表示してあります。
2024年11月20日　第2刷

著　者　田中啓文《たなかひろふみ》

発行者　樋口尚也

発行所　株式会社　集英社
東京都千代田区一ツ橋2-5-10　〒101-8050
電話　【編集部】03-3230-6095
【読者係】03-3230-6080
【販売部】03-3230-6393（書店専用）

印　刷　TOPPANクロレ株式会社

製　本　TOPPANクロレ株式会社

フォーマットデザイン　アリヤマデザインストア　　マークデザイン　居山浩二

ISBN978-4-08-747548-7 C0193